古典文獻研究輯刊

十一編

曾永義 主編

第4冊

「審美」與「人間」
——王國維文藝美學現代性研究

何金俐 著

國家圖書館出版品預行編目資料

「審美」與「人間」——王國維文藝美學現代性研究／何金俐
著 -- 初版 -- 新北市：花木蘭文化出版社，2015〔民 104〕
目 2+164 面；19×26 公分
（古典文學研究輯刊 十一編：第 4 冊）
ISBN 978-986-404-110-7（精裝）
1. 王國維 2. 文學美學
820.8   103027541

ISBN-978-986-404-110-7

古典文學研究輯刊
十一編 第 四 冊   ISBN：978-986-404-110-7

「審美」與「人間」
──王國維文藝美學現代性研究

作　　者　何金俐
主　　編　曾永義
總 編 輯　杜潔祥
副總編輯　楊嘉樂
編　　輯　許郁翎
出　　版　花木蘭文化出版社
社　　長　高小娟
聯絡地址　235 新北市中和區中安街七二號十三樓
　　　　　電話：02-2923-1455／傳真：02-2923-1452
網　　址　http://www.huamulan.tw 信箱 hml 810518@gmail.com
印　　刷　普羅文化出版廣告事業
初　　版　2015 年 3 月
定　　價　十一編 29 冊（精裝）台幣 52,000 元

「審美」與「人間」

——王國維文藝美學現代性研究

何金俐　著

作者簡介

何金俐，山東人，2004 年獲北京大學中文系文藝美學專業博士學位。2004 年至 2007 年於清華大學美術學院從事審美文化與當代視覺藝術博士後課題研究。2005 年至 2006 年美國夏威夷大學暨東西方研究中心訪問學者，普林斯頓大學訪問學者。2006 年 9 月至 2007 年 3 月韓國全北國立大學簽約教授。現任教於美國三立大學（Trinity University, Texas）現代語言文學系。主要研究方向：文藝美學、中國當代藝術批評、比較哲學與文化。

提　　要

　　1990 年代以來，學術界關於「國學熱」與「現代性」兩個熱點問題的討論，對王國維學術思想研究有著積極推動作用。本書以中國審美現代性的發生為基點，運用文藝解釋學的意義闡釋方法，重新闡釋和評價王國維學術思想的「現代性」。

　　第一章：審美現代性與西方思想，本章論述王國維審美現代性的發生語境及其與西方思想的關係。王國維審美現代性是在向西方審美主義訴求的過程中逐漸形成的，但實際上潛在的支配卻是要復返中國文化精神

　　第二章：人間情懷與悲劇精神，本章將「人間情懷」作為探討王國維文藝美學精神的一條主線，通過對《人間詞》、《紅樓夢評論》和《人間詞話》中相關範疇的分析討論，揭示王國維通過引入悲劇精神為中國「人間」文化精神賦予新的創造意義的過程

　　第三章：「民間」與「自然」，本章通過分析《宋元戲曲史》中對「民間」與「自然」精神價值的推崇，發掘王國維深沉的歷史眼光找尋的為時代與民族文化成長和堅強所需的原動力

　　第四章：處於政治與審美之間的王國維　本章通過探討王國維對中國道德政治哲學的理解和對「純粹之文學」的分析，意在糾正對王國維個體生命及政治身份的一些負面理解，並闡釋王國維審美主義的真正基礎——「美善統一」觀

　　結語部分：總結王國維文藝美學思想的當代意義

謹以此書懷念我默默無聞操勞一生的外祖母李茂貴
（1924-2011）

目

次

緒論：學術史背景和方法論說明

第一節　王國維文藝美學思想研究的學術史軌迹

　　王國維（1887～1927）最早受到社會關注的是他在《教育世界》〔註1〕上譯介並寫作一系列與時代熱潮密切相關的哲學、美學、教育改革等方面的文章（王國維當時的身份是「哲學專攻者社員」）。1906 年 2～3 月，他在《教育世界》上發表《奏定經學科大學文學科大學章程書後》一文，論述文科學校開設哲學一科的重要性，並表達了中西哲學融會貫通的思想。此文後來轉載於《近代中國教育史料》第二冊，編者案語說：「原文在《教育世界》第一百十八、十九兩期，時爲光緒三十二年正月及二月，該誌爲旬刊，以介紹新教育學術討論教育問題爲主旨。王氏著述甚多，此文在實際上雖未曾發生重大影響，但其思想超越，頗爲時人所重，雖屬論文，亦並錄之，以覘當時教育思潮。」〔註2〕

　　眞正對王國維文藝理論進行評論和研究始於《宋元戲曲史》〔註3〕的問世。但由於學界往往把《宋元戲曲史》看作是王國維由文學、美學轉向經史之學的一部過渡之作，所以更多對《宋元戲曲史》的研究，關注的是它的史學價值〔註4〕，至於他文藝美學方面的貢獻，評述並不多。

〔註1〕《教育世界》是順應當時教育改革、大力「興學」的時代熱潮，由王國維的師友羅振玉（1866～1940）1901 年 5 月在上海創辦的（1907 年 12 月報刊）。

〔註2〕舒新城編《近代中國教育史料》第二冊，北京：中華書局，1928 年版。

〔註3〕《宋元戲曲史》初名《宋元戲曲考》，由商務印書館 1913 年印製。

〔註4〕這類文章可參閱吳其昌《王觀堂先生學述》，《國學論叢》1 卷 3 期，梁啟超《中

　　王國維學術思想受到思想界的重視應該說是始於他 1927 年自沉昆明湖後。當時，《國學月報》（王靜安紀念專號）刊發了梁啟超、陳寅恪、吳宓、姚名達等人的紀念文章，正面論述王國維的治學成就。其後，清華國學研究院的《國學論叢》、北京述學社的《國學月報》、上海的《文學周刊》和《大公報》的《文藝副刊》，以及日本的《藝文雜誌》等刊物都為之出版了紀念專刊，《圖書館季刊》、《語絲》、《學衡》、《文學季刊》等刊均有專文介紹王國維的生平和著述。自此，對王國維各方面學術價值的發現和挖掘便從未間斷過，而他個體生命精神和傳統、學術之間的糾葛也從未間斷地在各個時代的研究中留下不同的印迹。

　　綜觀 70 多年來王國維文藝批評研究狀況，大體有這樣幾個特點：

　　一、注重對王國維文藝批評「開風氣之先」特徵的發掘。許多對王國維學術思想價值進行評述的學者，都將其學術研究的先驅品格作為一個主導性線索進行闡釋。在史學上，郭沫若早就給了王國維「新史學開山」〔註5〕的評價，王國維被稱為開創「二重證據法」進行史學研究的第一人。在文藝批評中，最早的例子應該是吳文祺寫於 1924 年的《文學革命的先驅者──王靜安先生》。吳文祺站在反對「文以載道」的古風和提倡文學革命的立場上，極力頌揚王氏的《紅樓夢評論》對文學獨立價值的重視和《宋元戲曲史》中白話文學的應用。他稱王國維是中國文學史上第一個懂得小說戲曲的價值的人：「凡是不含有功利臭味或道德教訓的純粹文藝，不是被曲解，便是被摒棄。……即使有少數之尤少數的人，能賞識小說戲曲……的好處，但總不免存著一個『雕蟲小技，壯夫不為』的觀念，從沒有把它當文學看待的。──金聖歎雖然會大膽宣言：『天下之文章，無有出耐庵先生之右者』然而他的讚美小說，只是一種盲目的好奇的衝動罷了，何嘗能懂得小說的真價值？他的評注三國水滸……等書，仍不脫時文家的陋見，而他以描寫人生的純粹文藝與記敘事實的史書相提並論，尤足證其對於文學並無深切的瞭解，──於此可見舊文人中能徹底明白文學的真諦的，是很少的了。」而「王氏不但能徹底地瞭解小說戲曲之價值，而且能對於小說戲曲加以精密的系統的研究」。並

　　　　國近三百年學術史》（上海：民智書店，1929 年）；日本學者青木正兒《中國
　　　　近世戲曲史‧敘》（上海：商務印書館，1936 年）；趙景琛《讀宋元戲曲史》
　　　　（原載《青年界》九卷第三期，另有郭沫若《魯迅與王國維》等。
〔註 5〕參閱郭沫若著《十批判書‧古代研究的自我批判》和《魯迅與王國維》二文，
　　　　《王國維學術經典集（下）‧附錄》，南昌：江西人民出版社，1997 年版。

且與五四新文學家相比較：「王靜安先生二十年——或十餘年——前的文學見解，竟和二十年——或十餘年——後的新文學家不謀而合，如胡適之曾斥團圓式的小説爲無價值，（文學進化與戲曲改良）王氏也很反對始困終亨先離後合的小説戲曲；胡適之以爲白話的詞類較文言精密（見國語的進化），王氏也以爲多節詞精密而單節詞不精密；胡適之曾說詩宜具體不宜抽象（談新詩），王氏也有『美術之特質，貴具體而不貴抽象』（紅樓夢評論）之言；又如近來的新文學家都嚷著『文學是表現人生的』，『文學是人生的圖畫』的口號，王氏也知道文學的目的在描寫人生；近來的新文學家很激烈地反對文以載道的文學觀，王氏也很不贊成勸善懲惡的聖諭廣訓式的文學；近來的新文學家都知道『自然』爲文學的要素，王氏也說『古今來之大文學家，無不以自然勝』；近來的新文學家都知道外國的文學，較中國發達，王氏也說『我國之重文學，不如泰西』；近來的新文學家都知道雅詞和俗語的價值，並沒有什麼高下，王氏不但知道『雅俗古今之分，不過時代之差，其間固無界限也』，並且很欣賞元曲之運用俗語爲『古所未有』。」也正因此，吳文祺結論道：「我稱他爲文學革命的先驅者，似乎不是過分的誇大的尊號吧！」〔註6〕

谷永 1928 年在《王靜安之文學批評》中說：「千百年來，能以歷史的眼光論文學之得失者，二人而已，其一江都焦里堂氏。其又一則海寧王靜安先生也。」〔註7〕

陳寅恪 1940 年在王國華、趙萬里編《王靜安先生遺書・序》中，亦有對王國維開風氣之先的評價：「自昔大師巨子，其關係於民族盛衰學術興廢者，不僅在能承傳先哲將墜之業，爲其託命之人，而尤在能開拓學術之區宇，補前修所未逮。故其著作可以轉移一時之風氣，而示來者之以軌則也。」

馮友蘭在其《中國哲學史新編》第六十九章，以《靜庵文集》和《人間詞話》爲根據，專論「中國近代美學的奠基人——王國維」，也意在客觀而全面地闡釋「爲歷史學（成就）所掩」的王國維的文學、美學和哲學思想。〔註8〕

這些對王國維學術價值開「風氣之先」特徵的評述對後來王國維各方面

〔註6〕《小説月報》第十七卷號外，1927 年印。

〔註7〕《學衡》，第 64 期，1928 年印。

〔註8〕馮友蘭《中國哲學史新編（下）》第 69 章，人民出版社，1962 年版。類似的評述還可參見聶振斌《王國維美學思想述評》，瀋陽：遼寧大學出版社，1986 年版。

學術成就的研究都有著重要的引導作用，尤其是在對王國維文藝批評思想方法論的創新以及對西方理論體系和理論方法「會通」方面的討論都已經取得了很多成就。事實上，直到現在，面臨著新的時代語境，這條「開風氣之先」特徵的挖掘仍是研究王國維學術思想的重要線索。

　　二、對於王國維文藝批評的研究受到社會政治意識形態批判的影響（尤其是指中國大陸）。以 1949 年到 1977 年爲例，可以發現，這段時間不僅是王國維文藝思想研究的低谷階段（在這近三十年內，國內王國維著作研究的論文僅有 32 篇，其中《人間詞話》的研究 25 篇，《宋元戲曲考》研究 4 篇，《紅樓夢評論》研究 3 篇；更沒有任何專著出現）。在這些研究中，因王國維早期與康德、叔本華、尼采哲學的關係，所以多有批判。就連研究相對較多的《人間詞話》〔註9〕，由於解放前幾個版本的流傳，印數比較大，流傳廣泛，而且內容跟政治敏感話題關涉不大，但仍然有緊跟政治運動步伐的烙印。即便是進入 80 年代「美學熱」的時代，由於「文學是審美意識形態」仍然是主導潮流，許多對王國維文藝美學思想的研究事實上並沒有上昇到「美學」的高度，許多學者仍然將王國維的政治身份定位當成研究其學術思想的主導內容。如：「既然各個階級的階級感情，都是各不相同，絕沒有抽象的『眞感情』存在。各個人的階級意識不同，因而對客觀事物，就各有不同的愛好。……因而所謂『眞景物』的描寫，也決然不是抽象的、超階級的。

〔註9〕《人間詞話》是於 1908 年 12 月到 1909 年 1 月分別在《國粹學報》的第 47 期刊出了前 21 則和第 49 期、第 50 期連刊 43 則，共 64 則。王國維棄世後，學人對《人間詞話》多次校訂，增補。1927 年趙萬里發表《〈人間詞話〉未刊稿及其它》，從《人間詞話》原稿中輯錄出未刊稿 44 則，又增入其它詞評 4 則，共 48 則。羅振玉 1928 年編《海寧王忠悫公遺書》，將《人間詞話》輯二卷，共 112 則。王國維生前發表的 64 則爲上卷，趙輯錄的 48 則爲下卷。1939 年徐調孚從《遺書》中再輯集有關論詞的文字 18 則，合二卷集的 112 則，共 130 則。（《人間詞話》徐調孚校注本，1940 年由上海開明書店出版。）1947 年，開明書店複印時，又增入陳乃乾所輯之 7 則，此版本共收 137 則，稱徐陳校注本。解放後，隨著對《人間詞話》研究的開展，先後有王幼安校訂本（1980 年人民文學出版社），滕咸惠新注本（1981 齊魯書社），靳德峻、蒲菁箋證本（1981 年四川人民出版社），陳杏珍、劉烜重訂本（1982 年河南師大學報）等版本行世。他們都以兩卷本爲基礎，僅於第三部分即「刪稿」或「附錄」中輯錄條目的多寡有所不同而已。同時，劉烜認爲這 64 則詞話應是《人間詞話》的本文，以區別於其他的選本和注本。（參見劉烜著《王國維評傳》第 5 章第一節《人間詞話的發表和版本》，南昌：百花洲文藝出版社，1996 年版。）本書的研究亦以這六十四則爲準。

王氏所謂『有我之境』，固然沒有接觸到『我』之階級內容；所謂『無我之境』，則不但抹煞了寫景詩的階級性，而且也和他的『一切景語皆情語』的主張違反。他的『境界』說，實在還跳不出資產階級唯心主義的範疇。」〔註10〕以及：「在《人間詞話》中間貫穿著的中心論點與基本觀點，無疑還是資產階級的主觀唯心主義，有些部分則是延習封建文人的看法，更因本書許多唯心觀點，往往都是披著治學嚴謹的與繼承乾嘉樸學傳統的外衣，……所以在今天，用唯物主義觀點來透視《人間詞話》一書的反動論點，就成為一件具有鮮明的戰鬥意義的工作。」〔註11〕事實上，王國維是「資產階級唯心學者」，是「封建遺老」等論述在 80 年代國內對王國維文藝美學思想的研究中並非少見。即使 1992 年一本對王國維美學思想不乏灼見的論著中，還在論述中強調「王國維是不折不扣的資產階級代表人物」〔註12〕。這當然跟王國維選擇自我結束生命的方式以及中國慣有以社會政治批評或意識形態批評為主導的社會大背景相關。在這樣的研究模式下，當然不可能產生對王國維文藝美學思想客觀、正確的把握。但不可否認的是，這一階段的研究還是很有成果的，並有王國維詩學、美學研究上的專著問世。如：盧善慶《王國維文藝美學觀》〔註13〕，聶振斌《王國維美學思想述評》和佛雛的《王國維詩學研究》〔註14〕等。而且從八十年代到九十年代末，各種各樣的專著、年譜、評傳都相繼出現，並且由於幾次王國維學術研討會的召開〔註15〕，海峽兩岸交流頻繁〔註16〕，對王國維學術思想成就的挖掘和研究質量有了很大提高，

〔註10〕黃海章著《人間詞話札記》，姚柯夫編《〈人間詞話〉及評論彙編》，北京：書目文獻出版社，1983 年版，第 124 頁。

〔註11〕徐翰逢著《〈人間詞話〉「境界」說的唯心論實質》，同上書，第 220 頁。

〔註12〕參見張本楠著《王國維美學思想研究》，臺北：文津出版社，1992 年版，第 28 頁。

〔註13〕盧善慶著《王國維文藝美學觀》，貴州：貴州人民出版社，1986 年版。

〔註14〕佛雛著《王國維詩學研究》，北京：北京大學出版社，1987 年版。

〔註15〕1987 年，於上海華東師範大學召開「國際王國維學術研討會」；1994 年，在王國維的故鄉海寧召開了「海峽兩岸王國維學術研討會」，1997 年召開了「九七王國維戲曲史論學術研討會」；1997 年於北京清華園召開「紀念王國維誕辰120 週年學術研討會」，並有論文結集出版：吳澤主編《王國維學術研究論集》，上海：華東師範大學出版社，1983 年版。孫敦恒，錢競編《紀念王國維先生誕辰 120 週年學術論文集》，廣州：廣州教育出版社，1999 年版。

〔註16〕除了王國維在世時自編的《靜安文集》（1905 商務印書館）、《觀堂集林》二十卷（1921 年編 1922 年出版）。王國維逝世後，羅振玉編全集以觀堂集林為第一種，增至二十四卷。1959 年中華書局又出版了以商務版為主要參考的

尤其是就大陸來說。

三、進入 90 年代以後，特別是「國學研究」和「現代性」這兩個熱點問題的交織討論，使得王國維文藝美學思想價值的研究進入了新的維度。王國維理論本身的魅力和複雜性以及許多與時代相關的熱點問題，都使得王國維文藝批評的研究越來越具有更爲深遠的當代意義，引發了繼續深入研究的必要。

因爲，如果不單純孤立地就王國維個體學術成就來看問題，而是注意到知識界歷年來對王國維之於中國學術開創之功的重視使得王國維自然而然地成爲今天探討百年中國學術成就和問題的追溯點這一事實，那麼，讓王國維這位中國近代學者進入「現代性視域」，就是一個值得審思的問題。

本書正是從這一基點出發，關注王國維在中國現代文藝美學建設上的開創之功及其理論特色。

由於王國維文藝美學思想研究側重於研究王國維學術思想中對藝術審美和人生審美生成關係的思考。這一研究範圍主要涉及王國維早期（1904～1913）學術成就〔註 17〕，而且必然同時關涉到哲學、美學和文學批評等方面

《觀堂集林·附別集》）。港臺方面，有臺灣臺北文華出版公司 1968 年版的《王觀堂先生全集》。臺灣大通書局 1977 年印行的《王國維先生全集（初續編）》，對王國維文獻資料作了有價值的整理研究。港臺學者對王國維文藝思想，尤其是以《人間詞話》爲主要內容的關於文學內部規律的研究也值得重視，葉嘉瑩著《王國維及其文學批評》（1982 年版 廣東人民出版社）是一部重要著作，另有何志韶編《人間詞話研究彙編》（臺北：巨浪出版社，1976 年版）；葉程義著《王國維詞論研究》（臺北：文哲出版社），以及散見於眾多學者書中的散論、單篇等研究成果。

〔註 17〕除《人間詞話》和《宋元戲曲史》外，王國維（1877～1927）早期與文藝美學理論相關的著作，大都發表於 1904 年起由他任主編的《教育世界》上。王國維在《教育世界》上發表的文章，有的被收入他平生以來的第一本文集《靜庵文集》（自編）（1905），包括 1904 年刊發的其中 8 篇：《論性》、《釋理》、《叔本華之哲學及其教育學說》、《紅樓夢評論》、《叔本華與尼采》、《國朝漢學派戴阮二家的哲學》、《書叔本華遺傳說後》、《教育偶感四則》；1905 年刊發的其中四篇：《論近年之學術》、《論新學語之輸入》、《論哲學家與美術家之天職》、《論平凡之教育主義》，共十二篇；另加一篇《靜庵自序》，並附《靜安詩稿》（收 1898 年以來所寫古今體詩 49 首）；另有一些自 1900 年所寫的其他論文則被收入後來由王國華，趙萬里編的《靜庵文集續編》（收在《海寧王靜安先生遺書》，商務印書館出版，1940 年）包括《歐羅巴通史序》（1900）、《崇正講舍碑記略》（1901）、《汗德像贊》（1903）、《奏定經學科大學文學科大學章程書後》、《原命》、《屈子文學之精神》、《文學小言》、《去毒篇》、《教育小言

的許多命題。因此，有必要從學科意義上來釐定一下邊界，以突出自己研究重心的不同。

哲學領域的美學學科關注美的本質、審美心理和藝術這三方面內容，注重對審美原理、審美範疇等的普遍性研究；文學領域的文藝理論主要研究作家與社會、作家與作品、作家與自我、作家與讀者的關係，注重文藝的一般規律和特性研究。比如，同是對王國維《人間詞話》的研究，馮友蘭以一位哲學家的理解，從「意」與「境」的分析中得出了「藝術家的最高的理想是對於『理念』的直觀的認識」這樣的結論，並以此為依據對《詞話》第六十條：「詩人對宇宙人生，須入乎其內，又須出乎其外。入乎其內，故能寫之。出乎其外，故能觀之。入乎其內，故有生氣。出乎其外，故有高致。美成能入而不出。白石以降，於此二事皆未夢見。」〔註18〕作了這樣的解釋：「所謂『入乎其內』，就是入於實際的自然與人生。所謂『出乎其外』，就是從實際的自然和人生直觀地認識『理念』」。〔註19〕

而同是這第六十條，葉嘉瑩則用來探討「關於作者所當具之修養與態度」：「此一則詞話提出的實在應該是指『入乎其內故能寫之，出乎其外故能觀之』的一種『能寫』、『能觀』的藝術創作之修養，……首先我們該注意到的乃是緊接在這一則詞話之後的第六十一則詞話所說的：『詩人必有輕視外物之意，故能以奴僕命風月。又必有重視外物之意，故能與花鳥共憂樂。』這二則詞話既然接連如此之密切，而含義與口吻又如此之相近，因此我們便可推知這二則詞話實在應該是同一概念的引申，後一則詞話所提出的『輕視外物』與『重視外物』二種不同的態度，原來便正是前一則詞話所提出的『能出』與『能入』二種不同修養之所以形成的重要原因，惟其有『輕視外物』之態度，所以才能使外物皆被我所驅使而不被外物所拘限，因此才能有『出乎其外』的客觀觀照；又惟其能有『重視外物』之態度，所以才能與一切所寫之對象取得生命的共感，因此才能有『入乎其內』的深刻感受。而對於一位真正偉大的作者而言，實在應當同時兼具這二種態度和修養，方可達到既

十則》、《書辜氏湯生英譯〈中庸〉後》、《論普及教育之根本辦法》（1906）《教育小言十三則》、《古雅之在美學上之位置》、《人間嗜好之研究》、《論小學校唱歌之材料》、《教育小言》、《三十自序（一、二）》（1907）等，計二十三篇。
〔註18〕論文中凡引王國維著作均於文中直接引出，不另作注說明。
〔註19〕參見馮友蘭著《中國哲學史新編》（下），北京：人民出版社，1999年版，第551、554頁。

『能觀』又『能寫』的最高的藝術成就。……」〔註20〕

　　而作爲哲學、美學和文藝理論的交叉學科，文藝美學擁有一個關聯性視域。它「用美學的觀點研究文藝現象，尋找文藝的獨特審美規律」〔註21〕，研究的是「人的現實的審美處境和靈魂歸屬問題，……是通過對藝術美研究來對人的處境和靈魂問題加以審美解決。」〔註22〕它在價值論上將藝術審美同人的審美生成聯繫起來，將藝術存在與個體存在的方式相聯繫，使藝術體驗成爲拓展個體生存價值，整合個體與社會、人與世界關係的基本方式。在解答生命意義的美學之謎中，強調藝術對感性生命、精神自由、靈魂追問的全新意義——「文藝美學是一種特殊的審美意識形態，它總是嘗試從更高的法則來檢驗現在，以未來理想的光亮洞燭現實人生問題。」〔註23〕

　　正是基於此一目的與理解，我在進行王國維文藝美學思想研究的過程中，更爲關注的是他文藝理論中本體論和價值論上的追求和特質；注重他如何以藝術建構人生的理想爲基礎，實踐他的文藝批評；而在這一實踐過程中，中國獨特的文化背景以及時代、民族、個體、社會之間的種種矛盾和衝突又留下了怎樣的影響和印痕？他個體對藝術和生命思考的成就和缺憾會爲我們今天思考同樣問題提供多少審思和建設意義？

　　當然，應該說明的是，各學科間的融會吸收，打開了許多研究的新思路和新視角，也取得了諸多有意義的新成果。文藝美學本身就是在這種思想指導下，中國美學家和文藝理論家跨學科建設的一種學術嘗試。也正是由於文藝美學同哲學美學和文學理論間的親密關係，使我得以考量各學科的研究成果作爲自己研究的基礎。

第二節　本書研究的方法論說明

　　王國維文藝美學思想及其對「中國審美現代性」建構的意義值得考量，採用何種方法何種角度進入研究域殊爲關鍵。我以爲有三個條件必須具備：

〔註20〕葉嘉瑩著《王國維及其文學批評》，廣州：廣東人民出版社，1982 年版，第270～272 頁。

〔註21〕王岳川著《文藝美學與當代精神生態》，《深圳大學學報》，2002 年第一期。

〔註22〕王岳川著《文藝美學與當代中國思想·序言》，王岳川編《文藝美學與當代中國思想》，韓國漢城：新星出版社，2003 年版。

〔註23〕同上書。

一要對原著文本有正確精深的把握；二要對其對現代思想史和文學史的貢獻有基本定位；三是充分理解其思想的當代意義。思量再三，我認爲運用文藝解釋學方法對其進行研究較爲恰當。

解釋學作爲西方哲學美學一種發展成熟的理論體系，往從施萊爾馬赫（F. Schleimacher）認識論解釋學，到狄爾泰（W. Dilthey）方法論解釋學，到海德格爾（M. Heidegger）、伽達默爾（H.G. Gadamer）本體論解釋學，再到利科爾（P. Ricoeur）文本對話理論解釋學的發展歷程來看，已經逐漸成長爲一種豐滿的實踐理論。而且就方法論意義而言，解釋學理論對我的研究有兩方面的意義：其一、文藝解釋學方法注重從現實的歷史發展中，從社會與人的內在聯繫來探究文本意義，符合我在研究中探求王國維文藝理論的本體論、價值論取向。二、解釋學理論中幾個重要範疇，不僅具有思想層面的啓示意義，同時確也有方法論層面的可適用性。狄爾泰強調的「體驗」和「理解」，是我最初進行王國維文藝美學思想研究時設置的一個理論前提；伽達默爾強調的「視界融合」，利科爾的對話理論，赫希的「重建作者原意」的理論取向，亦是我自己深入理解和闡釋王國維思想的基本要求。

因此，具體到這一課題的研究，我將會充分重視美國文學解釋學學者赫希（E.D. Hirsch）所主張的「重建作者原意」（re-cognition of the author's meaning or intention），「客觀詮釋作品本意」（the objective interpretation of textual meaning）〔註24〕的客觀解釋學取向：在闡釋王國維作爲中國現代學術的開拓者，從西方理論（主要是歐洲古典現代性理論）中尋找中國化現代性建構資源濫觴時，要警惕重複「誤讀」的可能性。也就是說，如果將我們現在掌握的西方理論或者說把源語境背景下的康德、叔本華、尼采等人的思想一一比附王國維對他們的闡釋，就可能會造成嚴重的雙方「誤置」：康德意義上的知識領域中，科學、審美、倫理的三大結合，跟王國維以中國理論爲基點而設置的「現代性」理想到底有多少深刻的承續，還是需要審慎對待的；以席勒、康德等爲代表的歐洲古典現代性強調理性在文化上的構建作用，和以尼采爲代表的審美現代性對感性的張揚到底在王國維的「審美現代性」建構中起著怎樣的作用，亦尙不能輕下結論；王國維試圖爲審美勘定一個屬於自己的領

〔註24〕關於赫希客觀解釋學理論的具體論述，參見其兩部重要著作：《解釋的有效性》（Validity in Interpretation，1967）和《解釋的目的》（The Aims of Interpretation，1976）。

域，或者從更深的意義上來說，打算從審美也即生命的角度來確立新的價值原則和世界秩序的這本土性思考，又與這些西方「本土理論」有多少脫胎之處，個中分析並非易事。

　　當然，學術研究中理解與對話的重要性同樣重要。伽達默爾將理解看作是「效果歷史」（effective history）的形成過程：「眞正的歷史對象不是一個客體，而是自身和他者的統一，是一種關係。在這種關係中，同時存在著歷史的眞實和歷史理解的眞實。一種正當的解釋學必須在理解本身中顯示歷史的眞實。……理解本質上是一種效果歷史的關係。」〔註25〕「傳統……是一種語言。它像一個『你』一樣表達自己。這個『你』不是一個客體，而是處於同我們的關係之中。」〔註26〕

　　文本是一個「準主體」，只有破除了那種生硬的主客體之間的認識關係，代之以我與你（主體與主體）之間的平等對話和問答關係，我們才能傾聽他者向我們說的話。王國維這位中國現代人文學者在關注和談論「審美」問題時，如何面對與西方迥異的社會問題和歷史事實？「被迫」發生現代化的中國，在一個全力推進經濟、政治、制度等層面的現代化成爲主潮的時代，審美現代性如何既作爲一種反現代性的思想脈絡，又作爲一種參與性的現代思想脈絡，共同建構中國的現代化進程？在審美獨立性和審美的社會功能之間，在審美本體論意義、價值論意義和方法論意義上對審美現代性的想像等方面，王國維的中國性方案又有著怎樣的不同？這都需要在理解和對話中解答。

　　而且，王國維在其文藝批評中亦提倡一種「能出」、「能觀」的平等對話精神（《人間詞乙稿序》）。王國維之所以能對康德、叔本華的理論，對中國傳統哲學、詩學既有獨到認識又有客觀的批判精神，就是基於這種對話意識。而且，我認爲，在王國維文藝美學思想的研究中，也只有保持了這種對話意識，才能夠更好地理解王國維的文藝美學思想，理解他的成就，他的矛盾和他的盲點。

　　因此，本篇論文以王國維對中國審美現代精神的建構爲基點展開論述，

〔註25〕伽達默爾（Hans～Georg Gadamer），《眞理與方法》（Truth and Method, translation edited by Garrett Barden and John Cumming, New York: the Continuum Pulishing Corporation, 1975），第 267 頁。

〔註26〕伽達默爾，《眞理與方法》，第 321 頁。

力求分析王國維在審美現代性問題上的若干新思維和新範疇，並從中理清他文藝美學思想的基本輪廓。論述主要分爲如下幾章：

第一章審美現代性與西方思想，考察王國維文藝美學思想研究的學術史軌迹，分析「審美現代性」在中國語境尤其是王國維思想中的體現，以及王國維與近代西方思想的精神關聯和價值訴求。本章試圖呈現這樣一個主要問題：作爲一位處於最尖銳變革時代的中國人文學者，王國維對西方思想的認識有著強烈的主動意識和拿來精神；而作爲一位以「審美」爲理想的人文學者，王國維的審美現代性建構從一開始就有著自覺自立的批判精神和「中國感受性」的價值立場，這一「西方拿來性」和「中國感受性」的張力，構成了王國維文藝美學乃至整個學術思想的基調。本章通過對王國維思想（古今中西）定位問題的探討，展現現代中國知識分子的精神世界和學術立場。

第二章：人間情懷與悲劇精神，以「人間情懷」爲一條貫穿性主線，通過對《人間詞》、《紅樓夢評論》和《人間詞話》等相關範疇的分析，探討王國維通過悲劇精神的引入，爲中國文化「人間」精神賦予新的創造意義的過程。論文中「悲情人間的質疑」，「反叔本華哲學的《紅樓夢評論》」，「與人間相關的悲劇精神」等主題，都意在探尋王國維與西方現代思想的獨特關聯。王國維對叔本華和尼采悲劇思想的吸收，前期表徵爲主動接近，其後期又在思想轉型中有意無意逐漸疏離，這事實上與其「人間情懷」緊密相關。本章同時也探討王國維如何在張揚「赤子之心」和建立中國藝術「境界」等中國傳統重要美學範疇的過程中實踐其「審美的人生成的」的理想。

第三章：「民間」與「自然」，主要探討《宋元戲曲史》中文藝美學思想的貢獻：通過探討王國維的戲曲史觀（比較文學的視野、注重藝術與傳統的承傳關係和藝術的時代性）以及他「民間」視角的運用和「自然「藝術觀這諸種問題，探討王國維在《宋元戲曲史》研究中爲中國文化精神輸送新鮮血液的強烈的自覺意識。王國維《宋元戲曲史》既不像《紅樓夢評論》那樣作某單個理念的置入，也不像《人間詞話》那樣熱切地要從民族主流文化資源中發掘建構人類生命和藝術的理想世界，而是以其深沉的歷史眼光，嘗試從另一角度發掘最爲時代所需要的使藝術、生命、文化成長和堅強的原動力。這表現在王國維「民間」視角的運用以及「自然」藝術觀的推崇上。

第四章：處於政治與審美之間，以探討王國維與中國道德政治哲學之間的關係爲主線，澄清中國道德政治哲學在王國維個體生命與政治身份以及學

術思想研究中的負面效應等問題，並闡釋王國維審美主義的眞正基礎──「美善統一」觀。

　　結語：王國維文藝美學思想的當代意義，考量當代語境中王國維文藝美學思想重要的啟迪意義。

第一章　審美現代性與西方思想

第一節　「現代性視域」展開的問題

　　學術界關於王國維研究中的「現代性」考察，是比較近晚的事。就我所看到的資料而言，溫儒敏較早在文學批評界提出有關王國維學術思想的「現代性」問題。他在《中國現代文學批評史教程》（1993 年）首章即論「王國維文學批評的現代性」。在這篇文章裏溫儒敏強調王國維 1904 年發表的《紅樓夢評論》「破天荒借用西方批評理論和方法來評價一部中國古典文學傑作，其實就是現代批評的開篇」；而且，王國維借用叔本華意志哲學對《紅樓夢》整體象徵意義的評說是一種「帶有目的性的『誤讀』，『誤讀』後面有著對現代批評新思維的渴求」：「王國維的『誤讀『雖然有牽強附會，但卻嘗試了一種現代性的批評視野和方法，以前所未有的理論思辨力給當時學術批評界以強刺激，一下子打開了人們的眼界。」〔註1〕

　　劉烜在《用現代科學方法研究中國文學的奠基人王國維》（1996）一文中，從《紅樓夢評論》、《人間詞話》、《宋元戲曲史》三方面的成就，論述王國維「在中西文化交往中開拓學術研究的新境界」，也指出王國維具有「彙通交融」中西批評，醞釀「新型的批評」的意向〔註2〕。

〔註 1〕參見溫儒敏著《中國現代文學批評史教程》第一章《王國維文學批評的現代性》，北京：北京大學出版社，1993 年版。

〔註 2〕參閱王瑤著《中國文學研究現代化進程》第二章，北京：北京大學出版社，1996 年版。

在我看來，這兩位學者強調王國維文藝理論自覺的「現代」意識，鮮明提出王國維文藝批評方法上的「現代性」問題，是確有洞識的。而且，從他們的討論中也可看出，他們都有一種嘗試爲獨立的中國現代學術探源立本的苦心和努力。只是在如何看待王國維文藝理論「現代性」問題上不夠深入。因爲，儘管西學東漸大潮中，王國維等一代學者西方理論體系和理論方法的借鑒是顯然的，但如果僅把這種方法論層面的「化合」當成中國文化「現代化」的全部內容，這是無論如何也整合不出一種獨立的中國文藝「現代性」的自覺意識的。自然，任何這種框架下對王國維繼而對整個中國文藝現代性的探討都會失之偏頗和表面。

把這一問題延伸到本體論和價值論層面上探討的是劉小楓（1998）和張輝（1999）。〔註3〕這兩位學者分別從社會學和哲學的角度探討了中國「審美現代性」的發生，並且都將這個生發點追溯到王國維身上，在我看來，是對這一問題具有突破性的拓深。

劉小楓首先考察了「漢語審美主義的知識社會學語境」，得出：「中國現代化轉型過程中出現的意義虧空和漢語思想傳統的價值理念面臨被希臘──拉丁語思想傾覆的危險是漢語審美主義論述的原動力」，「審美的人生態度和藝術代替宗教的訴求作爲漢語審美主義的基調，表達了中國的現代主義話語之基本特徵：雙重衝突症候。」〔註4〕劉小楓敏銳地看到了中國審美現代性「被迫」發生的歷史症候，而且指出了糾纏「中國現代化」的一個最中心的問題：在尖銳的雙重衝突和不得不從「西歐審美主義的話語」中汲取資源這樣一個歷史語境下，中國審美現代性從其最初就必然要背負的尷尬和無法自全──這些要求國人都必須不能迴避的「中國現代性」問題是發人深醒的，我認爲也是必須強調和指出的。劉小楓說：「王國維是最早從現代哲學的語義上論證藝術有人生解救功能的漢語思想家。對他來說，藝術並非僅是一種藝術現象，而是一種生存現象。」〔註5〕這一看法亦很值得贊同，並且我認爲是抓住了王國維審美主義最本質的問題。

張輝的論點與劉小楓基本上一致。他在其《審美現代性批判》的《中國

〔註3〕參閱劉小楓著《現代性社會理論緒論》（四）《審美主義與現代性》（上海：上海三聯書店，1998 年版）；張輝著《審美現代性批判》（北京：北京大學出版社，1999 年版）。

〔註4〕劉小楓著《現代性社會理論緒論》，第309～310 頁。

〔註5〕劉小楓著《現代性社會理論緒論》，第310 頁。

美學的期待視野》一章中論到：「如果我們將從先秦到晚清中國美學與文藝理論的發展中所提出和討論的問題，與王國維第一次引進『美學』這一概念之後的情況作一個簡單的比較，我們就會發現，整個理論模式發生了非常大的變化，不僅概念範疇是新的，甚至問題乃至提問的方式也是新的了……審美理論話語的變化，不僅是審美精神與美學學科變化的外在表現，而且它本身就是知識學層面的 一種現代性徵兆。」〔註6〕他同樣關注西方思想的進入引發的中國文化的深層變革。在談及王國維「審美獨立」的思想實際上已經是「一種更具現代性的思想表徵」時，張輝也同樣結論出：「審美，在王國維那裡已經並不僅僅只是一種對藝術現象的欣賞與陶醉，而構成了一種生存現象」〔註7〕

在我看來，這兩位學者都敏銳地抓住了王國維文藝批評在中國現代學術史上真正具有開拓性的本質。他們的探討也為理解「中國審美現代性」發生的問題打開了比較清晰的思路和值得重視的問題。

但在對王國維「審美現代性」的理解上，就我個人的粗淺認識，覺得還有些不能確信的地方。劉小楓在論述王國維的「審美是『上流社會之宗教』」（《去毒篇》1906）這一提法時，認為其中「具有的現代性含義」，「使王國維的審美主義思想深度超過了他以後的任何一位追隨者」的難能可貴之處在於王國維認識到「審美是現代市民文化人的宗教」。〔註8〕他之所以得出這一結論的原因在於：首先，他認為王國維在《去毒篇》中對『審美』是『上流社會之宗教』」的這一認識正可以同歐洲審美主義的市民性聯接起來。其次，一個還可以幫助確證的論據是：「王國維的思想質料中所納入的叔本華的思想」。因為叔本華對感性的強調以及對藝術和審美的認識也正「是歐洲審美主義話語演進過程中的一個重要環節」〔註9〕。

劉小楓對歐洲「現代審美主義的市民性」的認識以及叔本華之於歐洲審美主義話語演進歷史作用的認識都是非常正確的。但我認為值得商榷的地方在於：王國維是否是由於領悟到西方「現代性」（市民性審美主義）的精髓，才滋生了審美主義意識？事實應該並非如此。首先，王國維作為一位身處中

〔註6〕張輝著《審美現代性批判》，第28～29頁。
〔註7〕張輝著《審美現代性批判》，第91頁。
〔註8〕劉小楓著《現代性社會理論緒論》，第311頁。
〔註9〕同上書，第311頁。

國近代社會多重衝突下有著強烈救亡圖存意識的中國士人，他事實上沒有深刻西方審美現代性誕生的市民社會體驗，而且也並不關心西方現代性發生的歷史淵源。當時中國的「市民社會」與西方的「市民社會」不可同日而語，絕非王國維所嚮往建構的現代性環境。其次，在王國維根據中國問題面向西方審美主義訴求的過程中，人們並沒有充分的理由可以證明王國維這位通過自學和轉譯資料來瞭解西方思想的中國學者，是在完全理解處身西方文化傳統中的叔本華「感性本體論」的全部內涵而進行叔氏理論的正確詮釋的。劉小楓認爲「王國維的審美主義論述之所以能含糊地觸及現代性問題的要害，……主要因爲替漢民族文化理念在西方價值理念面前辯護的心態，在他那裡尚未成爲其論述的內在衝動」。〔註10〕這一觀點的後半部分我是同意的。我認爲也正因此使王國維具備了其他中國「政治學人」所不具備的超越視野和銳敏的人類眼光。但如果將王國維的審美現代性建構歸結爲想要建立一種「現代市民文化人的宗教」，在我看來是不符合王國維本意的。王國維對宗教的認識和理解，事實上是缺乏西方意義上的神性光輝和終極價值意義的。他毋寧將藝術與生命精神並置，且高高置於宗教之上。這一點很顯然地表現在劉小楓所徵引的《去毒篇》中：「宗教之說，今世士大夫所斥爲迷信者也。自知識上言之，則神之存在靈魂之不滅，固無人得而證之，然亦不能證其反對之說。何則？以此等問題超乎吾人之知識外故也。今不必問其知識上之價值如何，而其對感情之效，則有可言焉。今夫蚩蚩之氓，終歲勤動，與牛馬均勞逸，以其血汗，易其衣食，猶不免於凍餒，人世之快樂，終其身無斯須之分，百年之後，奄歸土壤。自彼觀之，則彼之生活果有何意義乎？而幸而有宗教家者，教之以上帝之存在，靈魂之不滅，使知暗黑局促之生活外，尚有光明永久之生活：而在此生活中，無論知愚、貧富，王公、編氓，一切平等，而皆處同一之地位，享同一之快樂，今世之事業，不過求其足以當此生活而不愧而已。此說之對富貴者之效如何，吾不敢知，然其對勞苦無告之民，其易聽受也，必矣。……余非不知今日之佛教已達腐敗之極點，而基督教之一部且以擴充勢力干涉政治爲事，然苟有本其教主度世之本意，而能造國民之希望與慰藉者，則其貢獻於國民之功績，雖吾儕之不信宗教者，亦固宜尸祝而社稷之者也。」可見，王國維將「宗教」僅不過視作可以取代鴉片的百姓之慰藉物；相比較於西方幾乎所有的形而上學（藝術、哲學）追問都屢屢歸

〔註10〕劉小楓著《現代性社會理論緒論》，第311頁。

結到最神聖、最具超越性的「宗教」，或者是某種具宗教特質的「本體」，可謂全然迥異（後面章節還會展開論述）。

當然，我這一探討絲毫沒有想要否認兩位學者在揭示「中國審美現代性」發生所作出的重要貢獻，也並不是沒有注意到劉小楓在幾部著作中都一再重申他「反觀中國問題」的迫切目的，以及「理解歐洲思想，最終是要重新理解漢語思想」，尋求「漢語哲學精神再生的可能性」的學術追求。〔註11〕我同時也注意到了張輝對其論述角度的解釋：「這裡我們就中國美學對德國美學的期待視野所作的分析，更多強調了德國美學得以進入中國，在美學事實上的有利因素，而有意相對忽略了中國美學精神發展的內在邏輯與德國美學相契合的方面。」〔註12〕我想指出的是，兩位學者的探討給人留下的仍是西方審美主義在中國映象式發生的印象。中國學者的形象仍基本上是懵懂和窘迫的，他們嫁接來的那零星資源又怎能支撐得起「中國的」「審美現代性」的獨立行走？

探討「中國審美現代性」的發生，西方思想的進入是一個繞不開的前提，也是必須正視的問題。只有這樣，我們在追溯王國維他們這一代學者對中國現代學術貢獻時才不會再像以前那樣感到有眾多拘束和困擾，繼而造成在探討中國文藝「現代性」問題上始終躑躅不前，不斷地自我質疑和自我追問。但必須強調的是，我們探討和反思中國文化的「現代化」問題，當然不是為了最終結論出一個殘缺的西方現代性摹本的「中國形象」。事實上，任何文化現象間的關係，都不可能是一種單向性的作用和被作用關係。中國文化作為一種個性鮮明的文化傳統，它一直都在打開、交流和融彙中吸取有利於自己滋生的營養。而這些營養是由那些承傳了該文化傳統衣缽的一代又一代真心思索該文化命脈發展的學者，在主動的有選擇性的「拿來主義」下，充分發揮對自我傳統的規劃意識汲取進來的。也正是這樣的學者塑造了中國文化的「現代性」雛形。研究王國維這一代國學大師的一個重要價值就是探尋支撐這個雛形成長和發展的力量，並進而使之壯大成為能夠在全球化語境中發出自我鮮明聲音的獨特個體。

中國文化的現代轉型，一代國學大師的精神自覺確實起了重要作用。許多學者認為中國歷史上有三次大的國學中興，以王國維為代表的近代學者的

〔註11〕劉小楓著《拯救與逍遙‧修訂本前言》，上海：上海三聯書店，2001年版。
〔註12〕張輝著《審美現代性批判》，第30頁。

學術成就是繼春秋戰國、宋代以來的第三次中興（張岱年《國學大師叢書‧總序》）。那麼，反思和清理這些學術成就，進而正視和探索中國文化傳統的「現代化」建設之路，並在新的語境中有所繼承和發展，應是當下研究的意義所在。

第二節　「審美現代性」再追問

　　作為中國審美現代性建設的起點，我堅持王國維審美主義的不同。東西方審美現代性發生語境的差異在此起了決定性的作用。

　　「審美現代性」（aesthetic modernity〔註13〕）和「審美主義」（aestheticism）〔註14〕作為兩個僅為現代社會而生發的術語，簡單地說，它們事實上表徵地就是現代社會中藝術對待（不只是對抗）現實的一種關係。在中西文學史上，儘管「現代」都是一個與「古典」相對的概念，但卻有著迥然不同的表現形式。因此，我們可以從中西文學「現代性」現象的不同表徵入手，來觀照一個為進一步探討王國維文藝美學思想特質奠定方向的「中國審美現代性」。

　　西方文學「現代性」的發端儘管可以追溯到文藝復興時期對「人」的肯定，但它的發展還是應該跨過古典主義那些帶有濃厚宗教色彩，強調永恒固定價值和堅固的整體性以及浪漫主義耽於謳歌自然和內心，而忽視對現實問題的解決這一階段。它更應該說是繼文藝復興運動之後，十八世紀初起於法國襲卷整個歐洲的啟蒙運動。西方現代思潮最初表達的是近代西方人文知識

〔註13〕關於西方「現代性」（modernity）和「審美現代性」（aesthetic modernity）問題討論眾多，理論紛繁，本文不在這裡贅述。有代表性的論述可參閱科林內斯庫（Matei Calinescu, 1934～2009）《現代性的面孔》（Faces of Modernity, Bloomington: Indiana University Press, 1977）。另外，還可參閱西美爾（Georg Simmel, 1858～1918）《貨幣哲學》（Philosophie des Geldes [The Philosophy of Money], 1900），舍勒（Max Scheler 1874～1928）《人在宇宙中的地位》（Die Stellung des Menschen im Kosmos [The Human's Place in the Cosmos], 1928），吉登斯（Anthony Giddens, 1938～）《現代性的後果》（The Consequences of Modernity，1990），哈貝馬斯（Jürgen Habermas, 1929～）《現代性：一個尚未完成的工程》（"Modernity: An Unfinished Project", 1980），利奧塔（Jean～François Lyotard, 1924～1998）《後現代知識狀況》（La condition postmoderne: rapport sur le savoir [The Postmodern Condition: A Report on Knowledge], 1979）等西方學者關於「現代性」的論述。

〔註14〕應該說明的是，在突出藝術對人生的救贖和建構的關係上，我事實上並無嚴格區分地同時使用這兩個詞彙。

分子對人的理性和智慧的堅定信心。事實上，西方現實主義、現代主義以至於後現代主義文學藝術正是這一信心跌宕歷程的表徵，它們書寫了「現代著」的西方現代人是如何由「現代人的激情」走向「現代人的焦慮」再到「現代人的無根」的歷程〔註15〕：

　　現實主義文學是西方科學進步和理性主義如日中天的時代在文學藝術上的反映。達爾文（Charles Darwin, 1809～1882）進化論思想、洛克（John Locke, 1632～1704）經驗主義哲學和以孔德（Auguste Comte, 1798～1857）爲代表的實證主義哲學都深刻地影響著十八到十九世紀藝術反映世界的方式：具有主體性的個人和外部世界碰撞、融合，交互運動，他們進入歷史並被歷史裹脅，但亦反作用於歷史，改造和創造著歷史。現實主義文學強迫讀者接受這樣一種印象：波瀾壯闊的歷史畫卷就呈現於特殊的時間和空間的交匯點——一個具體生動的個體生命歷程上。無論這個個體反映著歷史滾滾向前的步伐還是突顯了他與歷史的衝突——就像巴爾扎克（Honoré de Balzac, 1799～1850）筆下的高老頭（Le Père Goriot, 1835）和司湯達（Marie-Henri Beyle〔Stendhal〕, 1783～1842）的於連（Le Rouge et le Noir, 1830），他們都在強化著一種線性的、不斷消滅「現在」的、義無返顧向前的時間觀和歷史觀，這就是「激情的現代性」階段。

　　「激情的現代性」被兩次世界大戰無情地粉碎了。整個傳統理性主義的思想體系恰在被強化爲一種不容置疑的世界觀和意識形態的時候，卻不得不

〔註15〕　王岳川曾爲這三種文學現象做過比較精確的總結：「就精神模式而言，現實主義注重理想模式（典型），現代主義注重深度模式（象徵），而後現代主義則追求『平面模式』（空無）；就價值而言，現實主義講求代永恒立言的英雄主義，現代主義講求代自己立言的反英雄（荒誕），而後現代主義則講求代『本我』立言的非英雄（凡夫俗子）；就人與世界的關係而言，現實主義強調歷史發展的必然性和人的社會性，現代主義強調世界的必然性與人的偶然性相遇中的個體存在的狀況，而後現代主義則強調存在有偶然性（生命與藝術是偶然的）和生命的本然性；就藝術表現而言，現實主義以全人觀物，敘事人無所不在，無所不曉，並且有一種求雅的審美情趣，現代主義則以個人觀物，具有一種雅俗相衝突的審美取向，而後現代則強調純客觀的以『物』觀物，講求無個性、無情感的『極端客觀性』，並表徵出一種直露坦白的求俗趣味；就藝術與社會關係而言，現實主義認爲藝術是超功利的審美欣賞，具有一種提升讀者的功能（教化大眾），現代主義認爲藝術是對社會異化壓抑的一種反抗，藝術表現爲反抗性反彈的痛苦與醜，而後現代主義則認爲藝術是一種商品，是日常生活中解魅化、大眾化的消費品。」（參閱王岳川著《中國鏡象——九十年代文化研究》，北京：中央編譯出版社，2001年版，第181～182頁）。

接受質疑。因此，哲學思想層面出現了一系列反撥實證哲學、形而上學的新理論——柏格森（Henri Bergson, 1859～1941）的生存論、弗洛伊德（Sigmund Freud, 1856～1939）的精神分析學說，以及尼采（Friedrich Nietzsche, 1844～1900）的超人哲學等我們通常所謂的生命哲學，都試圖建立一套外在於理性範疇的的非理性類的理論。這正是我們通常所謂「審美現代性」與「制度現代性」進行對抗的典型西方現代社會——以個體的隨意性和差異性的瞬間存在，來擺脫以資產階級道德和法律爲基礎的社會整體秩序。

現代主義的「英雄們」普遍對認識現實世界的所謂「眞實」和歷史終極意義上的所謂「眞理」產生懷疑。他們把目光轉向意識、心理印象和內心的情感。但這種內轉已完全不同於浪漫主義作品對內心世界的刻畫與抒情，以內心世界的崇高來批判社會現實的墮落。意識流小說、超現實主義、未來主義、象徵主義、表現主義、意象派詩歌等等這些現代主義藝術形式都在試圖尋找擁有強烈個體意識的現代人在這個系統化、平面化的工業社會中爭取存在空間的表達。現代主義文學作品中那些「瑣碎」的表達往往發揮著對傳統宏大整體敘事顛覆的功能。它與隨著社會工業化和消費化的深入，後現代主義文學中更爲純粹的私性化和碎片式表達有著根本的不同。喬伊斯（James Joyce, 1882～1941）的《尤利西斯》（Ulysses, 1922），外部時空（1904 年 6 月 16 日這一天，愛爾蘭首府都柏林）的平淡與內心世界如此豐富廣闊，隨意識上下橫貫幾千年的強烈對比，事實上正是個人不可重複的時間體驗對宏大歷史經驗和永久存在的質疑。

對於西方審美現代英雄，本雅明（Walter Benjamin, 1892～1940）的描述非常深刻。他強調「英雄是現代主義的眞正主題」，現代主義同樣「是按著英雄的形象來塑造藝術家形象的」。〔註16〕他區分現實主義英雄和現代主義英雄的不同：「雨果把自己作爲英雄放在人群中，波德萊爾卻把自己作爲一名英雄從人群中分離出來。」〔註17〕，因此，現代主義成了這樣的「反英雄」：「由於現代英雄根本不是英雄，他又扮演起英雄來。英雄式的現代主義最終落得一個悲劇下場」。〔註18〕

〔註16〕本雅明著《發達資本主義時代的抒情詩人——論波德萊爾》，張旭東、魏文生譯，上海：生活・讀書・新知三聯書店，1989 年版，第 85 頁。
〔註17〕同上書，第 84 頁。
〔註18〕同上書，第 118 頁。

西方「審美現代性」的精神充分體現在現代主義文學的悲壯性中。

在西方審美現代性對制度現代性的反思和批判中，「城市」不僅是透視這一現代文明發展的鏡子，亦是解析它的符碼。本雅明、西美爾、卡夫卡（Franz Katka, 1883～1924）、愛‧倫坡（Edgar Allan Poe, 1809～1849）都通過「城市文明」這面大鏡子透視西方「現代人」的生存狀況。

西美爾在其《社會學》中分析了「大城市」生活環境造成人「心理生活」（mental life）的一種「漠然態度」（blasé attitude）：「漠然態度首先是神經迅速改變且緊密擠壓的種種不同刺激造成的結果。……無限追求享樂的生活讓人漠然，因為它長時間刺激神經最強度反應以致最終它們完全停止反應。」〔註19〕愛倫‧坡描繪了踏著「現代節奏」在城市裏匆匆穿梭的「標本現代人」的形貌：「絕大多數行人有滿足的、公務在身的表情，而且好像只想著走出擁擠的人群。他們皺著眉頭，眼睛飛快地轉動著；在被其他行人衝撞時，他們不表現任何不耐煩，而是整理一下衣服，繼續匆匆向前。還有另一類為數不多的人，他們的行動煩躁不安，臉色紅脹，口中念念有詞，並向自己做各種手勢，好像就是因為周圍的人太擁擠而感到孤獨。當他們受阻不能前進，這些人便突然停頓口中之語，手勢倒增多了一倍，嘴上掛著莫名其妙、不合時宜的微笑，等著阻礙他們向前走的人。如果遭擁擠，他們便向推擠的人拼命鞠躬致意，給人一種慌亂不知所措的印象。」（愛倫坡《人群中的人》，The Man of the Crowd, 1840）。卡夫卡日記裏的一段話可以作為「現代人」〔註20〕悲劇紀念碑上的銘文：「任何活著時無法接受生活的人，都需要一隻手擋開些許籠罩他命運的絕望——儘管他總是極少成功——但與此同時，能用另一隻手記下他在廢墟中看到的一切，因為他和別人看到的不同，而且更多；或許在他自己有生之年他是死了，但他卻是真正的幸存者。」（卡夫卡《日記》[Dairies]，1921 年 10 月 19 日）

本雅明作為這個機械時代最深刻的研究者，他看到了「機械以它轟然的節奏打破個體生活的整體，一如它侵損了自然的整體。在機械面前，人要麼通過接受機械訓練而變得合乎規範，要麼毫無防備地陷入震驚。但無論如何，

〔註19〕西美爾著《社會學》（The Sociology of Georg Simmel, translated and edited by Kurt H. Wolff, New York: The Free Press, 1964），第 414～415 頁。

〔註20〕這些「現代人」指的是與「思想狹窄的城市動物」（馬克思語）相對的，那些內心存有詩意但卻被時代拋在外的人。

經驗與體驗，意識與無意識都被明確地分離開來，這種分離正是西方現代主義的專利」，因此他選擇了波德萊爾（Charles Pierre Baudelaire, 1821～1867）這位「現代英雄」來反觀這個發達資本主義的機械時代。本雅明引述波德萊爾一八五一年寫的文字：「病態的大眾吞噬著工廠的煙塵，在棉花絮中呼吸，機體組織裏滲透了白色的鉛、汞和種種製造傑作所需的有毒物質。」然後，他論到：「這個大眾是英雄輪廓藉以出現的背景。波德萊爾以他自己的方式為這幅畫配上了解說詞。他在它下面寫上了：『現代人』。」〔註21〕本雅明把波德萊爾視為「波希米亞人」，與那種流浪漢一樣享有一種自由，但這卻是一種失去任何生存空間的自由，一種被拋棄的自由，是擺脫作為一件商品，一個符號的存在所需付出的代價。他稱讚波德萊爾一心一意致力於自己的使命，用自己全部的經驗去換取詩的體驗的勇氣，這是一種富有悲劇意味的嘗試：「迷失在這個卑鄙的世界裏，被人群推搡著，我像個筋疲力盡的人。我的眼睛朝後看，在耳朵的深處，只看見幻滅和苦難，而前面，只有一場騷動。沒有任何新東西，既無啟示，也無痛苦」（波德萊爾：《惡之花》）。本雅明說：「在被這些最後的同盟者出賣之後，波德萊爾便向大眾開火了——帶著那種人同風雨搏鬥時的徒然的狂怒。這便是體驗（Erlebnis）的本質；為此，波德萊爾付出了他的全部的經驗（Erfahrung）。他標明了現時代『感情』的價格：氣息的光暈在震驚經驗中四散。他為讚歎它的消散付出了高的代價——但這是他的詩的法則。他的詩在第二帝國的天空上閃耀，像『一顆沒有氛圍的星星。』」〔註22〕

面對讀抒情詩很困難的讀者，波德萊爾就這樣成了西方社會的「現代英雄」。而海德格爾（Martin Heidegger, 1889～1976）對「現代英雄」的描繪則更具形而上學性，他把詩人稱作「冒險更甚者」，是在世界的黑夜「自身大膽冒險進入存在之區域」〔註23〕的人：「他們為終有一死的人帶來消逝的諸神的蹤跡……作為美妙事情的歌者，冒險更甚者乃是『貧困時代的詩人』。」〔註24〕

西方審美現代性正是這樣形成和運作的。

〔註21〕本雅明著《發達資本主義時代的抒情詩人——論波德萊爾》，第 145 頁。
〔註22〕同上書，《論波德萊爾的幾個主題》，第 167～168 頁。
〔註23〕馬丁·海德格爾著《林中路》，《詩人何為》，孫周興譯，第 321 頁，上海：上海譯文出版社，1997 年版。
〔註24〕同上書，第 326 頁。

對西方現代世界的圖景，以及建構在西方歷史背景下的審美現代性的特質進行了這樣一番描繪之後，可以比較容易地觀照到發生在「現代中國」的審美現代性有多麼大的不同。中國語境中也擁有著一個在進行的意義上的「現代」。這個「現代」的一個表徵就是「變化」，是一個空間和時間上同時的翻天覆地。對於中國人來說，就是「天朝世界觀」的完全破碎，是環宇之中「中國城」的打開。

西方對時間的焦慮，對空間的焦慮，在城市中的失落和找不到家園的恐懼等等下意識的問題和都市文化中隨處體現的現代性的壓迫感，在中國的現代世界裏是沒有的。儘管中國現代人同樣有著他的激情和焦慮，只不過不是體現在「城市」這個西方現代理性精神高度發展標誌的透視鏡中，而是體現在艱難的天朝「復興」夢中——打開國門的現代中國知識分子醉心於兩件事情：翻譯和變革。

無論是政治知識分子如梁啓超的「小說界革命」，還是王國維這種所謂「純知識分子」對「審美主義」的訴求，還有胡適等新文化運動的主將們「科學、民主」的呼籲都是如此。

而對於以農業和鄉村爲主體，以里弄的世界支撐起的都市文明的晚清社會，現代性帶來的變化和特質是迥然有異於歐洲工業體制下高度發展的現代都市文明的。表達在文學上就體現在中國的「新小說」和「現代小說」（五四小說）中。〔註25〕尤其是在新感覺派的小說裏，受到「現代社會」衝擊的心靈表現更多的是一種興奮，一種刺激或者昏眩，卻幾乎沒有任何深沉的心理因素的東西。像施蟄存《善女人的行品》（1933）裏描寫的典型的中國婦女在都市生活中的心理波動，還有劉吶鷗、穆時英的小說等等。這與西方審美現代性強烈的壓迫感和異化感是不同的。李歐梵認爲李伯元的《文明小史》（寫於 1903～1905 年之間）最足以概括中國「現代文化方興未艾而又錯綜複雜的面貌」。它的故事的重心正是發生在「當時現代文化最眼花繚亂的所在」——上海：「而上海的所謂時空性就是四馬路，書院加妓院，大部分鴛鴦蝴蝶派小說的故事都發生在四馬路，因爲當時生活在上海的作家大都住在那裡，晚睡遲起，下午會友，晚飯叫局，抽鴉片，在報館裏寫文章，這是他們的典型生

〔註25〕關於這方面的討論，可參閱陳平原著《中國小說敘事模式的轉變》，上海：上海人民出版社，1988 年版；以及他的另一部相關著作《二十世紀中國小說史·第一卷（1897～1916）》，北京：北京大學出版社，1989 年版。

活。……《文明小史》正是為這些人而作，他們都不是做官的人，一方面因為新政而踏入新的生活領域，一方面又無法進入新政的權利系統，非常矛盾。其中描畫的人物逐漸與讀者的面貌相吻合，同時又出現了一些新人物，如『假洋鬼子』式的人。最重要的一點是，這部小說是晚清小說中洋人形象最多的，有意大利的工程師、俄國的武官、德國的教練、英國的傳教士等，甚至行文間出現了英文和德文，文體上也是五花八門、相互混雜。它所展現的正是中國剛剛開始的摩登世界。這個『世界』是都市人生活的世界，在這個世界中他們營造出一種想像，最後在 30 年代的上海集其大成，形成了中國通俗文化中的現代性。」〔註26〕李歐梵勾畫的這幅表面看來與我上面所談的中國「現代精神」有些相悖的中國「市民」〔註27〕現代文化狀態事實上卻潛在地體現了這種主導精神，那就是：儘管有惶惑，但仍然不假思索地肯定變化，適應變化，甚至創造變化。我們甚至可以說，直到今天仍然如此。正如李歐梵在他的一次演講中所說：「現代性表現在上海就是高樓大廈，就是浦東，就是現在政府的新的政策，就是一定要把上海建造成國際性的大都市，就是所有的硬體。」〔註28〕──或者可以再加上──就是「神州五號」。

就此，可以認為，中國審美現代性事實上在最初「啟蒙」的意義上，承續了西方審美現代性和制度現代性的共同精神。也就是說，對於中國來說，「現代化」意味著利用一切可以利用的外在思想資源，去變革和改造。這也是為什麼西方（歐美）歷時態形式發展的現代性卻幾乎是以共時態的方式進入中國現代性的言說場域。不管是我們從王國維、嚴復身上所看的歐洲近代哲學大陸理性派或英國經驗派的影子；從胡適、梁實秋、徐志摩等人身上看到的英美經驗哲學和自由主義思想的影子；還是從李大釗、瞿秋白、毛澤東等人身上看到法國大革命和俄羅斯民主革命思想的傳統；甚至於我們從尼采、海德格爾、福柯那兒獲得的「反現代主義」知識；都被當成可利用資源納入我們創設中國「現代化」的建設方案。在中國「現代化」語境中，「現代性」的兩種形態同時發揮啟蒙、批判、反思和建構的功能。當然，今天已然全球化的大氛圍和中國已走過現代化的百年歷程都使得中國產生了許多與西方類似

〔註26〕李歐梵著《中國現代文學與現代性十講》，《晚清文化、文學與現代性》，上海：復旦大學出版社，2002 年版，第 15～17 頁。

〔註27〕這裡加入引號，有強調我上面觀點之意，即避免將中國新興的市民文化放在與西方市民文化等同意義上誤讀。

〔註28〕李歐梵演講《重繪上海的心理地圖》，2002 年 5 月 21 日於華東師大。

的由「現代現象」所帶來的「現代問題」；但它主流的表徵卻並非我們上面探討的西方「現代性」發展到晚近以來典型的「現代性質」——現代中國人的心目中有多少人能夠深層地體會到西方文明導致的「現代感」？更何況在素有邦國意識的中國知識分子圈層，「現代性」更多地是體現為一種有待建構的「理念」和「價值理想」，就像哈貝馬斯所描繪的：「現代實驗科學，獨立藝術以及道德和法律理論按相應的原則建立起來，文化——價值領域得以形成——而這也就是知識過程可能與理論問題、審美問題及道德——實踐問題各自的內在邏輯取得一致。」〔註29〕

中國審美現代英雄的「悲壯」正體現在走出「中國城」嘗試與作為「公共領域」的大世界進行交流、互動的過程中。人文知識分子在這個時空維度中感受著眩暈、挑戰、適應和改變。民族國家的想像空間，公共領域的實在空間，衝擊著一代又一代企圖適應、改造、保持抑或是退縮的國人——「天朝的輝煌」（民族國家的夢想）還是一個不曾割捨的夢，「老大中國」那封閉的城門卻再也無法閉置自足。而在「開眼看世界」的過程中，還有一個「大寫的人」鼓動著具有「天下觀」的人文知識分子進行著超越性的思考和對人類未來的規劃。這就是王國維審美現代性發生的時空語境。

第三節　王國維與西方思想

一、王國維對西方「形而上學」的「研究」

正是基於以上事實，我認為，理解和解決王國維的審美理論與西方思想的關係，應該說是正確理解王國維文藝美學思想和「中國審美現代性」建構的第一步。

西方學科分類意識和學術術語的輸入，常常被近代中國學人看作是中國文化現代化的表徵。王國維被稱為「中國現代學術的開拓者」原因之一，在於其早期學術研究中自覺而大量地使用了「形而上學」、「美學」和「倫理學」等西方傳統哲學術語。但是應該注意的是，這幾個實在已經耳熟能詳到不假思索的西方術語，在進入王國維的闡釋語境中卻有著迥然有異的意義。王國

〔註29〕哈貝馬斯《現代性哲學話語：十二講》（Jürgen Habermas, The Philosophical Discourse of Modernity: Twelve Lectures, translated by Frederick Lawrence, Cambridge: Polity Press, 1987），第 1 頁。

維所謂：「宇宙人生之問題，人人之所不得解也。……同此宇宙，同此人生，而其觀宇宙人生也，則各不同」。(《論近年之學術界》1905) 正是因為東西方思想在對人、人的提升問題的關注是共同的，而探討的方式和著重點卻有差異，才使得「形而上學」、「美學」和「倫理學」這幾個哲學術語在進入中國現代語境時便自然承擔了新的意義。在我看來，不明察這一點，便無法真正理解王國維的文藝美學理論。

因此，我首先要提出的第一個問題是：王國維是真正西方「形而上學（metaphysics）」的研究者嗎？我認為答案是否定的。

西方哲學——形而上學思維傳統，自柏拉圖以來，就以其對存在問題特有的執著，決定著西方思想的基本走向，決定著西方人對人、對物、對世界的基本態度。亞里士多德的《物理學之後》奠定了西方哲學對世界本質、屬性和最高抽象原則的癡迷和追問。西方 cosmology（宇宙論）和 ontology（本體論）合起來構成了亞里斯多德所說的 metaphysics〔註30〕。這個 metaphysics 更傾向於對「多」（現象）背後「一」（本體）的形而上學思考。這就形成了西方「本體論」論爭的歷史。跟「本體論」這個詞進入中國語境後含有更多的生命精神意向的追尋不同，ontology 在對宇宙本原的追問上，把西方形而上學史變成了一個「堆滿了頭蓋骨的戰場」（黑格爾語）。這個本原無論是實體性的，還是流動性的，無論是「存在」，是「原子」，是「理念」，是「上帝」，是「自我」，是「意志」，是「意識」……總是各種「本體」不斷地重新建立，又被打翻在地。整個西方形而上學史最終成了尼采所說的「虛無主義」。尼采高舉感性的旗幟，他要做個「顛倒的柏拉圖主義」者，這使他成了「形而上學」本身最高的捍衛者〔註31〕。直到海德格爾宣佈「現代技術」完成西方的形而上學〔註32〕。

而王國維對西方形而上學的「研究」卻充滿了明顯個人好惡。也就是說，「形而上學」在王國維那裡是以他心目中的「形而上學」理想為標準的，而

〔註30〕據說明治時期留德日本學者井上哲次郎（1856～1944）根據他對《周易・繫辭》「形而上者謂之道，形而下者謂之器」的理解將「metaphysics」譯為「形而上學」。

〔註31〕可參閱海德格爾《尼采》中的相關評述；（海德格爾著《尼采》，孫周興譯，北京：商務印書館，2002 年版。

〔註32〕海德格爾直接將哲學指稱形而上學」，其原話是：「哲學之終結顯示為一個科學技術世界以及相應於這個世界的社會秩序的可控制的設置的勝利。」（孫周興選編《海德格爾選集・下》，《哲學的終結和思的任務》，上海：上海三聯出版社，1996 年版，第 1246 頁。

事實上倒跟西方形而上學史的發展事實並沒有多大關係。

　　舉一個簡單的例子：直到現在，十八至十九世紀末德國古典哲學都還可謂我們「西學」研究的重鎮之一。有「百科全書」之稱的黑格爾哲學應該說是西方古典主義哲學的集大成者，可以作為研究西方傳統形而上學的標本。但王國維對黑格爾（海額爾）學術卻是這樣評價的：「特如希哀林、海額爾之徒，乘雲馭風而組織理性之系統，然於吾人之知力中果有此能力否？本體之世界果能由此能力知之否？均非所問也。」（《釋理》1904）「特如希哀林、海額爾之徒，專以概念為哲學上唯一之材料，而不復求之於直觀，故其所說，非不莊嚴宏麗，然如蜃樓海市，非吾人所可駐足者也。叔氏謂彼等之哲學，曰『言語之遊戲』，寧為過歟？」（《叔本華之哲學及其教育學說》1904）顯見他對西方以絕對理性主義精神為支撐的傳統形而上學的質疑和缺乏興趣。

　　這一點尤其表現在他對西方「形上之學」與「形下之學」區分上。王國維將元朝時西方所傳入中國「希臘以來所謂七術（文法、修辭、名學、音樂、算術、幾何學、天文學）」以及明末傳入的「數學、」「曆學」與基督教等一併歸為：「此等學術，皆形下之學，與我國思想上無絲毫之關係也。」又論說「近七、八年前，侯官嚴氏（復）所譯之赫胥黎出，一新世人之耳目，……嗣是以後，達爾文、斯賓塞之名騰於眾人之口，『物競天擇』之語見於通俗之文。顧嚴氏所奉者，英吉利之功利論及進化論之哲學耳，其興味之所存，不存於純粹哲學，而存於哲學之各分科。如經濟、社會等學，其所最好者也。故嚴氏之學風，非哲學的，而寧科學的也，此其所以不能感動吾國之思想界者也」。而且，對於附庸「法國十八世紀之自然主義」哲學學說的人，他認為是「於自然主義之根本思想，固懵無所知，聊借其枝葉之語，以圖遂其政治上之目的耳。由學術之方面觀之，謂之無價值可也。」（《論近年之學術界》1906）

　　顯然，王國維根本沒有在意這些思想對西方形而上學史描述來說的不可或缺性，而一心一意將「與思想的關係」以及對「思想的感動」作為區分「形上之學」和「形下之學」的標準。正是以此標準為基礎，他不認同西方自十七世紀啟蒙時代起，受物理、天文等自然科學發展影響，以培根、洛克發端的唯物主義經驗論和以笛卡爾為代表的懷疑論和唯理論「重實事實物之知識」，「方法之過重」的「勢力之實學」（啟蒙的實利主義人生觀）：「蓋合理主義，專於有用無用之程度，計事物之價值。其所常致問者，曰：此於增進幸福之上，果有幾何效力是也。彼等於國家、權力、科學、技術、哲學、宗教

等，皆由此標準考察之。」而對於康德「嚴肅道德主義」哲學及其新人文派的思想──由盧梭發端，經由康德、萊辛、赫爾德爾、歌德、席勒而蔚爲大觀的──「以人之自身，本有目的」，強調「人類天性自然發展」的新人文派之思想，他不僅給予了毫無保留的褒揚，而且還熱情洋溢地描繪了這種人生現實，並認爲希臘時代人類的生活狀態就是該「人文主義」人生觀的一種表現：「此時之人，於哲學、詩歌、技術、宗教，皆以使人心力自由活動之一點，視爲心的生活之最高內容；……此時代，以爲人類心的天性之十分發展，自有絕對的價值，吾人本體之完全的構成，於其美之精神認見之，而由質素之自然的風氣，與智情意之最高尙最自由之陶冶，兩相結合，而始得之者也……。」（《述近世教育思想與哲學之關係》1906）

而對於國內的教育狀況和對西方思想的輸入和研究，他的標準也是一致的。他指責中國學校教育因「無與於思想上之事」，「僅足以養成咕嗶之俗儒」；國內哲學所授西學「依然三百年前特嘉爾（笛卡爾）之獨斷哲學」；而「同治及光緒初年之留學歐美者」也「皆以海軍製造爲主，其次法律而已……」。因此，斷言：「其能接歐人深邃偉大之思想者，吾決其必無也。」（《論近年之學術界》1905）

可見，與其說王國維是一位西方「metaphysics」的研究者，毋寧說他是一位地地道道的「形而上學」的鼓吹者。因爲，王國維之所以從西方形而上學史這棵大樹上選擇了康德、叔本華、尼采、席勒和歌德這幾位西方「審美主義」哲學家爲「同道」，正是出於他對哲學與生命、精神，人的審美生成關係的理解和嚮往。「哲學」或者說「形而上學」在王國維心目中不是一個可以解析的固定概念和研究對象，它毋寧說更是一個包括哲學、美學、文學這所有與生命、精神和人的審美本性相關的象徵性理想──它是，也應該成爲人本身（無論是個人還是人類）所固有的「本性」之一，表達人類自我追問的激情〔註33〕。

王國維約1901～1902年從他的的日本老師藤田豐八和田岡佐代那裡，初次接觸到歐洲哲學（《靜庵文集・自序》1905）。此後（約集中於1902～1908年），他確是懷著極大的熱情進行了學習和介紹。在《教育世界》上，他不僅頗爲系統地翻譯（經由日文或英文）、介紹了大量西方（歐洲）哲學家、美學家、文學

〔註33〕亞里士多德曾謂：「人們樂於『獲知』和體驗驚詫之情」（《修辭學》1.11.1371b4），「對於知識，人有一種出於本能的渴求」（《形而上學》1.1.980a22。）

家的學說和思想，如《希臘聖人蘇格拉底傳》(1904)、《希臘大哲學家柏拉圖傳》(1904)、《汗德像贊》(1903)、《德國哲學大家汗德傳》(1903)、《汗德之哲學說》(1904)、《汗德之知識論》(1904)、《汗德之倫理學及宗教論》(1906)、《叔本華像贊》(1904)、《德國哲學大家叔本華傳》(1904)、《叔本華之哲學及其教育學說》(1904)、《書叔本華遺傳說後》(1904)、〈叔本華與尼采〉(1904)、《德國文化大改革家尼采傳》(1904)、《教育家之希爾列爾》(1906)、《德國文豪格代、希爾列爾合傳》(1904)、《格代之家庭》(1904)、《戲曲大家海別爾》(1907)、《莎士比傳》(1907)、《英國大詩人白衣龍小傳》(1907)、《英國小說家斯提逢孫傳》(1907)、《倍根小傳》(1907)、《英國哲學大家霍布士傳》(1906)、《英國教育大家洛克傳》(1904)、《英國哲學大家休蒙傳》(1906)、《近代英國哲學大家斯賓塞傳》(1904)、《脫爾斯泰傳》(1907)、《脫爾斯泰伯爵之近世科學評》(1904)、《荷蘭哲學大家斯披洛若傳》(1906)、《法國教育大家盧騷傳》(1904)、《霍恩氏之美育說》(1907)等；同時也寫作了大量有關中國哲學的論述，如《老子之學說》、《墨子之學說》、《周秦諸子之名學》、《周濂溪之哲學說》、《國朝漢學派戴阮二家之哲學說》、《論性》、《釋理》、《原命》、《孔子之學說》和《孔子之美育主義》等。他所有的這些學術行動都跟他對哲學（形而上學）與「人生」之間非此不可的關係的理解有很大關係。換句話說，王國維最爲關心的是人，人的成長問題——如何使稟有「形而上學」之質的人不受「芸芸以生，厭厭以死」的「勢力之欲」（《哲學辨惑》1903）的控制和羈絆——這才是他日日「縈繞於心」的問題〔註34〕！

也正是因爲王國維執著於他的「大形而上學」理想，使他反而擁有了一個更爲宏闊的視野，對東西方思想的認識不僅敏銳、深刻，而且極具個體性，並且可謂慧眼獨具地作了有選擇性的「鼓吹」和「拿來」。

二、「中國感受性」的作用

王國維對西方形而上學的選擇性吸收有他深刻的「中國感受性（Chinese sensibility）」〔註35〕背景。下面，我想以《書辜氏湯生英譯〈中庸〉後》(1906)

〔註34〕王國維《三十自序一》中有「體素羸弱，性復憂鬱，人生之問題，日往復於吾前。自是始決從事於哲學」的自陳。

〔註35〕我在這裡使用「中國感受性」(Chinese sensibility)這個與「Western sensibility」（西方感受性）相對的詞彙，是賦予了「sensibility」（感受性）一詞文化哲學上的含義，它代表一種民族思維習性和感知事物的方式，這與我在《道不遠

這篇文章爲例進一步解釋我的觀點。因爲,這篇文章的寫作年代正值王國維哲學美學思想形成的一個重要階段,文中所涉許多有關中西文化差異問題的討論和闡釋值得深窺。

儘管王國維二十年後在該篇的附記中對自己這篇「少年習氣,殊堪自哂」的「酷評」作了檢討:「辜君雄文卓識,世間久有定論,此文所指謫者,不過其一二小疵。讀者若以此而抹殺辜君,則不獨非鄙人今日之意,亦非二十年前作此文之旨也。」這番輕指一彈似要揮飛當時少年豪氣的言論,卻不可能揮去「二十年前作此文之旨」,因此,後代學人才得以窺知當年所思所想。

王國維對辜鴻銘的英譯《中庸》一個最大的批判就是「不忠於古人」,而「不忠於古人」的原因則是由於對中西哲學「全無歷史上之見地」造成的「固陋與欺罔」:「唯無歷史上之見地,遂誤視子思與孔子之思想全不相異;唯無歷史上之見地,故在在期古人之說之統一;唯無歷史上之見地,故譯子思之語以西洋哲學上不相干涉之語。」

王國維的觀點是,儒家的形而上學始於《中庸》(子思)和《易》之二傳,而非孔子。因爲,孔子以「人事」說「仁義」,只能稱得上「教人」,未成其哲學:「孔子教人言道德言政治而無一語及於哲學,其言性與天道,雖高第弟子如子貢猶以爲不可得而聞,則雖斷爲未嘗言焉可也。」而子思言「誠者物之終始,不誠無物」,立「誠」爲「宇宙人生之根本」,遂建立和鞏固了乃祖之學——「中庸何爲而作也?子思子憂道學之失其傳而作也」〔註36〕——以成與道家和墨家相抗衡的儒家哲學。王國維認爲辜鴻銘對儒家哲學這一發展過程缺乏認識,既不標明此書乃子思作;也無論《中庸》與《論語》之區別,而冠以「孔氏書」,實無「歷史上之見地」。但與無視中國哲學史之發展相比,王國維更著意批判的是,辜鴻銘在翻譯過程中對東西方形而上學之特質的不同不僅缺乏足夠的認識,而且犯了嚴重的誤解和誤置的毛病,這在王國維看來,是非常嚴重的問題。

「道」、「誠」、「性」、「命」、「理」、「太極」等中國哲學中的形而上學概念充分表達了中國哲學思維特有的模糊性和天道人事「一多不分」〔註37〕的

人——比較哲學視域中的〈老子〉》(2004)對」Daoist sensibility」(道家感受性)和「文化感受性」(cultural sensibility)的翻譯使用的是同一意義的概念。

〔註36〕 朱熹著《中庸章句集注》。

〔註37〕 唐君毅著《中國哲學中自然宇宙觀之特質》,《中西哲學思想之比較論文集》,臺北:學生書局,1988 年版,第 16 頁。

特質。《道德經》第二十五章：「有物混成，先天地生。寂呵廖呵，獨立而不改，〔周行而不殆，〕可以為天地母。吾未知其名，字之曰道，吾強為之名曰大。大曰逝，逝曰遠，遠曰反。道大，天大，地大，王亦大。國中有四大。而王居一焉。人法地，地法天，天法道，道法自然。」可以看作是對這種充滿了過程性和流動性的「關聯宇宙論」〔註38〕的表述。而《易經·繫辭上》所謂「變通配四時」亦是一種類似的表達。這與西方形而上學對「多」（現象）後面的「一」（本體）的訴求是迥然有異的：「然《中庸》雖為一種之哲學，雖視誠為宇宙人生之根本，然與西洋近世之哲學，固不相同。子思所謂誠，固非如裴希脫（Fichte）之『Ego』，解林（Schelling）之'Absolute'，海格爾（Hegel）之『Idea』，叔本華（Schopenhauer）之'Wil'，哈德曼（Hartmann）之'Unconscious'也。」

　　在王國維看來，辜鴻銘不僅削足適履地將他「不能深知」的康德《知識論》與倫理學觀念充塞在對《中庸》的闡釋中。而且，他還無視西方形而上學中嚴密的體系性和確定性的思維以及邏輯性和思辯性極強的語言風格與中國哲學思維和語言的不同，「遂使西洋形而上學中空虛廣莫之語，充塞於譯本中。吾人雖承認中庸為儒家之形而上學，然其不似譯本之空廓，則固可斷。」

　　王國維舉出辜氏所譯《中庸·第二十三章》：「誠則形，形則著，著則明，明則動，動則變，變則化，唯天下至誠為能化」幾句，作為其「以西洋之哲學解釋《中庸》，其弊之「最著者」的例子。

　　辜氏對這幾句的翻譯是這樣的：Where there is truth, there is substance. Where there is substance, there is reality. Where there is reality, there is intelligence.　Where there is intelligence, there is power. Where there is power, there is influence. Where there is influence, there is creation.

　　王國維認為：「此等明明但就人事說，鄭注與朱注〔註39〕大概相同，而忽

〔註38〕　參閱安樂哲、郝大維著《道不遠人——比較哲學視域中的老子》（Roger T. Ames and David L. Hall, Making This Life Significant—A Philosophical Translation of Dao De Jing, New York: Ballantine Books, 2003），第二章《哲學引論》，《關聯宇宙論：一種詮釋語脈》，何金俐譯，北京：學苑出版社，2004年版。

〔註39〕　朱熹對該章所作的注解是「言人道也」。他對這幾句話的解釋是：「形者，積中而發外。著，則又加顯矣。明，則又有光輝發越之盛也。動者，誠能動物。變者，物從而變。化，則有不知其所以然者。蓋人之性無不同，而氣則有異，故惟聖人能舉其性之全體而盡之，其次，則必自其善端發見之偏而悉推致之，以各造其極也，曲無不至，則德無不實，而行、著、動、變之功自不能已。

易以‘Substance’、‘reality’等許多形而上學上之語（Metaphysical Terms），豈非以西洋哲學解釋此書之過哉。」

《中庸》這幾句描述的是人之「至誠」的修爲過程中無所不在的洞明、變化和生成。就像唐君毅的「一多不分觀」所表達的中國古代世界觀所獨具的萬物本體的均勢以及由本然出發的不斷發展變化、重組和生成的種種可能狀態。而中國獨具「詩性隱喻」特質的語言正恰適傳達這種內在互動關係形成的「混成」境界。但審觀辜氏的翻譯，卻似乎強烈表達了一種「有效的」外在因果關係，這屬於一種單一指向性的力的關係。借用安樂哲與郝大維其詮譯《中庸》一書中的表達，就是「某些客體以一種有效的、決定性的方式作用於另一個或一些客體」〔註40〕或者說，「某些客體將其影響力凌駕於其它客體之上。」〔註41〕

「Truth, substance, reality……這些具有實體化和明顯本體／現象二元對立的 "metaphysical terms" 都強烈地表達了一種限定和控制，就像西方文化傳統中全能的上帝擁有的 "power"。這種表達割裂和權力衍生關係的語言來翻譯《中庸》這樣一個描述 「世界是一個以連續、生成和瞬息萬變爲標誌的現象世界，在這樣一個世界中，沒有終極割裂」〔註42〕的世界觀是在最根本意義上的嚴重誤置。

王國維對這一點是有深刻認知的。所以他尖銳地指出：「外國語中之無我國『天』字之相當字，與我國語中之無『God』之相當字無以異。」而且：「吾國之所謂『天』，非蒼蒼者之謂，又非天帝之謂，實介二者之間，而以蒼蒼之物質具天帝之精神者也。性之字亦然。」

可以看出，王國維將中國的「天」理解爲「以蒼蒼之物質具天帝之精神者也」，他似要強調中國哲學是一種寓生命精神一體的哲學，是生命本然的「天人合一」性。正如孟子所謂：「盡其心者，知其性也。知其性，則知天矣。」（《孟子·盡心上》）。

這也可以從王國維對辜鴻銘將「性」譯爲 "law of our being"，將「道」

積而至於能化，則其至誠之妙，亦不異於聖人矣。（朱熹《中庸集注》）

〔註40〕安樂哲、郝大維《中庸哲學詮譯》（Roger T. Ames and David L. Hall: Focusing the Familiar: A Translation and Philosophical Interpretation of the Zhongyong, Honolulu: University of Hawaii Press, 2001），第 11 頁。

〔註41〕同上書，第 12 頁。

〔註42〕同上書，第 10 頁。

譯爲“moral law”〔註 43〕的批判上看出。在王國維看來，由於辜鴻銘對中國哲學這種生命精神整一化的無知，所以他才會運用西方慣有的訴諸於原理和規則的限定性和線性語言進行翻譯。因此，他建議將「道」譯爲“moral order”，將「性」譯爲“essence of our being”或者“our true nature”。王國維的翻譯是否更能盡意，似乎也不可輕下結論，但可見他思想中強調「天道」和「人道」本然一體的意向。

這種意向事實上暗含著對中國道德哲學的理解和闡釋。王國維談到「古人之說」往往都是「時而說天道，時而說人事」，正是在這一意義上說的。王國維在《孔子之學說》中曾談到中西之倫理學的不同：「泰西之倫理，惟鶩理論，不問實行之如何。泰東之倫理，則重修德之實行，不問理論之如何。……夫中國一切學問中，實以倫理學爲最重，而其倫理學又傾於實踐……。」

這同牟宗三所說：「中國哲學，從它那個通孔所發展出來的主要課題是生命，就是我們所說的生命的學問。它是以生命爲它的對象，主要的用心在於如何來調節我們的生命，來運轉我們的生命、安頓我們的生命」〔註 44〕是一個道理。

中國這種寓生命、精神、生存於一體的哲學有著突出的對內在自發性的強調。儒家所謂「內聖開出新外王」就是它的一個表達。這個表達傳達的是中國文化精神中重要的美善統一觀——在凡常生活中，培養審美的生命和德性的生命，並將其付諸「成己成人」的努力。德性的生命和審美的生命是渾然成就的，「美」就是「德」的最高表達。這與西方文化精神對眞、善、美的割裂式和階段式追求，以及以美爲中介是不一樣的。

事實上，這種「美善統一」的世界觀，或者說「中國文化的美麗精神」〔註 45〕在王國維的價值取向上起著很重要的作用。總觀王國維的理論，可以

〔註 43〕 在爲美國新版辜鴻銘所譯三經（《論語》、《大學》、《中庸》）所寫的序言中，我亦指出辜鴻銘的經典翻譯有強烈地以儒家規範救濟衰敗的西方文明秩序的雄心（參見 “Preface to Three Confucian Classics: The Gu Hongming Translations.” New York: CN Time Books, 2013, v～xvii）。

〔註 44〕 牟宗三著《中國哲學十九講》，上海：上海古籍出版社，1997 年版，第 14 頁。

〔註 45〕 此處借鑒了宗白華在《中國文化的美麗精神往哪裏去？》時的一個說法。在該文中，宗白華開篇引述了印度詩哲泰戈爾對中國文化的評價：「世界上還有什麼事情比中國文化的美麗精神更值得寶貴的？中國文化使人民喜愛現實世界，愛護備至，卻又不致陷於現實得不近情理！他們已本能地找到了事物的旋律的秘密。不是科學權利的秘密，而是表現方法的秘密。這是極其偉大的

看到審美判斷力和德性力量在生命與精神的連接中，在「形而上學之人」的塑造中所起的重要作用。確切地說，王國維在譯介過程中尚未形成體系性的美學與倫理學思想，這與康德、叔本華、尼采和席勒進行一下對比即可知，因此考察王國維對「美學」和「倫理學」這兩個西方術語的使用，大抵只能放在王國維的「大形而上學」理想中來理解。王國維為什麼只傾心於西方哲學中那些我們所謂「生命哲學」的思想家？他對「直觀」的重視（《釋理》、《叔本華之哲學及其教育學說》），他「生百政治家，不如生一大文學家」的藝術至上觀（《教育偶感四則·文學與教育》1904），他對美麗之心的嚮往（《孔子之美育主義》），他的教育之宗旨對完全之人的渴求（《論教育之宗旨》）……都可看到以美善統一為主題的中國感受性的作用。王國維的大形而上學概念以及他中國「審美現代性」的建構，都是以此為基點的。

王國維乃至近現代中國學界對西方以知識論和邏輯學為中心的傳統哲學主脈之外的生命哲學一系產生的親和力是有目共睹的。事實上，王國維跟黑格爾哲學的無緣和黑格爾對中國哲學的「隔膜」，在本質上是一回事。在黑格爾這位西方傳統形而上學集大成者的眼中，中國古學乃是哲學思想上的侏儒：「沒有概念化」、還「停留在無規定（或無確定性）之中」的「最淺薄的〔純粹〕思想」。黑格爾眼中的孔子只是一個實際的世間智者，算不得一個哲學家，「在他那裡，思辨的哲學是一點也沒有的──只有一些善良的、老練的、道德的教訓，從裏面我們不能獲得什麼特別的東西」。〔註46〕可見，不同文化背景帶來的差異性以及彼此的理解和溝通並不是一件容易的事情。但這也反過來說明王國維審美現代性的構想是一種自我文化精神發展的主動性行為，是基於自身文化傳統的理解和取捨。

如果僅僅從王國維自身性格或者僅僅是一些概念的使用上考量出王國維早期的這些哲學、美學、文學思想就是康德、叔本華、尼采、席勒、歌德等人的一個東方移植標本，進而在此問題上糾纏不清，就不僅實在有「一葉障目」之弊，事實上，是無視中國審美現代性發展事實的一種誤置。這幾位西方思想家對生命與藝術、德性之間的關注和看法確實為王國維在思考生命問

一種天賦。」（參閱宗白華著《藝境》，北京：北京大學出版社，1986 年版，第 179 頁。）

〔註46〕黑格爾著《哲學史講演錄》，賀麟、王太慶譯，第一冊，北京：商務印書館，1997 年版，第 119～120，148 頁。

題上提供了一些提示和借鑒。但正是因為「中國感受性」的作用，顯見出王國維與康德、席勒的不同：康德和席勒都設想以美為中介，去達到道德理想。他們對道德作形而上學研究的思路，使所有的東西都在分階段進行（如康德的三大批判，席勒「審美的人」等），彼此成為階梯和工具，成為尋求最高原理的一個路徑。這也就是為什麼在西方哲學裏，生命不僅容易變成心理學，生理學，甚至其他種種科學化的「形而下」研究。而且即使在對感性生命充滿「形而上學」關心的著作中，也往往會貫上藝術哲學、宗教哲學、生命哲學等種種稱謂。而在中國哲學中，生命始終體現著德性、審美性、知性的並生或交叉互生。它是「一個具有宇宙論、生死論、功利觀、意義論的精神價值整體」〔註47〕，或者說，「生命精神價值整體」。

　　即便在那些公認受西方哲學影響深刻的論文中，王國維這種「生命精神價值整體」的追求仍不僅清晰可見，而且是主要目標。比如《釋理》（1904）一文，由於這篇文章的論述有涉叔本華對康德實踐理性的批判，一些學者認為「釋理」是闡發叔本華思想的一篇文章。但事實上，值得注意的倒是王國維無視東西倫理學發展的事實，而力證中西「理」之意義變化「若出一轍」，「中外倫理學之所同，」要求讀者「不可不深察而明辨」的觀點。他對中西「理」之「倫理學史」的論說和分析都突出強調中西之「理」的生命性，也就是說，「理」作為「心」的一個成分，它本身就是一種「有情有理」，需要潛心為之，謹慎調度的東西：「理性者，推力之能力也。為善由理性，為惡亦有理性，則理性之但為行為之形式，而不足為行為之標準……唯理性之能力，為動物之所無，而人類之所獨有，故世人遂以形而上學之所謂真，與倫理學之所謂善，盡歸諸理之屬性。不知理性者，不過吾人知力之作用，以造概念，一定概念之關係，除為行為之手段外，毫無關於倫理上之價值。」王國維這一論述，不僅意欲打破儒家倫理理性極端化迷途（「天理」與「人欲」的對立），更為主要的是，他強調「理「乃是生命的主動行為，而不是客觀標準。他實際上是想要表明人類主動的真善美化精神才是成就其「形而上學」的主要力量。可見，他的用意遠非是為了膜拜叔本華。

　　作為一名處於最尖銳的變革時代的中國人文學者，王國維對西方思想的認識是有著很強烈的主動意識和拿來精神的。而作為一位以「審美」為理想的人文學者，王國維的審美現代性建構從一開始就有著自覺自立的批判精神

〔註47〕王岳川著《發現東方》，北京：北京圖書館出版社，2003 年版，第 95 頁。

和強烈的「中國感受性」的作用。以下我將以王國維作品為例，對王國維「審美主義」對西方審美精神的接受與疏離展開更具體的論證。

第二章 人間情懷與悲劇精神

　　許多學者認爲，由於沒有西方精神中上帝的神性來激發人類身上的超越意識，中國文化精神對「生命」的關注就總是體現在對現世人生——「人道」和「人事」的熱情上（王國維所謂「時而天道」，「時而人事」〔《書辜氏湯生英譯中庸後》〕）。儘管對於是否與「上帝」有關還值得商榷，但中國人對「未知生，焉知死」的精神的深刻認同和踐行基本上已是定論。這也可以說是王國維「生命精神價值整體」的追求和他的審美主義理想不同於西方審美主義哲學家的地方所在。這一「人間精神」的主導作用也充分體現在王國維對西方「悲劇精神」的不同理解和吸收上。我認爲，正是這種「人間精神」不僅構成了王國維文藝美學思想的一個統攝性線索，而且亦是王國維爲中國文化獨特的生命感受性富於創造性意義的過程，因此，值得我們細加分析。

第一節　王國維的人間情懷

一、悲情人間的質疑

　　王國維的《人間詞》〔註 1〕和《人間詞話》，以及後來他對大家尊稱他爲

〔註 1〕關於靜安詞 115 首創作繫年的具體說明，請參閱佛雛《王國維詩學研究・附錄：王國維詩學著述繫年》。此處只大略作一下介紹著《人間詞甲稿》刊於《教育世界》1906 年四月 7 期。自 1904 年始作，1904～1905 海寧、蘇州江蘇師範學堂任教、1906 年春末夏初赴京期間，共 61 首；《人間詞乙稿》應作於（1906 年 5 月～1907 年 10 月奔父喪、莫夫人喪、北京學部任職期間），共 43 首。後《人間詞》甲乙稿其中 80 首收入《苕華詞》（共 92 首），其它 20 首收入《觀堂長短句》（共 23 首）（見《觀堂集林》卷 24，1905～1909）。《人間詞甲稿》

「人間先生」的接納，都表明了他對「人間」這個詞彙的情有獨鍾。有學者統計過《人間詞》甲、乙稿中共出現「人間」36處，其詞115首，共「人間」二字39處。〔註2〕，再加上其他與「人間」相近的詞，如「人生」、「韶華」等，都可見王國維在其詩詞中凝聚的「人間情結」。但是，就這個「人間」的表徵，許多學者得出了「悲情人間」的結論，這顯然是指與叔本華悲觀主義哲學之間的關係。以佛雛的說法最有代表性。佛雛認為：「《人間詞》之所以命名為『人間』，就在於：這是一個『只是風前絮』的人間，是無數『精衛』充塞其中的人間，是『渾如夢』而須努力睜一個『蘧然覺』的人間。

　　「整部《人間詞》成了一曲『人間』的悲歌，一曲『夢』的悲歌！

　　「這裡有清末危亡現實的折光，有傳統的莊列厭世思想的回響；而更多的則是叔本華悲觀主義哲學之深深的浸染：由盲目的意志本體推而至於整個悲劇的人生。《人間詞》的主旋律蓋在於此。」〔註3〕

　　而且，在該節最後，他再次斷言：「《人間詞》與叔本華美學之間確有某種關係：其一，在較大程度上，王氏以叔氏的悲觀哲學（如人生的本質即苦痛等）與美學觀點（如詩再現人生的『理念』等），為其填詞的創作原則；其二，王氏有意無意地以自己的某些詞，特別是那些所謂『力爭第一義』的詞，來形象地印證叔氏的某些論點（如詞中所反映的對悲劇人生的認識，對自然美的認識等）。《人間詞》作為王氏詞論的一種親切實踐，……其『意』多本於叔氏，其『境』則鑿空而道（『造境』）。」〔註4〕

　　我對王國維在其詩詞創作上「哲學第一義」追求的說法表示認同。《人間詞話》未刊稿中的一則也明確表示了這一點：「樊抗夫謂余詞如《浣溪沙》之『天末同云』、《蝶戀花》之『昨夜夢中』、『百尺高樓』、『春到臨春』等闋，

　　　著即《苕華詞》中從《如夢令》（點滴空階）至《蝶戀花》（莫鬥嬋娟）58首，加上《觀堂長短句》中最前三首《少年遊》、《阮郎歸》、《蝶戀花》。《人間詞乙稿》即現存《苕華詞》從《浣溪沙》（七月西風）到《蝶戀花》（春到臨春）的26首，加《觀堂長短句》從《虞美人》（碧苔深鎖）到《清平樂》（斜行淡墨）17首。另外，《靜安詩稿》包括1898年以來所寫的古今體詩共49首，1906年刊行；亦收編《靜安文集》（1905）。

〔註2〕參見周一平、沈茶英著《中西文化交匯與王國維學術成就》，上海：學林出版社，1999年版，第138頁。

〔註3〕佛雛著《王國維詩學研究》，《評王國維的〈人間詞〉（他的詩論的一種藝術實踐）》，北京：北京大學出版社，1999年版，第141頁。

〔註4〕佛雛著《王國維詩學研究》，第157頁。另可參閱劉烜、周一平。周策縱、盧善慶等人的相關評論。

鑿空而道，開詞家未有之境。余自謂才不若古人，但於力爭第一義處，古人亦不如我用意耳。」但對於王國維「所造之境」眞的就是爲叔本華悲觀主義哲學這個「義」服務，或者說把這個「新鮮」的第一義直接或完全歸結爲印證叔本華哲學觀這一武斷結論〔註5〕，我是持完全質疑態度的。概括來說，原因如下：

首先，從《人間詞》與《人間詞話》的關係上來看，這種看法不太穩妥。如果恰如佛雛所言，《人間詞》是《人間詞話》批評理論的「一種親切實踐」，那麼，《人間詞話》整體所洋溢的對藝術和人生理想之「境界」的追求和熱切描繪，與所謂《人間詞》中籠罩的「悲情」、「幻滅」的氛圍是不合攏的，而且正可以說是反其道而行之。儘管文藝批評相比於文藝創作更爲理性和客觀，但對於一位既從事理論，又踐行創作的學者，這種理論與實踐本體上的脫節是無論如何也解釋不通的。

其次，中國文學史上，抒情寫恨向來爲詞之專攻。應該看到，「詞」這一文學形式儘管最先有著綺情豔曲的「花間」傳統，而最讓我們感懷的卻是那些傷時弔古寫恨之作。柳永眾多「淺斟低唱」的小曲雖曾在當時膾炙人口，以至「有井水處」便有柳詞；但在藝術成就上，柳永的詞卻是以《八聲甘州》和《雨霖鈴》等那些描寫旅況鄉愁，深切表達天涯流落人的影像和心境爲代表的。此後的秦少游、賀鑄、周邦彥等人甚至黃庭堅，以至於王國維所推崇的蘇軾、辛棄疾等都有使詞擴向淒厲宏闊的氣象，形成王國維在《人間詞》和《人間詞話》中所弘揚的那種深沉宏大的藝術追求。王國維《人間詞話》

〔註 5〕葉嘉瑩和劉烜的探討相對保守些，並沒有直接表明王國維的詞作是叔本華哲學的完全影響。葉嘉瑩認爲：「靜安先生詞含西洋之哲理著常人之寫詩詞，類不外乎抒情，寫景，記事之作，間有說理者，所說亦不過世俗是非得失道德倫常之理耳，偶有以禪理入詩詞者，然亦多爲文人一時習染之所得，其眞能於禪理有所會者則爲數極鮮也。靜安先生頗涉獵於西洋哲學，雖無完整有系統之研究，然其天性中自有一片靈光，其思深，其感銳，故其所得均極眞切深微，而其詞作中即時時現此哲理之靈光也。」（葉嘉瑩著《王國維及其文學批評》附錄：《說靜安詞〈浣溪沙〉一首》，廣州：廣東人民出版社，1984 年版，第 460 頁。）劉烜認爲：「這裡說的『第一義』，即爲人生之眞諦，詩中的哲學意味。……中國古典詩詞有哲學意味，先前受老莊影響，以後受禪宗影響，更爲明顯。近代詩詞的哲學意味淡薄了。王國維的詩詞有了新的特色，他自己也引以自豪。」但他仍然總結到：「總起來說，人間詞抒發對人生眞諦的感受。如果從哲學上看，王國維那時認爲著痛苦是人生的眞諦。」（劉烜著《王國維評傳》，第 78～79 頁。）

第 27 條推舉歐陽修《玉樓春》中「人生自是有情癡，此恨不關風與月」與「直須看盡洛城花，始共春風容易別」兩句，並給予了很高的讚譽，稱歐陽修此詞「於豪放之中有沉著之致，所以尤高」，看重的就是他那份曠達之中欲抑故揚的深摯表達。

而且，他激賞秦觀詞，主要原因就在於，他認爲「少游詞境，最爲淒婉。至『可堪孤館閉春寒，杜鵑聲裏斜陽暮』，則變而淒厲矣。」（《人間詞話》第 29 條）他用「淒婉」、「淒厲」這兩個詞來表達對秦觀詞中感情痛徹、深摯的讚美。

再者，王國維對「詞」之創作技巧的追求也是顯而易見的。《人間詞甲稿序》中述王國維「頗以詞自娛」，而且對自南宋以後越來越趨向於局促、雕琢和淺薄的詞風非常不滿，有復興「六百年詞之不振」的抱負。再聯繫他《三十自序（二）》中對自己「填詞之成功」的欣喜，將這些有著明確藝術抱負和追求的因素一併放到天平上，那麼對於通常所謂王國維《人間詞》沉浸在叔本華悲觀主義哲學中不能自拔的論說是應該打很大折扣的。

當然，這些都不是問題的要害。最爲重要的是，無論如何，較之於更具客觀性的詩詞理論研究，詩詞創作則更能透視出詩人的情感和心靈意向。因此，從分析王國維的詩詞入手，我們或可能夠看出，在藝術與人生的關係上，王國維到底擁有一個怎樣的「人間情懷」？

我將「人間詞」作了一下歸類。那些含有「人間」二字的 39 首詞可大致歸爲三類：

一、表達相思、惜別主題的有 13 首：如《阮郎歸·美人消息隔重關》（只餘眉樣在人間，相逢艱復艱）；《蝶戀花·昨夜夢中多少恨》（蠟淚窗前堆一寸，人間只有相思分）；《蝶戀花·滿地霜華濃似雪》（自是浮生無可說，人間第一耽離別）；《蝶戀花·斗覺宵來情緒惡》（幾度燭花開又落，人間須信思量錯）；《蘇幕遮·倦憑欄》（昨夜西窗殘夢裏，一霎幽歡，不似人間世）；《蝶戀花·窗處綠陰添幾許》（自是思量渠不與，人間總被思量誤）；《好事近·愁展翠羅衾》（不辨墜歡新恨，是人間滋味）；《鷓鴣天·樓外秋轆索尙懸》（不緣此夜金閨夢，那信人間尙少年）；《蝶戀花·閱盡天涯離別苦》（最是人間留不住，朱顏辭鏡花辭樹）；《鵲橋仙·繡衾初展》（人間歲歲似今宵，便勝卻、貂蟬無數）；《水龍吟（楊花用章質夫蘇子瞻唱和均）》（算來只合，人間哀樂，者般零碎）；《祝英臺近·月初殘》（思量只有人間，年年征路。縱有恨、都無啼

處。);《蝶戀花・簾幕深深香霧重》(一霎新歡千萬種,人間今夜渾如夢)。

二、描寫人世真景的共 9 首,如:《蝶戀花・獨向滄浪亭外路》(閉置小窗真自誤,人間夜色還如許);《點絳唇・高峽流雲》(人間曙,疏林平楚,歷歷來時路);《踏莎行・絕頂無雲》(朝朝含笑復含顰,人間相媚爭如許);《蝶戀花・窈窕燕姬年十五》:(眾裏嫣然通一顧,人間顏色如塵土);《蝶戀花・翠幕輕寒無著處》(此景人間殊不負,簷前凍雀還知否);《踏莎行(元夕)》(天公倍放月嬋娟,人間解與春遊冶);《蝶戀花・落落盤根真得地》(總為自家生意遂,人間愛道為渠媚);《蝶戀花・連嶺去天知幾尺?》(人間幾度生華髮?);《浣溪沙・似水輕紗不隔香》(人間何處有嚴霜))。

三、抒發人生況味的共 12 首,如:《浣溪沙・已落芙蓉並葉凋》(人間爭度漸長宵);《浣溪沙・城郭秋生一夜涼》(人間夜色尚蒼蒼);《虞美人・犀比六博消長晝》(西窗落月蕩花枝,又是人間酒醒夢回時);《減字木蘭花・皋蘭被徑》(依舊人間。一夢鈞天只惘然);《蝶戀花・誰道人間秋已盡?》;《好事近・夜起倚危樓》(人間何苦又悲秋?正是傷春罷,卻向春風亭畔,數梧桐葉下);《鵲橋仙・沉沉戍鼓》(人間事事不堪憑,但除卻無憑兩字);《鷓鴣天・閣道風飄五丈旗》(人間總是堪疑處,惟有茲疑不可疑);《賀新郎・月落飛鳥鵲》(中有千秋魂魄,似訴盡、人間紛濁);《浣溪沙・曾識廬家玳瑁梁》(人間何地著疏狂?)《蝶戀花・窣地重簾圍畫省》(人間望眼何由騁?);《浣溪沙・六郡良家最少年》(人間那信有華顛)。

四、表達懷古寄幽主題的共 5 首,如《蝶戀花・辛苦錢塘江上水》(潮落潮生,幾換人間世);《蝶戀花・莫鬥嬋娟弓樣月》(懶祝西風,再使人間熱);《蝶戀花・憶掛孤帆東海畔》(只恐飛塵滄海滿,人間精衛知何限);《虞美人・杜鵑千里啼春晚》(人間孤憤最難平,消得幾回潮落又潮生);《摸魚兒(秋柳)》(金城路,多少人間行役)。

細細體會這 39 首詞,便不難發現,儘管王國維的整個詞作中確實籠罩著一種深沉悱惻的力量(這與他素來的藝術追求有關)。但這卻完全不是「人生終一夢」的悲觀厭世的詠歎,而恰恰是對「人間」的迫切肯定,是縱然有痛徹也決不放棄的珍視和表白。首先來看第一類:無論是「美人消息隔重關,……只餘眉樣在人間,相逢艱復艱」的慨歎;還是「蠟淚窗前堆一寸,人間只有相思分」的情切;或者「人間第一耽離別」,「人間須信思量錯」的無奈和抱恨;以及眾多「夢裏幽歡」和「人間現實」的「更添新恨」的對比,「人間歲

歲似今宵，便勝卻、貂蟬無數」洋溢的「金風玉露一相逢，便勝卻人間無數」（秦觀《鵲橋仙》）對人生真味的體驗和享受……這些抒發離情、別恨之詞以及含「夢」之作，不僅沒有任何消極的痕迹，反而都非常突出地表現了對愛情永駐，真情常在的祈禱和信念。

而描寫人世真景的 9 首詩，更是幾乎首首都是對生命的熱愛和肯定，寫得生機盎然，活潑而充滿情趣。「閉置小窗真自誤」的閒情逸興；「人間曙，疏林平楚」積極進取、及時把握的灑脫豪情；還有那最為後人稱道的「窈窕燕姬」自然天然之美的神筆妙繪，字裏行間充滿了對人世凡常生活的欣悅。

最易被研究者們誤認為有叔本華悲觀主義傾向的詞作是表達人生況味的 12 首和表達懷古寄幽的 5 首。但是，仔細分析我們不難發現，表達人生況味的那 12 首詞，前兩首寫得平緩疏淡，有清雅之風，卻絕無苦楚之意；而《虞美人·犀比六博消長晝》、《減字木蘭花·皋蘭被徑》和《蝶戀花·誰道人間秋已盡》卻獨有一番享受生活的懶散、疏狂之感；中間四首顯見一個好思的詩人形象，對宇宙、人生的質疑，無奈和憂鬱的詩意外表中卻滿含著生命扣問的急切；而最後三首卻無法掩飾高古悠遠的心胸以及上下求索的激情，尤其是最後一首《浣溪沙·六郡良家最少年》「人間那信有華顛」滿蘊的是「唐且華顛以悟秦，甘羅童子而報趙」的雄心（《後漢書·五二》）。再看懷古寄幽的五首，《蝶戀花·辛苦錢塘江上水》，據說是作於 1898 年，有感於戊戌戌事變而填〔註6〕，而「誰能消得英雄氣」的質疑和對伍子胥一片忠心的英雄相惜以及痛徹心肺的對禍國殃民者的憤慨，躍然紙上；而後面幾首，或孤高崛傲，不屈流俗；或倡精衛之志；或抒「人間行役」、眾生凄苦——這種種難抑的「人間孤憤」，激盪的是「再使人間熱」的不屈豪情。因此，在這兩類詞中，我們同樣看到的不是對「痛苦是人生真諦」的一再確認和表達，倒是不停的扣問和熱血衷腸。這兩類詞或悲或喜，或慨歎或激昂，融注的是對時代的關切，對歷史的感喟和對人生的反思與執著。這是一種中國知識分子特有的憂患意識，是正視人生，不屈於人生的「哲學第一義」。

而且，審觀王國維《乙稿》中那些儘管沒有「人間」二字，卻無處不更具「人間性」和洋溢著生命活力的「情語」，它們更是與對王國維詩詞「悲觀主義」的定調格格不入，茲舉三例為證：

〔註 6〕參見蕭艾著《王國維詩詞箋校》，長沙：湖南人民出版社，1984 年版，第 109 頁。

《應天長》：紫騮卻照春波綠，波上蕩舟人似玉。似相知，羞相逐，一晌低頭猶送目。鬢雲敧，眉黛蹙，應恨這番匆促。惱亂一時心曲，手中雙槳速。

《清平樂》：垂楊小院，院落雙歸燕。翠幙銀燈春不淺，記得那時初見。眼波臉暈微流，燈前卻按梁州。拼取一生腸斷，消他幾度回眸。

《虞美人》：弄梅騎竹嬉遊日，門戶初相識。未能羞澀但嬌癡，卻離風前散髮襯凝脂。近來瞥見都無語，但覺雙眉聚。不知何日始工愁，記取那回花下一低頭。

這三首寫得恣意放縱的「情語」，清新、調皮而又嫵媚，實在得「花間」真趣，美得燦然。

倒是《靜安詩稿》中的一些詩，寫作時段正是王國維沉迷於叔本華哲學的時候，可以看出他確實很得意能夠從詩詞中體現叔本華哲學為他打開新鮮的「哲學第一義」，作了一些「印證」式的嘗試，這是可以理解的。如《書古書中故紙》、《偶成二首》以及《平生》〔註7〕等幾首，其中確是融合了叔本華哲學以及道禪「徹悟人生」的意味。但這樣的詩作事實上並非太多。而且，眾所周知，《平生》這首詩亦被錄入《紅樓夢評論》（1904），那時，已是王國維懷疑「釋迦、基督自身之解脫與否，亦尚在不可知之數」的時候了（參見《紅樓夢評論》）。更值得注意的是，同是《靜安詩稿》中的一首《紅豆詞》：

> 南國秋深可奈何，手持紅豆幾摩挲。
>
> 累累本是無情物，誰把閒愁付與他？
>
> 門外青驄郭外舟，人生無奈是離愁。
>
> 不辭苦向東風祝，到處人間作石尤〔註8〕。

〔註7〕《書古書中故紙》（癸卯）昨夜書中得故紙，今朝隨意寫新詩。長捐篋底終無恙，比入懷中便足奇。黯淡誰能知汝恨，沾塗亦自笑余癡。書成付與爐中火，了卻人間是與非。《偶成二首》我身即我敵，外物非所虞。人生免禍福，役物固有餘。綱寧一朝作，魚鳥失寧居。矯矯驊與騮，垂耳服我車。王女粲然笑，照我讀奪書。嗟汝矜智巧，坐此還自屠。一日戰百慮，茲事與生俱。膏明蘭自燒，古語良非虛。蠔蠔繭中蛹，自縛還自鑽。解鈴虎領下，只待繫者還。大患固在我，他求寧非謾。所以古達人，獨求心所安。翩然鴻鵠舉，山水恣汗漫。奇花散澗谷，嗜嗜鳴鵁鶄。悠然七尺外，獨得我所觀。至人更卓絕，古井浩無瀾。中摶嗜欲，甲裳朱且殷。凱歌唱明發，筋力亦云單。蟬蛻人間世，兀然入泥洹。此語聞自昔，踐之良獨難。厥途果奚從，吾欲問瞿曇。《平生》參閱第二節中引文。

〔註8〕石尤指逆風、頂頭風。傳說石氏女嫁尤郎。尤為商遠行，妻阻之，不從。尤久不歸，妻思念致病，臨亡歎曰：「吾恨不能阻其行，以至於此。今凡有商旅

　　因相思而死的石氏女臨亡發誓要爲所有爲愛受苦的女子阻其夫遠行。能夠寫出「不辭苦向東風祝，到處人間作石尤」這樣詩句的人，會認爲這是一個充滿悲哀和痛苦的世界嗎？會認爲人生的始末都是痛和幻滅嗎？詩詞中的傷感以及那至眞至情的熱血表白恰恰是由於對人間眞情的珍視和敏感才得來的。因此，在我看來，「此景人間殊不負」才應該成爲《人間詞》的整體基調！整個《人間詞》表達的正是王國維心中滾燙燙的人間情懷自然流注到筆下的熱血人生百態！

二、眞正的人間情懷

　　尼采有過關於「命運之愛」（amor fati）的表述──「我能給人類最偉大天性的表述就是命運之愛──不期待任何改變，無論過去、未來，更遑論永恒。不僅要承受這份必然性，且更不去遮掩它（所有理想主義在必然性面前都是不眞實的），但只要愛它。」〔註9〕尼采稱 amor fati 是「我內心最深處的存在」〔註10〕，一種「高瞻遠矚的洞察力」。〔註11〕他將「命運之愛」不僅看作人的根本存在狀態，而且同時有著深沉、崇高的力量；正是這份深切的「命運之愛」才形成了對我們人生豐富而深刻的表達，才有了一種內心深處鼓蕩著的爲生命「賦魅」的激情。

　　王國維《人間詞》和傳統詩詞的最大區別是：他對人間的關注不是通常意義的一己小我「局促」的人生世相，個我私情、寵辱升降的主題；而是將自我置入宇宙大化生生不已的永恒中，去體驗人類生命的每一種情愫，靈魂的求索以及人生那不可測知的命數。也就是說，「人間」在王國維那裡已經具有了深刻的「形而上學」意義，它是一個本體論和生存論上的問題。這才是王國維爲中國詩詞帶來的新境界。這是王國維對人生進行一種哲學式的審美思索和藝術表達的體現。透過王國維的《人間詞》，看到的是悲憫的雙眼和鎔鑄深情的熱腸對「人間」（人生）的形而上理解和表達。這也是他最初研習叔

　　　　遠行，吾當作大風爲天下婦人阻之。」

〔註 9〕尼采著《瞧，這個人》（Friedrich Nietzsche, Ecce Homo, in Basic Writings of Nietzsche, translated and edited by Walter Kaufmann, 1967），第 714 頁。

〔註10〕尼采著《尼采反瓦格納》（Friedrich Nietzsche, Nietzsche contra Wagner, in the Complete Works of Nietzsche, translated by Anthony Mario Ludovici, 1911）第 79 頁。

〔註11〕尼采著《權力意志》，（Friedrich Nietzsche, The Will to Power〔1004〕，translated and edited by Walter Kaufmann, 1968），第 520 頁。

本華哲學的目的。叔本華曾經爲他開啟了理解世界的一扇門，但他只是稍事駐足便繼續前行，因爲他對叔本華的疑問。事實上，王國維早在寫作《人間詞》之初和之間就意識到了叔本華哲學的缺陷。《靜庵文集自序》（1905）中他旋悟「叔氏之說，半出於其主觀的氣質，而無關於客觀的知識」就在於他發現「彼之說『博愛』也，非愛世界也，愛其自己之世界而已。其說『滅絕』也，非眞欲滅絕也，不滿足於今日之世界而已。由彼之說，豈獨如釋迦所云『天上地下，惟我獨尊而已哉』。必謂『天上地下惟我獨存而後快』。」（《叔本華與尼采》1904）而在此節之前，他還引述了巴爾善對叔本華的評論：

> 叔本華之學說，與其生活實無一調和之處。彼之學說，在脫屣世界與拒絕一切生活之意志，然其性行則不然。彼之生活，非婆羅門教，佛教之克己的，而寧伊鳩魯之快樂的也。彼自離柏林後，權度一切之利害，而於法蘭克福特及曼亨姆之間定其隱居之地。彼雖於學說上深美悲憫之德，然彼自己則無之。古今之攻擊學問上之敵者，殆未有酷於彼者也。雖彼之酷於攻擊，或得以辯護眞理自解乎。然何不觀其對母與妹之關係也？彼之母妹，暫焉陷於破產之境遇，而彼獨保自己之財產。彼終其身，惴惴焉惟恐分有他人之損失，及他人之苦痛。要之，彼之性行之冷酷無可諱也，然則彼之人生觀，果欺人之語歟？曰：否。彼雖不實踐其理想上之生活，固深知此生活之價值者也。人性之二元中，理欲二者，爲反對之兩極，而二者以彼之一生爲其激戰之地。彼自其父遺傳憂鬱之性質，而其視物也，恆以小爲大，以常爲奇，方寸之心充以彌天之欲，憂患、勞苦、損失、疾病迭起互伏，而爲其恐怖之對象，其視天下人，無一可信賴者。凡此數者，有一於此，固足以疲其生活而有餘矣。此彼之生活之一方面也，其在他方面，則彼大知也，天才也。富於直觀之力，而饒於知識之樂，視古之思想家有過之無不及。當此時也，彼遠離希望與恐怖，而追求其純粹之思索，此彼之生活中最慰藉之頃也。逮其情慾再現，則疇昔之平和破，而其生活復以憂患恐懼充之。彼明知其失而無如之何，故彼每曰：『知意志之過失而不能改之，此可疑而不可疑之事實也。』故彼之倫理說，實可謂其罪惡之自白也。（巴爾善《倫理學系統》第三百十一頁至三百十二頁）

王國維對巴爾善的看法表示同意：「巴氏之說固自無誤，然不悟其學說中

於知力之元質外尚有意志之元質。」他所謂叔本華「知力之元質外尚有意志之元質」事實上就在於他敏銳的感受力使他逐漸認識到原來叔本華所揭示的「眞理」，跟宇宙人生關係並不大。其原因在於，叔氏本來就是一個悲觀厭世之人，他不喜人生，不喜這個世界，他的精銳之言，犀利之語，提供的不是對人生的積極思考，而是冷眼看世界的「一家之言」。這對關注人的理想和提升，人作爲族類的，整體的人的發展的王國維來說，是難以接受的。可見，早在1904年王國維就有對叔本華悲觀主義哲學的質疑和一針見血的分析，僅從這個角度來說，把《人間詞》當成是叔本華悲觀主義的印證也是站不住腳的。

另外，一個值得注意的問題是，儘管叔本華否定生命意志，但從嚴格意義上來說，他並不是一個眞正的悲觀主義者。他還稟有十九世紀西方現代文明高漲期張揚個體精神的「現代英雄」的特徵：「當是時，彼之自視，若擔荷大地之阿德拉斯 Atlas 也，孕育宇宙之婆羅麥 Brahma 也。彼之形而上學之需要在此，終身之慰藉在此……」（《叔本華與尼采》）

眞正的悲觀主義者是無情無愛之人，是不願與宇宙、人生、世界、他人發生任何情感關係的人。就像加謬（Albert Camus, 1913～1957）的《局外人》（L'Étranger [The Stranger], 1942）。默而索，這位西方現代文明促成的荒誕時代的英雄，既看不到眞情，也不願信任眞情。正如加繆在另一篇文章中所描述的那樣，在「被剝奪了幻覺和光明的宇宙中」，他們消極、冷漠、對一切都無動於衷；作爲這個人世間之外的人，他們「不否認永恒、但也不爲永恒做任何事情」（加謬《西緒福斯神話》，Le Mythe de Sisyphe [The Myth of Sisyphus], 1942）。這樣的人才是眞正的悲觀主義者──他們向我們展示了西方現代文明發展導致的人與世界的另一種關係。

而對一個身處民族、社會和人類精神淒風苦雨中的中國人文知識分子來說，他從來不會將自身置之度外。他的哀婉、淒厲的心語事實上是荊棘鳥的愛：將身體紮進最長，最尖的荊棘，以其以生命爲代價的歌唱表達對生命的愛……

從叔本華哲學的疑惑中走出，王國維繼續尋求他的扣問和解答，「人間」、「人生」作爲詩人體驗思索的對象進入詩人的視野。事實上，王國維「人間詞」中「扣問」的深味，要遠勝「解答」和「定論」。

「人間」具有通常的「人類世界」的意義。王國維的這些詩詞創作整體

上是與王國維那時（1899～1907）「人生問題日往復於吾前」的心情相一致的。而後來《人間詞》易名《履霜詞》、《苕華詞》的歷程亦與他對人生的敏感和熱切相統一。〔註12〕《苕華詞》改名以傷「清亡」，事實上已非《人間詞》原有之意。這種轉變是與他真實的情感相一致的，也是與他對時代人生的感受是一致的。僅僅用叔本華哲學來做箍，反而損毀了一個實在而豐富的王國維。

而且，從辛亥東渡、王國維回國（1916）後所填詞中眾多的感時悼亡之作，也同樣說明了這是與1918後為詞集易名的心態相一致。但若是拿這此後的易名來說明王國維這些創作於1904～1906年間，正值「黑海西頭望大秦」之少年意氣英發之時的詩詞，實在有些太大的捉襟見肘了。佛雛在其校輯王國維哲學美學論文時也曾有：「主編《教育世界》時期的王國維，才二十多歲，既富於文學素養，又耽於哲學沉思，又青年『英銳不羈』」〔註13〕的論述，這種描繪是與王國維當時的創作事實相符的。

另外，值得注意的一點就是，王國維後期治學儘管還從事創作，但幾乎都是詩，而沒有了詞。似乎在王國維那裡，相對於詞，詩這一更古典的形式似乎變成了一種更為直接的表達，反而減損了像他對詞的藝術追求所投注的熱情。這從後期詩作多有一些應和、投贈之作，雖然有些好詩，但實在不乏王國維自己所常常批判的「羔雁之具」的作品。但這從另一個角度來說，「詞」在王國維那裡，似乎成了他專為他的藝術和人生理想獨留出來的田地。《人間

〔註12〕周一平、沈茶英《人間詞與「人間號」》載：「1918年6月8日，王國維從《人間詞》中選出二十四首，題名《履霜詞》，他自跋說：『光宣之間為小詞得六七十闋，戊午夏日小疾無聊，錄存二十四闋，題曰《履霜詞》。嗚呼！所以有今日之堅冰者，非一朝一夕之故矣。四月晦日國維書於海上寓廬之永觀堂。』「履霜」，典出《易經》。《易·坤》：「履霜堅冰至」（1918，清朝滅亡已七年，張勳復辟失敗已一年，悲歎）……王錄出《履霜詞》後，曾寄給沈曾植，信中說：『病中錄得舊詞廿四闋，末章甚有韶華何草植意。呈請校正並加斧削之幸……』信中提到了『苕華』。以後王國維又將詞改名『苕華』當源於此。《海寧王忠慤公遺書》、《海寧王靜安先生遺書》、《王國維遺書》（翻印《海寧王靜安先生遺書》而成）收入的王國維詞即名《苕華詞》。『苕華』典出《詩經》。《詩·小雅·苕之華》：『四夷交侵，中國有叛，用兵部息，視民如禽獸，君子憂之，故作是詩也。』《毛詩正義》：『苕之華，大夫閔時也。』「君子閔周室之將亡，傷己逢之，故作是詩也。」（參見周一平、沈茶英著《關於王國維的人間詞和「人間」號》，《中西文化交匯於王國維學術成就》，第162～163頁。）

〔註13〕佛雛校輯《王國維哲學美學論文輯佚》（序言），上海：華東師範大學出版社，1993年版。

詞》的創作和《人間詞話》的誕生均可作爲明證。

王國維的《人間詞》和傳統文學中世俗的倫理世情的思維路向確是有一定不同。但是如果爲了保證王國維藝術的哲學式表達不會被拉回到傳統的倫理式表達的框架，而將之全部歸結到西方哲學思想的影響又似乎太過武斷和簡單。

總之，在我看來，所謂王國維悲觀主義人間（人生）觀是說不通的。這也就是爲什麼許多學者在談論王國維詩詞時，無法調和悲觀主義、技巧追求和「境界」追求這三者之間的支離感，或將彼此割裂或只取其一，無視其他。如果我們全面體察王國維的思想，深究到王國維創作及其理論最深層次的內在一致性，這種矛盾和尷尬便不會產生了。

第二節　作爲現代審美精神拓展的《紅樓夢》

王國維作爲傳統中國知識分子所體現的「積極」的「人間」精神還可以從他《紅樓夢評論》這一個案體現出來。應該說，前輩學者對叔本華哲學與《紅樓夢評論》之間關係的討論已經非常詳盡和充分了。葉嘉瑩的看法可以作爲代表。葉嘉瑩認爲《紅樓夢評論》的長處有三：一、前所未有地運用了哲學和美學的觀點進行文學批評；二、與傳統文論不同，首次在中國文學批評史上建立起了具有體系性的批評模式，三、批判「辨妄求眞」的晚清「紅學」考證之風，爲此後的「紅學」研究開闢了正確的道路。此三點認識應該說得到了許多學者的認同，而且這也常常被當作論證王國維學術研究開風氣之先的「現代特徵」的主要證據。然而，對《紅樓夢評論》的詬病之處同樣也基本上是公認的：「可是它卻無可挽回的有著一個根本的缺點，那就是他想要完全用叔本華的哲學來解說《紅樓夢》的錯誤」，因此，就導致了《紅樓夢評論》論證「不周密」、「附會」、「偏狹扭曲」之弊。〔註14〕

這些看法是相當公允和正確的。但在我看來，在《紅樓夢評論》的研究中，對於這些問題的過分關注，反而使《紅樓夢評論》眞正應該凸現的主題被遮蔽了。王國維《紅樓夢評論》一個最大的價值，既不是它開風氣之先的文學批評模式，當然更不是因爲作了叔本華哲學一個蹩腳的摹本，而是它首

〔註14〕葉嘉瑩著《王國維及其文學批評》，《〈紅樓夢〉評論一文之長處與缺點之所在》，第 179～204 頁。

次在中國文學批評史上將《紅樓夢》看作是一個重要的精神事件。

所謂「事件」必定跟問題相關。在王國維的眼睛裏，正是因爲出問題的不是紅樓夢本身，而是中國文化精神和叔本華哲學，所以，這個事件才成其爲一個「重要的精神事件」。事實上，《紅樓夢》這「我國美術上之唯一大著述」在王國維那裡成了一個標尺，衡量他所要反思和批判的這兩種精神現象並爲新的超越性精神的建構作好準備。因此，這一精神事件的具體內容倒不是那麼重要，而精神事件本身卻眞値得一次「現象學」追問。

一、「反」叔本華哲學的《紅樓夢評論》

在我看來，王國維《紅樓夢評論》對叔本華哲學的反叛（或曰不一致），跟《人間詞》是不同的。《人間詞》的創作已經經歷了由「嗣讀叔本華之書而大好之」，並且度過一段「皆與叔本華之書爲伴侶之時代」（1903～1904），到「後漸覺其有矛盾之處」，而於《紅樓夢評論》中毅然「提出絕大之疑問」（《靜庵文集自序》1905）等這一思想變化歷程的洗禮。因此，與叔本華哲學的疏離和本質的不可苟合是必然發生和相當清晰的。而對於「立論幾乎全在叔氏立腳地」的《紅樓夢評論》，它與叔本華哲學的根本分裂卻幾乎可以說是不知不覺、欲罷不能發生的。這也就是爲什麼我在標題上運用了一個加了引號的「反」字，意在強調非有意爲之，然實已爲之。

這尤其體現在王國維對叔本華那個重要的「解脫」概念不由自主產生的分歧上。

王國維是在談過「人生及美術之概觀」，「《紅樓夢》之精神」，「《紅樓夢》之美學上之價值」之後，再論「《紅樓夢》之倫理學上之價值」的。而在此以前，他確實充分發揮了對叔本華「解脫」、「意志」、「苦痛」等概念的理解和闡釋。但正是在這對叔本華哲學提出「絕大之疑問」（《紅樓夢評論》）的一章中，卻幾乎可以看作是對他前此論述一個徹底的推翻和批判。王國維對《紅樓夢》的「倫理價值」訴求眞正洩露了其之「解脫」與叔本華之「解脫」的迴然不同。以下這段儘管很長，但爲了分析的必要，還是基本上都徵引了下來：

> 夫由叔氏之哲學說，則一切人類及萬物之根本，一也。故充叔
> 氏拒絕意志之說，非一切人類及萬物，各拒絕其生活之意志，則一
> 人之意志，亦不得而拒絕。何則？生活之意志之存於我者，不過其

一最小部分,而其大部分之存於一切人類及萬物者,皆與我之意志同。而此物我之差別,僅由於吾人知力之形式,故離此知力之形式,而反其根本而觀之,則一切人類及萬物之意志,皆我之意志也。然則拒絕吾一人之意志,而姝姝自悅曰解脫,是何異決蹯跨之水,而注之溝壑,而曰天下皆得平土而居之一哉!佛之言曰:「若不盡度眾生,誓不成佛。」其言猶若有能之而不欲之意。故如叔本華之言一人之解脫,而未言世界之解脫,實與其意志同一之說不能兩立者也。

……然叔氏之說,徒引據經典,非有理論的根據也。試問,釋迦示寂以後,基督屍十字架以來,人類及萬物之欲生奚若?其苦痛又奚若?吾知其不異於昔也。然則所謂持萬物而歸之上帝者,其尚有所待歟?抑徒沾沾自喜之說,而不能見諸實事者歟?果如後說,則釋迦基督自身之解脫與否,亦尚在不可知之數也。往昔作一律曰:

生平頗憶挈盧敖,東過蓬萊浴海濤。

何處雲中聞犬吠,至今湖畔尚烏號。

人間地獄真無間,死後泥洹枉自豪。

終古眾生無度日,世尊只合老塵囂。

何則?小宇宙之解脫,視大宇宙之解脫以為準故也。(《紅樓夢評論》)

以上所引,表達了王國維以「生平可疑者」與叔本華「商榷」的兩個問題:一、王國維認為,言個人之解脫而非言全體之解脫,是叔本華意志同一說自相牴觸的地方。二、叔本華所言個人之解脫是不可能的。

王國維為什麼認為叔本華的「意志同一說」出現了自相矛盾的問題?因為,在王國維看來,既然叔本華認為整個世界──人類和世間萬物之根本都歸結到「意志」,那麼,這也就是說,「意志」是一個「萬物與我為一」的問題,是萬物之「德」與整體之「道」的問題。因此,「個體」(小宇宙)與世界整體(大宇宙)就成為一種「一多不分的」的全息性關係,或者說,小宇宙之「我」就是一個全息性的存在,就像「大海與眾漚」(熊十力語)的關係那樣。自然,小宇宙的解脫與大宇宙的解脫是不可能分開的──沒有一個脫離「大我」的「小我」。所以,他才會說「若不盡度眾生,誓不成佛」事實上不是一個主動意願的問題,而是一個不意願都不可能的事情。因為佛與眾生的解脫是同時實現的,沒有眾生的解脫,如何稱得上佛之解脫?由此可見,

王國維事實上把叔本華的「意志同一說」推到了中國文化的「天人合一」、「萬物一體」上了。因此，他才會認爲叔本華在自己的論說中自相矛盾。而且，他所引述的叔本華那段在他看來是其有意自我彌縫的論述，同樣是一種一廂情願的「文化誤讀」：

> 叔氏於無意識中亦觸此疑問，故於其《意志及觀念之世界》之第四篇之末力護其說曰：人之意志，於男女之欲，其發現也爲最著。故完全之貞操，乃拒絕意志即解脫之第一步也。夫自然中之法則，固自最確實者。使人人而行此格言，則人類之滅絕，自可立而待。至人類以降之動物，其解脫與墜落，亦當視人類以爲準。吠陀之經典曰：「一切眾生之待聖人，如饑兒之望慈父母也。」基督教中亦有此思想。珊列休斯於其《人持一切物歸於上帝》之小詩中曰：「嗟汝萬物靈，有生皆愛汝。總總環汝旁，如兒索母乳。攜之適天國，惟汝力是怙。」德意志之神秘學者馬斯太哀克赫德亦云：「約翰福音云：余之離世界也，將引萬物而與我俱，」基督豈欺我哉！夫善人，固將持萬物而歸之上帝，即其所以出之本者也。今夫一切生物，皆爲人而造，又自相爲用，牛羊之於水草，魚之於水，鳥之於空氣，野獸之於林莽皆是也。一切生物皆上帝所造，以供善人之用，而善人攜之以歸上帝。彼意蓋謂人之所以有用動物之權力者，實以能救濟之之故也。於佛教之經典中，亦說明此眞理。方佛之尚爲菩提薩埵也，自王宮逸出而入深林時，彼策其馬而歌曰：「汝久疲於生死兮，今將息此任載。負餘躬以遐舉兮，繼今日而無再。苟彼岸其予達兮，余將徘徊以汝待！」(《佛圖記》) 此之謂也。(英譯《意志及觀念之世界》第一冊第四百九十二頁〔原注〕)(《紅樓夢評論》)

王國維將「持萬物而歸之上帝」的表達看作是「個體」意志有照顧到全體，同帶眾生、萬物歸於解脫的意向。但事實上，他是在曲解叔本華的知力貴族主義。叔本華將人類精神分作知力和意志兩部分，並將「意志」看作人類、所有生物以及整個世界的本體，儘管在對西方理性主義傳統的顛覆和批判上有一大功，但是他仍然無法擯除他所承續的人與自然的對立傳統以及在「超越」意義上的人／神對立模式。叔本華強調「生命意志」，但他更強調「知力意志」對「生命意志」的控制，這是「天才」的稟賦。正是「天才」認識到生命意志的本質，不像常人那樣一任盲目意志衝動的支配，而成爲實現「生

命意志否定」的主要力量:「對世界的本質──這世界又反映著意志──從理念的體會中生長起來的認識成為意志的清淨劑,意志就這樣自願取消它自己。」〔註15〕禁欲主義者所做的事情,就是他以「人」這「最高的意志現象」的消滅,將引領「意志那些較弱的反映」──動物界的消逝:「猶如半明半暗的光線將隨同充分的光線〔的消逝〕一起消逝一樣」。〔註16〕因此,「余之離世也,將引萬物而與我俱」(約翰福音),「一切生物皆上帝所造,以供善人之用,而善人攜之以歸上帝」等等這所有表達完全是知力貴族們對群氓的恩賜,而非王國維所理解的萬物均勢意義上的同歸。

王國維所謂「個體解脫的不可能」也正是從這一理解出發的。在王國維滿是「人間」的心目中,對於「上帝」那個神性的高高存在的認識並不明晰也非確定。從王國維對釋迦、基督的描述可以看出,他把釋迦、基督頂多理解成只不過像那些始終生活在人群中,而非超脫於世人之外,有著「成己成人」的胸懷的中國的「聖人」、「仁人」一樣。所以,既然現實人生中的百姓還仍處在水深火熱中,那麼,怎麼可能說釋迦、基督得解脫了呢?他所引《平生》那首詩就是要證明徒言「個體解脫」的虛妄:想帶盧敖去求仙的願望是不可能的,因為秦始皇曾派他入海求仙,卻空手而歸;傳說淮南王得道,雞犬昇天。但似乎從來未得到證明(《論衡·道虛》);雖聽說黃帝鼎湖跨龍上天,但其臣抱弓射龍不得,抱弓而號,亦是沒有解脫(《史記·封禪書》)。人間地獄有著相同的痛苦,佛家的涅槃只不過是一種沾沾自喜的話罷了,既然自古以來眾生都沒有得超度的日子,那佛陀當然亦與眾生同在了。在王國維看來,叔本華(這典型的西方思辨而空渺)的形而上表達是對這一現實的無視:一代又一代人仍在痛苦中掙扎,徒表一個沾沾自喜的願望是與現實無任何意義的。王國維批評:「叔氏之說,徒引據經典,非有理論的根據也」,事實上,他所謂的這個「理論的根據」就是他所理解的:「小宇宙之解脫,視大宇宙之解脫以為準」──即個體作為生生大化中的一員,理應為這個「有物混成」的世界作出自己所應承負的「成人成己」的努力;生存於現世人間的「個人」就應該承擔得起整個人類存在的價值和意義,即便這種承擔是痛苦的。就像他在《紅樓夢評論》中所謂:「夫美術之所寫者,非個人之性質,而人類全體

〔註15〕叔本華著《作為意志和表象的世界》,石沖白譯,北京:商務印書館,1982年版,第391頁。
〔註16〕同上書,第521頁。

之性質也」。在《人間嗜好之研究》（1907）中，他也同樣表達：「若夫眞正之
大詩人，則又以人類之感情爲其一己之感情。……遂不以發表自己之感情爲
滿足，更進而欲發表人類全體之感情。彼之著作，實爲人類全體之喉舌，而
讀者於此得聞其悲歡啼笑之聲，遂覺自己之勢力亦爲之發揚而不能自己。」
因此，「解脫」在王國維那裡不是要擺脫現世的糾纏，反而一變而成爲對人生
的實現和必須肯定的面對。王國維「心懷天下」的儒家情懷在這兒發生了作
用。

　　叔本華的「解脫」表達的是知力個體英雄對這個苦痛世界的決裂和鄙棄
無視：「如果我們把人生比作灼熱的紅炭所構成的圓形軌道，軌道上有著幾處
陰涼的地方，而我們又必須不停留地跑過這軌道；那麼，被局限於幻覺的人
就以他正站在上面的或眼前看得到的陰涼之處安慰自己而繼續在軌道上往前
跑。但是那看穿個體化原理的人，認識到自在之物的本質從而〔更〕認識到
整體大全的人，就不再感到這種安慰了。他看到自己同時在這軌道的一切點
上而〔毅然〕跳出這軌道的圈子。——他的意志掉過頭來，不再肯定它自己
的，反映於現象中的本質；它否定這本質。……他謹防自己把意志牽掛在任
何事物上，對於萬〔事萬〕物他都要在自己心裏鞏固一種最高度的漠不關心。」
〔註17〕

　　這是叔本華之「解脫」的眞正意義。而在王國維，這位秉承「天人合一」
思想，有著「生命精神價值整體」思維特性的中國學者那裡，叔本華的「生
命意志同一說」馬上被拉到了「生命的統一對待」：就像「道」亦可存乎尿溺，
宇宙的幸福可以輝映在一個小孩微笑的小髒臉上。

　　而且，不僅是在萬物的對待也即宇宙論意義上，王國維與叔本華有著明
顯的不同，在族類意識，即「人」這個宇宙大化的生靈之一的問題上，王國
維和叔本華也是不同的。叔本華的「意志同一說」是生物主義和個體主義的，
與歷史無關，或者說是要割斷歷史的，其倫理學上的價值就是個體的意志自
由對立於族類全體的自由——棄世和否定族類意志。叔本華似乎告誡：聰明
的世人，別讓族類的本能來誘惑你。王國維則認爲個體意志和族類（全體）
意志是統一和不可分的；「族類」是一個與生命、血脈和心靈相關的概念，對
祖先「原罪」的承擔是一代又一代作爲族類的人的重要義務。因此，在王國
維心目中，「族類」，不僅沒有生物主義類概念的意義，它反而是是神聖和充

〔註17〕同上書，第521頁。

滿歷史感的一個概念。就像孔子長呼：「郁郁乎文哉！吾從周」（《八佾第三》），「甚矣，吾衰也！久矣吾不復夢見周公」（《述而第七》）時所傳達的割不斷的血脈和深情；像「堯舜禹文王周公」在中國文化中一直所承載的深刻意義一樣。「生命」這一概念在中國文化中從來都不是一個純生物的概念。中國哲學在王國維身上所起的作用昭然而視。

王國維對叔本華的「誤讀」完全是一種基於民族文化心理的無意識。這就有點像叔本華在論述他的「同情」概念時，對中國「仁」的誤讀是一樣的。叔本華不瞭解在儒家這一概念中，「仁性」是一個建立在「天道」與「人道」合一意義上的「修爲」的概念：「我欲仁，斯仁至矣」（《論語　述而》），跟他所謂基於生物本能的道德概念不是同一個意義〔註18〕。

以叔本華哲學爲立腳地的《紅樓夢的評論》最後反而成了對叔本華哲學的反判，這是王國維所始料未及，或者說非意在爲之卻無法抗拒的的事情。在我看來，這是值得思索和提出的。

二、「第三種悲劇」

王國維對叔本華意志哲學與「解脫」（denial of the will to live）概念的反叛可以說基本上是中國「人間」精神這一集體無意識的作用，而他對西方悲劇精神的選擇則完全是主動、有意爲之的。

選擇西方藝術文化傳統中很重要的「悲劇」概念，並將其視爲可改造中國文化「集體無意識」的一種精神力量，正是爲了對自我傳統的眞正復歸。也正是在這一點上，王國維這種與「人間」相關的悲劇精神才具有了與西方「悲劇」範疇在其本土語境中所不同的內容。

〔註18〕叔本華在爲倫理學賦予它本來應有的感性內涵時，設置了「同情」爲一切道德的眞正源泉，用來代替康德的「義務」的兩種德行（元德）：公正和仁愛的根源都在於自然的同情。他對「同情」的解釋是：「這種同情是不可否認的人類意識的事實，是人類意識的本質部分，並且不依假設、概念、宗教、神話、訓練與教育爲轉移。與此相反，它是原初的與直覺的，存在於人性自身。」並且，他援引了儒家的道德觀來支持他，他說：「在學院派範圍內，連一個贊成我的見解的權威也沒有；但此外，我還可以引用其他證據支持我。中國人承認五種基本德行（五常），其中首要的是同情（仁，人道，愛鄰人）。其他四德是：義、禮、智、信。」（叔本華著《倫理學的兩個基本問題》，北京：商務印書館，1996年版，第239，276頁。）但事實上，中國「仁」的概念跟叔本華基於「本能」理論而設置的倫理學上的「博愛主義」和「同情」是完全不同的。

這從王國維關於叔本華「第三種悲劇」的討論中可以看出。

王國維非常贊同叔本華關於「第三種悲劇」的觀點:「由叔本華之說,悲劇之中又有三種之別。第一種之悲劇,由極惡之人極其所有之能力以交構之者;第二種由於盲目的命運者;第三種之悲劇,由於劇中之人物之位置及關係不得不然者。非必有蛇蠍之性質與意外之變故也,但由普通之人物,普通之境遇逼之,不得不如是。……此種悲劇,其感人賢於前二者遠甚,何則?彼示人生最大之不幸非例外之事,而人生之所固有故也。」並說:「叔本華置詩歌於美術之頂點,又置悲劇於詩歌之頂點。而於悲劇之中,又特重第三種。以其示人生之眞相,又示解脫之不可已故。故美學上最終之目的與倫理學上最終之目的合。」(《紅樓夢評論》)

這一認識基本上是符合叔本華原意的。應該看到,自亞里士多德以來,關於「悲劇」激起「恐懼與憐憫」並作用於人的精神這一倫理學目的在西方人對「悲劇」這一重大題材的認識上一直有著很深的影響。黑格爾在其悲劇觀中提倡「永恒正義的勝利」更是一個最爲主要的代表。這種帶有柏拉圖和基督教倫理道德哲學的傳統悲劇理論一直持續到叔本華。但是,儘管叔本華也承襲了亞里士多德以來對悲劇效果的認識,但由於他將這種倫理學目的建築在引導人類領悟「原罪」之惡,走向解脫的途徑上,實際上是首先開拓了這一蘇格拉底理性樂觀主義傳統的反面。在叔本華那裡,悲劇的作用不僅是放棄靈魂的淨化和提升,而是一下子跨步到「生命的虛無」。悲劇中展示的人生可怕的一面——「苦難」以及「在我們面前演出人類難以形容的痛苦、悲傷,演出邪惡的勝利,嘲笑著人的偶然性的統治,演出正直、無辜的人們不可挽救的失陷」等等發生在普通人身上隨時隨地不可預測的種種事態都只是在暗示著宇宙和人生的本來性質以取得「生命意志放棄」的效果:「這是意志和它自己的矛盾鬥爭。……這種鬥爭在意志的客體性的最高級別上發展到了頂點的時候,是以可怕的姿態出現的。這種矛盾可以在人類所受的痛苦上看得出來……在所有這些人們中活著的和顯現著的是一個同一的意志,但是這意志的各個現象卻自相鬥爭,自相屠殺。意志在某一個體中出現可以頑強些,在另一個體中又可以薄弱些。在薄弱時是認識之光在較大程度上使意志屈從於思考而溫和些,在頑強時則這程度又較小些;直至這一認識在個別人,由於痛苦而純化了,提高了,最後達到這樣一點,在這一點上現象或『摩耶之幕』不再蒙蔽這認識了,現象的形式——個體化原理——被這認識看穿了,

於是基於這原理的自私心也就隨之而消逝了。這樣一來，前此那麼強有力的動機就失去了它的威力，代之而起的是對於這世界的本質有了完整的認識，這個作為意志的清淨劑而起作用的認識就帶來了清心寡欲，並且還不僅是帶來了生命的放棄，直至帶來了整個生命意志的放棄」〔註19〕。

因此，叔本華讚揚那些「在漫長的鬥爭和痛苦之後」永遠放棄一切生命意志的「最高尚的人」，如《浮士德》中的瑪格利特，還有哈姆萊特、奧爾良的貞女和梅新納的新娘等。叔本華推舉瑪格麗特作為這「第三種悲劇」人物的典型代表。瑪格麗特的生命歷程是這樣的：她純美、虔敬，連魔鬼靡非斯特都說：「我曾偷偷從懺悔間旁走過／知道這姑娘真是無邪清白。／她去辦告解實在是多餘，對這種女子我無能為力！」浮士德也贊曰：「心地單純和大真無邪／從來不識自身的神聖價值！」〔註20〕就是這位「使全體女性感到榮幸」的女性，卻無端地承受著命運的捉弄：藥死了自己的母親，溺死了自己的孩子，哥哥也因她而死，自己也被投入了監獄。最後，她放棄跟浮士德一起脫生的機會，情願接受死亡，而不去承受靈魂的煎熬。因此，叔本華認為，瑪格麗特是「經過苦難的淨化而死的」，也即「她的生命意志消逝於先」。〔註21〕

王國維也重視這由「通常之道德、通常之人情、通常之境遇為之而已」（《紅樓夢評論》）的「第三種悲劇」，並認為《紅樓夢》正是這樣的一個「悲劇中之悲劇」。但王國維對這「第三種悲劇」的理解與叔本華是有偏差的。

首先，還是與跟「第三種悲劇」緊密相連的「解脫」概念相關。因為王國維更為在意「苦痛」這一生命「歷煉」過程所賦予的人生意義，而非對人生的否定，所以，在他看來，正是因為人類在現世痛苦的「生存著」的這一頑強面對過程，才賦予了人之為（普通）人的真正意義和價值，這也是他所理解的「第三種悲劇」價值的基點。

這可從他對惜春、紫鵑之「解脫」與寶玉之「解脫」的區分上看出。

有些學者質疑王國維在《紅樓夢評論》第二章《紅樓夢之精神》中，將惜春、紫鵑之智慧放在「寶玉「之上，認為王國維稱前二者之「解脫」為「非常之人」之解脫：「唯非常之人，由非常之智力，而洞觀宇宙人生之本質，始

〔註19〕叔本華著《作為意志和表象的世界》，第350～351頁。

〔註20〕歌德著《浮士德》，楊武能譯，合肥：安徽文藝出版社，1998年版，第146，180頁。

〔註21〕叔本華著《作為意志和表象的世界》，第351頁。

知生活與痛苦之不能相離，由是求絕其生活之欲，而得解脫之道」，與《紅樓夢》中的人物形象不符。事實上，王國維的這一說法，應該不是爲了說明惜春和紫鵑比寶玉更超越，更具人生洞察力；而是因爲他更爲在意地是用熱血和生命鑄成的「人生」，是以「生活爲爐、苦痛爲炭，而鑄其解脫之鼎」（《紅樓夢評論》）的經歷了人生歷煉的「通常之人」──我們現世紅塵中的芸芸眾生的生命歷程，而非什麼宗教神秘的直達（王國維將宗教看作是低於藝術的「慰藉「方式，就在於宗教是指向「理想的，未來的」，而「藝術是現實的」，他更爲強調藝術（審美）對現世人生的積極意義。參見《去毒篇》1906）。因此，他才會說：「前者之解脫、超自然的也，神明的也；後者之解脫，自然的也、人類的也。前者之解脫，宗教的也；後者美術的也。前者平和的也；後者悲感的也、壯美的也，故文學的也、詩歌的也、小說的也。此《紅樓夢》之主人公所以非惜春、紫鵑，而爲賈寶玉者也。」王國維強調「自犯罪，自加罰，自懺悔，自解脫」，並認爲，只有這產生在「通常之人」身上，經過自我苦痛掙扎的「解脫」才具有「悲劇的壯美」。(《紅樓夢評論》)

其次，也就是接著第一點而來的：在對待這「通常之人」的「苦難」和「解脫」的問題上，王國維更強調一種主動精神，而非叔本華的那種「作用／反應」的解脫過程。他說「欲達解脫之域者，固不可不嘗人世之憂患。然所貴乎憂患者，以其爲解脫之手段故，非重憂患自身之價值也。今使人日日居憂患，言憂患，而無希求解脫之勇氣，則天國與地獄，彼兩失之其所領之境界，除陰雲蔽天，沮洳彌望外，固無所獲焉」（《紅樓夢評論》）。

所謂「固不可不嘗人世之憂患」、「希求解脫之勇氣」這些都是一種主動化的表達，都是指一種直面「苦難」的生命對待態度。

這種積極對待生命的「第三種悲劇」與叔本華的「第三種悲劇」理論是迥然相異的。在叔本華那裡，「解脫」是一種被迫發生的反應：「這些力量光臨到我們這兒來的道路隨時都是暢通無阻的。我們看到最大的痛苦，都是在本質上我們自己的命運也難免的複雜關係和我們自己也可能幹出來的行爲帶來的，所以我們也無須爲不公平而抱怨。這樣我們就會不寒而慄，覺得自己已到地獄中來了」〔註22〕叔本華強調這些爲我們造成悲劇的力量的光臨，我們「看到的最大痛苦」和「不寒而慄」。可見，他對悲劇的理解僅僅止於「生的描述」，而且人類唯一的出路就是趕快覺悟，放棄生命意志，擺脫命運的「擺

〔註22〕同上書，第 353 頁。

佈」。而王國維在面對「解脫之不可能」這一人類存在的悲劇時，是不在意這一形而上學結果的，他更爲在意的是人如何完成這「普羅米修斯」式的使命！這是他與叔本華「悲劇」觀念的本質不同。

　　也正是在這一意義上，找認爲，王國維對悲劇的認識和埋解，更爲接近尼采而非叔本華。尼采在對「悲劇「意義的闡釋上，事實上是站在叔本華的反面，或者說，他是非常堅決地批判那種「衰敗」的悲劇象徵的。他說：「什麼是悲劇？──我曾一再指出亞里士多德的偉大誤解。因爲他自認爲兩種沮喪欲望即恐懼和同情，就是悲劇的欲望。假如他眞有道理，那麼悲劇就是有生命危險的藝術了。因爲，人們想必要告誡人們要小心悲劇，就像要提防某些危害公眾和聲名狼藉的東西一樣。藝術，換句話說，生命的興奮劑、生命的陶醉感、要生命的意志，在這裡是爲頹廢運動效力的，就像悲觀主義的婢女一樣，是有損於健康的（──因爲人們通過激勵這些欲望來『擺脫』像亞里士多德所認爲的狀態，這根本是不眞實的）。習慣上激起恐懼和同情感的某種東西，也起著瓦解、削弱和貶抑作用。──叔本華認爲，人們應當從悲劇中得知天命（即溫柔地放棄幸福、希望、要生命的意志），假如這一論點是正確的，那麼這就眞的構想出否認自身的藝術的藝術來了。那麼悲劇也就成了消溶過程。因爲，生命的本能在藝術的本能中毀滅了自身。基督教、虛無主義、悲劇藝術、生理學的頹廢現象，這些東西攜起手來了，並於同一時刻取得了優勢，互相驅使，向前──向後……悲劇簡直成了衰敗的象徵了。……假如叔本華本來不想瞭解這個問題，假如他認爲整個沮喪情緒就是悲劇的狀態，假如他試圖使希臘人（──令叔本華惱火的是，他們不是『聽天由命』的……）明白，似乎他們根本就沒有站在世界觀的高度，那麼，這乃是偏見，體系的邏輯、分類學者的僞造。因爲，這是那種拙劣僞造的一種，它一步一步的毀滅了叔本華的整個心理學（因爲他，就是他粗暴地、隨心所欲地誤解了天才、藝術本身、道德、異教、美、認識等等，他幾乎誤解了一切）。」〔註23〕

　　叔本華強調「悲劇」（藝術）是「生命的清淨劑」，幫助人認識和看透生命的苦痛，「溫柔地放棄」抗爭。而尼采則把藝術當作「生命的興奮劑、生命的陶醉感、要生命的意志」，是將生命的苦痛引向審美救贖的手段。因此，在

〔註23〕尼采著《權力意志──重估一切價值的嘗試》，張念東，凌素心譯，北京：商務印書館，第 594～595 頁。

叔本華的悲劇觀裏，沒有「價值」這個概念，只有價值的取消。而在尼采的悲劇觀裏，悲劇恰是爲了承載價值而存在的。尼采是站在西方現代世界的批判者立場上而提倡悲劇精神的。西方文化傳統對於「最高眞理」的迷信——無論是道德的最高原理（基督教倫理）還是由柏拉圖以來規定的哲學的最高原理都在強調「我們生存的這個世界毫無價值，必須尋找到一個「更好的」世界，一個超出感性的「眞實的世界」。尼采這位顚倒的柏拉圖主義者恰恰認爲「感性世界才是一個眞實的世界」，而西方文化傳統所追求的「眞實世界」卻根本上就是一個虛幻的假象世界，正是這些「虛幻的眞理」在扼殺和孱弱著人類的生命。因此，尼采認爲「藝術比眞理更寶貴」〔註24〕，它是「我們的宗教、道德和哲學」這些「人類的頹廢形式」的「反運動」〔註25〕，它「反對一切要否定生命的意志的唯一優越對抗力量，藝術是反基督的、反佛教的、尤其是反虛無主義的。」〔註26〕

　　因此，儘管在對人生的看法上，尼采承續了叔本華的「苦痛觀」，亦稱讚叔本華首先爲藝術尋找到它的形而上意義。但他卻不同意這個否定一切存在的形而上解答。他將藝術看作「生命的最高使命和生命本來的形而上活動」。「人類的最高尊嚴就在作爲藝術作品的價值之中——因爲只有作爲審美現象，生存和世界才是永遠有充分理由的。」〔註27〕他在《悲劇的誕生》裏表達了這一認識。尼采認爲，偉大的希臘藝術不是產生於希臘人的高貴和平和，恰是因爲希臘人對人生苦痛的深刻認識，才產生了日神精神和酒神精神這兩種藝術衝動：「希臘人知道並且感覺到生存的恐怖和可怕，爲了能夠活下去，他們必須在它前面安排奧林匹斯眾神的光輝夢境之誕生。對於泰坦諸神自然暴力的極大疑懼，冷酷凌駕於一切知識的命數，折磨著人類偉大朋友普羅米修斯的兀鷹，智慧的俄狄浦斯的可怕命運，驅使俄瑞斯忒斯弒母的阿特柔斯家族的歷史災難……這一切被希臘人用奧林匹斯藝術中間世界不斷地重新加以克服，至少加以掩蓋，從眼前移開了。爲了能夠活下去，希臘人出於至深的必要不得不創造這些神。」〔註28〕因此，在探討「悲劇藝術家」的問題上，

〔註24〕同上書，第 444 頁。
〔註25〕同上書，第 468 頁。
〔註26〕同上書，第 443 頁。
〔註27〕同上書，第 21 頁。
〔註28〕尼采著《悲劇的誕生》，周國平譯，上海：生活‧讀書‧新知三聯，書店，1986年版，第 11 頁。

尼采認為，「這是力的問題（個別人的，或者是一個國家的）……充盈感，開朗的力感（這種感覺允許人們勇敢而愉快地接受許多事物，而膽小鬼則因此而發抖）……對悲劇感到快樂，這標誌著強大的時代和性格。因為，它們的頂點也許就是神性的悲劇。他們就是通過悲劇的殘酷來肯定自身英雄史詩般的人格的。」〔註29〕

　　尼采對叔本華的顛倒和反叛最根本的一點就在於尼采是肯定生命，肯定生命的創造作用的。這同樣表現在他「作為強力意志的意志」（the will to power）的論述上。尼采將強力看作意志的本質。因此，他更應該說是在意願（Wollen）〔註30〕的意義上使用「意志」這一詞彙。尼采曾經批判過叔本華這「缺少意願的哲學」，他將叔本華看作十九世紀的西方———一個「獸道主義」的世紀的敏感性的代表，並評論說：「19 世紀是更加獸性的世紀，更詭譎、更醜陋、更現實、庸眾性的，因而『更善良』、『更正直』，屈服於任何『現實』，因而更真實；但意志薄弱，同時也是悲哀和渴望黑暗的世紀，然而是宿命論的。既不害怕『理性』，也不崇尚心靈；頑固相信渴求的統治（叔本華論述過『意志』；可是，他的哲學最典型的特點就是缺少意願）。連道德也降格成一種本能（即『同情』）了。」〔註31〕作為對叔本華的反叛，尼采提倡一種「有作為的悲觀主義」：「這是在可怕的角逐甚至是勝利以後的問題，……即一切強大天性的基本本能，……簡言之，我們有一個目的，為了它不怕帶來人的犧牲，不怕任何風險，不怕承擔任何厄運：——偉大的激情。」〔註32〕

　　對尼采的悲劇理論作了這樣一番討論，主要是想說明王國維在「悲劇」意義的理解上對尼采的趨向。這也就是為什麼他獨將《紅樓夢》抉出，稱其是「大背於吾國人之精神」的「哲學的也，宇宙的也，文學的也」的「宇宙之大著述」。在對藝術與人生的關係，對審美主義的理解上，他的看法是尼采式的而非叔本

〔註29〕尼采著《權力意志》，第 303 頁。

〔註30〕海德格爾認為：「如果我們試圖以那些可以說首先強加給我們的特性來把握意願，那麼，我們就可以說：意願（Wollen）乃是一種朝向……（Hin zu ……）、一種趨向……（Auf etwas los……）；意願是一種對準某物的行為。」，強調「意志」在尼采那裡，所表達的人類「是向自身並且在自身中開放著的」而又「超出自身」的上升精神，這是非常正確的。（海德格爾著《尼采（上卷）》，第 40～41 頁，北京：商務印書館，2002 年版。

〔註31〕尼采著《權力意志》，第 222 頁。

〔註32〕同上書，第 251 頁。

華式的：「美術之價值，對現在之世界人生而起者，非有絕對的價值也。其材料取諸人生，其理想亦視人生之缺陷逼仄，而趨於其反對之方面。如此之美術，唯於如此之世界，如此之人生中始有價值耳」（《紅樓夢評論》）。

只不過，王國維沒有尼采「重估一切價值」的決裂。他只是想爲中國的文化精神傳統置入一種它急需的精神。王國維正是要借助「悲劇」精神這「不怕帶來人的犧牲，不怕任何風險，不怕承擔任何厄運」的「偉大的激情」來救治處於民族危機深重時代的國民精神的孱弱和麻木，以及局促狹隘的苟活狀態。他強調《紅樓夢》的偉大就在於驚醒「沉溺於生活之欲而乏美術之知識」的國人。而他在《宋元戲曲史》中認爲元劇與後此之戲曲的不同點也正在於：「明以後，傳奇無非喜劇，而元則有悲劇在其中。……其最有悲劇之性質者，則如關漢卿之《竇娥冤》，紀君祥之《趙氏孤兒》。劇中雖有惡人交構其間，而其蹈湯赴火者，仍出於其主人翁之意志，即列之於世界大悲劇中，亦無愧色也。」可見，他對元劇之「悲劇性」同樣是從「偉大的承擔」這一意義上來理解的。

中國「人間精神」的社群意識和熱切的生命感覺使它更多的是沉浸而非反省。這種內在化、整體性生存，很難像西方人那樣，無時無刻不在一個高高在上的「神性」力量的強烈對比下，尋求靈魂的飛躍和提升。中國人喜歡其樂融融的沉浸在他腳踏大地，身處寰宇的現世感覺，構織著他與宇宙、自然、所有周圍一切的「和諧」的夢。人的性命論意義上的惡和欠缺是他很少也從不願意思考的事情。即使是有所意識，但也在這一片「歡情」的氛圍下被沖刷和消磨得只剩下哀怨和低吟。本來，中國文化和藝術精神中那些表達「我自然」的歡情、對所有本於人性、本於人情的東西的熱愛和肯定都是值得推崇的，這正是中國文化精神的積極內涵。但可惜的是，在歷史的王道之途中，這些原來恰恰是本於人性、本於人情的自然表達卻在你爭我奪、爾虞我詐的過程中，已然異化爲一種虛幻補償：「始於悲者終於歡，始於離者終於合，始於困者終於亨；非是而欲饜閱者之心難矣。……吾國之文學，以挾樂天的精神故，故往往說詩歌的正義。善人必令其終，而惡人必罹其罰，此亦我國戲曲小說之特質」（《紅樓夢評論》）。這種無視現實，不知反思「粉飾人間」的藝術史，消泯的是自然人性的歡情，而徒剩下一些哀婉的僞飾和表演。尤其是在一個內憂外患的時代，這不僅不利於「吾國人」精神的成長，而且會加劇民族精神的孱弱和滅亡。

正是因為王國維敏銳地認識到這種迷失和匱乏，他才一掃「考證之眼」的虛妄，將《紅樓夢》這「我國美術上之唯一大著述」視為中國精神史上的重大事件。因此，王國維對《紅樓夢》悲劇美學價值的評論，就不只是一次對傳統文論的解放，或《紅學》史上無關輕重的一筆，或西方哲學的移植標本，而恰是一次真正精神史問題的追問。「滿紙荒唐言，一把辛酸淚」不只是一個講述著家族興衰苦澀和愛情無常的故事，而成了王國維對中國精神遺產進行解析和建構努力的腳本。儘管，在王國維個體化的道禪思維和叔本華哲學的作用下，他的解決方案在今天看來顯得幼稚和拙劣，但恰恰是他討論中的自相矛盾或者說與叔本華悲觀主義意志哲學相牴觸的地方，才實現了《紅樓夢評論》在中國文化精神成長史上的價值。

王國維對「悲劇精神」的提倡是不離「人間精神」的。王國維之所以會強調「浮士德之苦痛，天才之苦痛；寶玉之苦痛，人人所有之苦痛也」，就在於在王國維的眼睛裏，浮士德（注：尼采和王國維都將浮士德看作是真正的悲劇主人公，而叔本華則選擇了瑪格麗特，這也看出三者對悲劇理解上的不同：尼采心目中的悲劇主人公是對世界有決定影響力的承傳著古希臘悲劇血脈的悲劇貴族和英雄；叔本華悲劇的主人公是放棄這個世界的平凡了悟者；而王國維既執著於他對叔本華「第三種悲劇」的理解，卻更為看重悲劇的成長作用，但卻絕對缺乏對西方悲劇英雄的想像和情感），這位體現西方資本主義上昇時期進取激情的「新人」，在他理智地與魔鬼定下契約後，暢遊天地，追索人生目的和意義的過程更具「純粹精神」的意義。他集中要表現的正是人的超越意識。因為有靡菲斯特的相助，他省略了人生現世的生活。這種非現世人生的苦難歷程，在王國維看來，不會如此深刻地打動「沉溺於生活之欲而乏美術之知識」的國人。王國維強調寶玉（他無視那個神瑛侍者和絳珠仙子的神話）是一個有著血肉之軀的普通人，他承受人身上所有跟神性無關的東西，人的苦、人的淚，人在苦難的命運中學會成長的壯美，他「體驗」並超越人的現在。

這一點還很明顯地體現在王國維對「壯美之情」認識上的自相矛盾處。在《紅樓夢評論》中，王國維主要是以叔本華的觀點為依據來定義「優美」和「壯美」這兩個西方傳統美學概念的：「而美之為物有二種：一曰優美，一曰壯美。苟一物焉，與吾人無利害之關係，而吾人之觀之也，不觀其關係，而但觀其物；或吾人之心中，無絲毫之欲存，而其觀物也，不視為與我有關

係之物，而但視爲外物，則今之所觀者，非昔之所觀者也。此時，吾心寧靜之狀態，名之曰優美之情，而謂此物曰優美。若此物大不利於吾人，而吾人生活之意志爲之破裂，因之意志遁去，而知力得爲獨立之作用，以深觀其物，吾人謂此物曰壯美，謂其感情曰壯美之情。」

但王國維將《紅樓夢》第九十六回寶黛最後相見一節作爲其所舉「最壯美者」，則與叔本華此「壯美」之定義幾乎是不沾連的：

> 那黛玉聽著傻大姐說寶玉娶寶釵的話，此時心里正是油兒、醬兒、糖兒、醋兒倒在一處的一般，甜、苦、酸、鹹，竟說不上什麼味兒來了。……自己轉身要回瀟湘館去。那身子卻有千百斤重的，兩腳卻像踏著棉花一般早已軟了，只得一步一步慢慢地走將下來。走了半天還沒到沁芳橋畔，腳下愈加軟了，走的慢，且又迷迷癡癡，信著腳從那邊繞過來，更添了兩箭地路。這時剛到沁芳橋畔，卻又不知不覺的順著堤往月回裏走起來。紫鵑取了絹子來，卻不見黛玉。正在那裡看時，只見黛玉顏色雪白，身子恍恍蕩蕩的，眼睛也直直的，在那裡東轉西轉……只得趕過來輕輕的問道：『姑娘怎麼又回去？是要往哪裏去？』黛玉也只模糊聽見，隨口答道：『我問問寶玉去。』……紫鵑只得攙他進去。那黛玉卻又奇怪了，這時不似先前那樣軟了，也不用紫鵑打簾子，自己掀起簾子進來。……見寶玉在那裡坐著，也不起來讓坐，只瞧著嘻嘻的呆笑。黛玉自己坐下，卻也瞧著寶玉笑。兩個也不問好，也不說話，也無推讓，只管對著臉呆笑起來。忽然聽著黛玉說脫：『寶玉，你爲什麼病了？』寶玉笑道：『我爲林姑娘病了。』襲人、紫鵑兩個嚇得面目改色，連忙用言語來岔。兩個卻又不答言，仍舊呆笑起來……紫鵑攙起黛玉，那黛玉也就站起來瞧著寶玉，只管笑，只管點頭兒。紫鵑又催道：『姑娘，回家去歇歇罷！』黛玉道：『可不是，我這就是回去的時候兒了。』說著便回身笑著出來了，仍舊不用丫環們攙扶，自己卻走得比往常飛快。(《紅樓夢》第九十六回)

黛玉「油兒、醬兒、糖兒、醋兒」的百感交集和寶玉「我爲林姑娘病了」的癡癡之語，以及黛玉悲極而喜、前後判若兩人的行動……人與人之間「情」的壯美應該是大大強過「了悟」的「壯美」的。黛玉轉身而去，似乎走得比往常快，不是苦難淨化了的參透人生的放棄，毋寧說是將要爲

情而死的執著，再聯繫黛玉臨死時，說道：「寶玉，你好……」的含恨而別都可爲證。

這同樣讓我想起朱光潛對叔本華「悲劇」理論的分析。他說：「我們先是感到受到主人公的那種不幸的威脅，於是和他結成同盟來對抗人生。然後我們逐漸分享到他的痛苦，忘了爲己的動機。於是恐懼便產生出憐憫。叔本華指責亞里士多德把憐憫當成目的。對悲劇詩人說來，憐憫只是達到否定求生意志的一個手段。不過叔本華雖然這樣說，卻並沒有低估憐憫的重要性。相反，他把憐憫視爲一切審美活動的基礎，因爲憐憫是觀照的起點，也是愛的起點。它是把不可見的東西揭示給人類的『第六感官』。人只有通過憐憫，才能超越個人意志，通過悲劇人物的苦難直覺地認識到普遍性的苦難。在觀看悲劇時，我們不斷在應用『你也如此』這樣的公式。悲劇人物通過實際的個人痛苦擺脫求生意志，我們看見他的悲劇，也通過在憐憫中分擔他的痛苦而擺脫求生意志。我們像《麥西納的新娘》那樣感到：『生命並不是至高無上的神』，於是我們也像她一樣，歡歡喜喜地放棄永遠不知足的欲望和徒勞無益的鬥爭。」〔註33〕

朱光潛認爲叔本華在接受亞里士多德的悲劇喚起憐憫和恐懼的說法時，強調「恐懼是爲自己的」這一觀點是非常正確的。但他說叔本華把憐憫視爲一切審美活動的基礎，因爲「憐憫是觀照的起點，也是愛的起點」，這一認識則有點中國化了。這種基於中國的「同情」理論而發的「愛」的起點是對叔本華「悲劇」觀念的誤讀。叔本華強調憐憫和恐懼卻獨獨不強調「愛」──這種會激發生命意志的東西。在這一點上，朱光潛和他的同胞王國維都不知不覺將悲劇中的壯美之情理解成了一種對生命的感動和眞情的感動的正面而積極的生命力量，而遠遠地把叔本華的悲觀主義給拋卻了。

王國維悲劇觀中滲透著的跟中國「人間哲學」內通之處是很多的。在王國維那裡，他最初所循叔本華理論軌迹言悲劇揭示「原罪」和「解脫」的「眞理」，這實在非其關心所在，悲劇，「其動吾人之感情」的感發、激勵作用，才是王國維要強調的。

站在時代的凄風苦雨中，王國維希望悲劇精神能夠成爲一種爲中國文化注入新鮮血液的嶄新的時代精神，可以喚醒國魂，頂得起風雨。他在《紅樓夢評論》中傾訴了這樣的認識。

〔註33〕朱光潛著《悲劇心理學》，北京：人民文學出版社，1983年版，第139頁。

　　馮友蘭認為：「王國維對於叔本華的哲學雖然有很大的疑問，但對《紅樓夢》沒有疑問。也可以說，他對於《紅樓夢》作了更高的評價，因為他認為作為一個藝術創作，它對於像現在這樣的人類最有意義。」〔註34〕這是非常正確的。

　　總之，王國維以「人間精神」為基點，叔本華哲學思想為理論闡釋框架，用充滿現代精神的哲學眼光，去發現《紅樓夢》所代表的「吾國人之精神」，以層層剝筍的細密現代學術方法，為這部「宇宙之大著述」進行學術分析和價值定位，可歸論為一種審美現代性嘗試：首先，他從哲學意義上解釋，人生和藝術有著非此不可的緊密關係：如果說生活的本質即欲望的匱乏與滿足，那麼就更應知道，解決生活之苦痛乃唯有藝術。其次，由此普遍性哲學立場進入具體的文學作品分析，王國維揭示《紅樓夢》的精神恰在於展示此一自我發現自我成就的精神之旅：「實示此生活此苦痛之由於自造，又示其解脫之道，不可不由自己求之者也。」再次，闡明《紅樓夢》所表此一精神之旅的美學價值，認為「《紅樓夢》之解脫，自律的也。……與一切喜劇相反，徹頭徹尾之悲劇也。」但是，《紅樓夢》的悲劇精神是中國的，「人間」的，因為它「以其示人生之真相，又示解脫之不可已故。……由是《紅樓夢》之美學上之價值，亦與其倫理學上之價值相聯絡也」。進一步，對《紅樓夢》倫理學上的價值加以闡釋，強調美善不可分性，因為真正的「解脫之事，終不可能」才成就了「人間精神」崇高的悲劇價值。最後，在這番嚴密的推理後得出結論：「苟知美術之大有造於人生，而《紅樓夢》自足為我國美術上之唯一大著述」。這一方面反對中國傳統文藝創作的樂觀精神和大團圓趣味，另一方面將藝術塑造人生的價值提升到哲學美學的高度，從而彰顯了現代中國學術具有獨立意識的本體論價值論層面的中西整合思想。如果能從該角度看待王國維《紅樓夢評論》，借用西方理論方法研究中國文本「開風氣之先」的成就，會更能發展出獨具中國特色文藝審美研究豐富多元的闡釋角度。下面，我將轉向對王國維《人間詞話》審美理想的分析。

第三節　本然之「子」與理想之「境」

　　無論褒過於貶，還是貶過於褒，《人間詞話》作為王國維一部成熟的文學

〔註34〕馮友蘭著《中國哲學史新編》（下），第 542 頁。

批評著作還是公認的。但這個成熟性到底體現在何處?是理論體系創建的完美,還是中西文藝批評概念化合的不露痕迹,或者還有其它重要方面?

一、「境界說」的文化精神表徵

「境界」普遍被認為是王國維《人間詞話》中一個核心和具有統攝性的概念。《人間詞話》中關於「境界」較為重要的論說有這樣幾則:

> 詞以境界為最上。有境界則自成高格,自有名句。五代北宋之詞所以獨絕者在此。

> 境非獨謂景物也,感情亦人心中之一境界。故能寫真景物、真感情者謂之有境界,否則謂之無境界。(第6則)

> 「紅杏枝頭春意鬧」,著一「鬧」字而境界全出。「雲破月來花弄影」,著一「弄」字而境界全出矣。(第7則)

> 嚴滄浪《詩話》謂:「盛唐諸人,唯在興趣。羚羊掛角,無迹可求。故其妙處,透徹玲瓏,不可湊泊。如空中之音、相中之色、水中之月、鏡中之象,言有盡而意無窮。」余謂:北宋以前之詞,亦復如是。然滄浪所謂興趣,阮亭所謂神韻,猶不過道其面目,不若鄙人拈出「境界」二字,為探其本也。(第9則)

> 言氣質,言神韻,不如言境界。境界為本也。氣質、格律、神韻,末也。有境界而三者隨之矣。(《未刊手稿》第14則)

> 古今之成大事業、大學問者,罔不經過三種之境界:「昨夜西風凋碧樹。獨上高樓,望盡天涯路」此第一境界也。「衣帶漸寬終不悔,為伊消得人憔悴。」(歐陽永叔)此第二境界也。「眾裏尋他千百度,回頭驀見,那人正在燈火闌珊處。」(辛幼安)此第三境界也。此等語條件非大詞人不能道。然遽以此意解釋諸詞,恐為晏、歐諸公所不許也。(第26則)

在對「境界說」的討論上,最為廣泛的說法便是「情景交融」,「意、境統一」。

例如,劉任萍認為:「『境界』之含義,實合『意』與『境』二者而成。」〔註35〕吳宏一也說:「所謂境界是統意與境二者而言的,境界也就是情趣和意

〔註35〕劉任萍著《境界論及其稱謂的來源》,姚柯夫編《〈人間詞話〉及評論彙編》,

象。情趣是屬於情感的，而意象是屬於景物的。」〔註36〕

這些說法固然概括簡當，但覺籠統，事實上還沒能觸到「境界」的實處。

葉嘉瑩談到「境界」一詞與「眞切之感受」之間的重要關係，認爲：「其含義應該乃是說凡作者能把自己所感知之『境界』，在作品中作鮮明眞切的表現，使讀者也可得到同樣鮮明眞切之感受者，如此才是『有境界』的作品。」〔註37〕

許文雨《人間詞話講疏》亦強調：「妙手造文，能使其紛沓之情思，爲極自然之表現，望不啻爲眞實之暴露，是即作者辛勤締造之境界。……故必眞實，始得謂之境界，必運思循乎自然之法則，始能造此境界。」〔註38〕

葉嘉瑩和許文雨都注意到了眞實自然的「人心之境界」與「作品之境界」的關係，不僅是切入到了「境界說」的重心，亦是探討這一問題的關鍵深入。

但這種僅局促在作品範圍內的探討仍嫌偏狹，事實上並沒有觸到王國維「境界」概念的眞意。倒是早在這幾位學者的討論以前，李長之用「作品中的世界」來概括「境界」，並作了「作品中的世界」與「我們所居住的世界」的區分，這一看法值得重視。李長之認爲：「境界的觀念是王國維的文藝批評見解成熟了後的一個根本點，……境界即作品中的世界。……作品中的世界，和我們所居住的世界不同，……我們看在普通的世界，只是客觀的存在而已，在作品的世界，卻是客觀的存在之外再加上作者的主觀，攪在一起，便變作一個混同的有眞景物，有眞感情的世界。王國維說：『境非獨謂景物也，感情亦人心中之一境界。故能寫眞景物、眞感情者謂之有境界，否則謂之無境界。』正是這個意思。」他進而認爲，王國維在其《人間詞話》第26則中對「三種之境界」的探討，是探到了「人類精神活動的根本點」：「藝術品的境界，寫到極處，戀愛、事業、學問可以相通，因爲那努力的追求的歷程是一致的。詩人便是探到了人類精神活動的根本點。王國維看穿了這相通處……」並認爲「這一點，實在是王國維的創見，也是他境界說的頂精彩處。」〔註39〕

第 102 頁。

〔註36〕 吳宏一著《王靜安的境界說》，何志韶編《人間詞話研究彙編》，臺北：巨浪出版社，1976 年版，第 195 頁。

〔註37〕 葉嘉瑩著《王國維及其文學批評》，第 221 頁。

〔註38〕 許文雨著《文論講疏》（人間詞話），臺北：正中書局，1978 年版。

〔註39〕 李長之著《王國維文藝批評著作批判》，《文學季刊》創刊號，1934 年。

　　葉嘉瑩曾對李長之的這一論述有批判，她認爲「作品中的世界」不可涵蓋「境界」的意義。因爲，在她看來：「『世界』一詞只能用來描述某一狀態或某一情境的存在，並不含有衡定及批評的色彩。所以我們可以說：『詞以境界爲最上』，卻難以說：『詞以『作品中的世界』爲最上。」〔註40〕可以看出，葉嘉瑩的批判乃在於她對文學內部批評本身的特別關注，限於就「詞」或文學這一藝術形式來推論「境界」，而沒有將之當成一個獨立的美學術語來理解。而李長之的概論「境界」儘管稍嫌粗糙，但卻已經隱約捕捉到「境界」作爲一個整體性的獨立美學概念的重要特性。事實上，「作品中的世界」和「我們所居住的世界」本身就是一種衡定和區分，這與王國維常常強調「詩人之境界」與「常人之境界」（《人間詞話》附錄）的區別，以及眞正的文學與文繡的、餔餟的文學，「職業的文學家」和「專門的文學家」之間的區分（《文學小言》1906）是一致的。而這一區分正是對藝術與人生之間的關係的一個正確認識。顯然，這個「作品中的世界」此處含有「理想的文學和人生境界的意思」。但葉嘉瑩的批判也有她正確的地方，也就是用「作品中的世界」來描述「境界」這樣一個美學概念，似乎又顯得太過寬泛和直白。

　　對「境界」一詞的美學內涵作出更深層次把握的是李澤厚和劉烜。

　　李澤厚在其《華夏美學》一書中，談到王國維的「境界說」時這樣說：「關於他的境界說有各種解說。我認爲，這『境界』的特點在於，它不只是作家的胸懷、氣質、情感、性靈，也不只是作品的風味、神韻、興趣，同時它也不只是情景問題。它是通過情景問題，強調了對象化、客觀化的藝術本體世界中所透露出來的人生，亦即人生境界的展示。儘管王的評點論說並未處處扣緊這一主題，但在王的整個美學思想中，這無疑是焦點所在。所以王以三種境界（『望斷天涯路』、『衣帶漸寬終不悔』、『驀然回首』）來比擬做學問，也並非偶發的聯想。」〔註41〕他繼而亦以人間詞話附錄那則：「境界有二，有詩人之境界，有常人之境界。詩人之境界，惟詩人能感知而能寫之，故讀其詩者，亦高舉遠慕，有遺世之意。……若夫悲歡離合，羈旅行役之感，常人皆能感之，而惟詩人能寫之，故其入於人者至深而行

〔註40〕葉嘉瑩著《王國維及其文學批評》，第217～218頁。
〔註41〕李澤厚著《美學三書》，《華夏美學》，合肥：安徽文藝出版社，1999年版，第415頁。

於世也尤廣」爲例，評論說：「這就是說，詩詞是各種常人、詩人所能感受到的人生，予以景物化的情感抒寫，才造成藝術的境界。所以，『境界』本來自對人生的情感感受，而後才化爲藝術的本體。這本體正是人生境界和心理情感的對應物。」〔註 42〕

　　李澤厚對王國維在其藝術作品中深刻置入的對藝術與人生的本體關係的認識和強調，是非常重要也是非常精到的。但他對這個本體關係的認識卻止於「王國維之追求境界，提出境界說，也正是希望在這個藝術本體中去尋求避開個體感性生存的苦痛……之所以追求藝術的幻想世界（『境界』），以之當作本體，以逃避欲望的追逼和人生的苦痛……」〔註 43〕這樣一個全然私人性的結論，是我所不能同意的。顯見，他同其他許多學者那樣沒有擺脫叔本華的悲觀主義哲學統攝王國維一生的錯誤認識，而無視王國維當時正處在嘗試民族文化改革和建構的雄心和抱負中的許多具體事實。

　　劉烜在其《王國維評傳》之《〈人間詞話〉中「境界」的涵義》一文中，強調王國維「用『境界』的概念表達對抒情詩美的本質的新的理解和分析」。雖然在對「境界」問題本身的探討上沒有提供更多的深入認識，但卻提出了幾條以前的學者所從未注意到的問題：首先，他指出了「境界」是王國維立足於本民族文化土壤所創造的一個內涵豐富的成熟的美學概念：「王國維的《人間詞話》的核心概念『境界』，以及圍繞它的一系列概念，是一種自覺的創造，是選擇中國詩學中已有的概念來表述新的美學觀念的創作性工作。換句話說，王國維在《人間詞話》中不是用漢語的詞翻譯外國美學的概念；他是賦予中國美學已有的概念以新的內涵。人們覺得《人間詞話》更融會貫通，創造性有更大的發揮，實與此有關。」〔註 44〕

　　劉烜排除了通常關於王國維《人間詞話》在運用中西方美學思想上缺失或局限等各個方面的糾纏，而直接觸及「新學語輸入」之下最爲深層和最爲根本的問題，同時看到了王國維由《紅樓夢評論》到《人間詞話》改革和創新中國詩學批評的努力和探索成就，這都是值得重視的。

　　其次，他指出「王國維論境界，立足於境界的創造」，這是以前的學者所未曾注意到的問題，也是我認爲非常重要的問題。儘管他將「創造」歸之於

〔註 42〕同上書，第 416 頁。
〔註 43〕同上書。
〔註 44〕參閱劉烜著《王國維評傳》，第 122 頁。

「頓悟的成功」還是有商榷之處的。因為，「境界」一詞就它的佛學詞源「爾燄」（梵語 Jñeya）來說，具有「能生智慧之境界」的意思。〔註45〕再加上一般所謂境界的梵語 Visaya，意謂「自家勢力所及之境土」。即人類各種感受之勢力：眼、耳、鼻、舌、身、意六根所具備的六識功能，而感知色、聲、香、味、觸、法等六種感受，稱為「境界」。《俱舍論頌疏》云：「若於彼法，此有功能，即說彼為此法『境界』……功能所託，名為『境界』，如眼能見色，識能了色，喚色為『境界』」。

可見，「境界」一詞的創造意義是其本源意義。創造性應該是「境界」一詞重要的特性之一。王國維在其對「境界」的理解上亦有這一意義，但如果將之單歸之於某一創造過程的心理現象亦是不完備的。《說文》有對「境」「界」二字的解釋：「境」之本字作「竟」，《說文》：「竟，樂曲盡為竟，由音，由人會意」，「界（畍）：境也。從田，介聲。」其注釋曰：「『境』，《段注》作『竟』，注：樂曲盡為竟，引申為凡邊竟之偁。」因此，「境界」亦有一個達致的「界域」的含義。這些都表達了一種具有創造性開拓和表達理想之界域的意向。

值得注意的另外一個具有啟發性的意見是葉鼎彝在其《廣境界論》中對「境」作為中國傳統文論之重要概念的索根和探源。葉鼎彝首先為王國維的「境界」下了個簡單的定義：「總括起來就是：『能寫真景物真感情，並使這真景真情融成一片，而且含蓄蘊藉，不落言筌，這就叫做『有境界』』。繼而，他繼續上溯，順著與「境界」有著相同本質的嚴羽的「興趣」〔註46〕和王世禎的「神韻」〔註47〕到司空圖的「不著一字，盡得風流」〔註48〕，鍾嶸

〔註45〕《翻譯名義集》曰：「爾燄，又云境界，由此能知之智，照開所知之智，照開所知之境，是則名為過爾燄海」。《勝鬘寶窟》中有：「爾燄謂智母，以能生智故。」又云：「生智境界為爾燄地」。而《玄應音義》十二亦說：「梵言爾炎（燄），此譯云所知，亦云應知。」

〔註46〕嚴羽著《滄浪詩話·詩辨》：「夫詩有別材，非關書也；詩有別趣，非關理也。然非多讀書、多窮理，則不能極其至，所謂不涉理路、不落言筌者，上也。詩者，吟詠情性也。盛唐諸人惟在興趣，羚羊掛角無迹可求。故其妙處透徹玲瓏不可湊泊，如空中之音、相中之色、水中之月、鏡中之象，言有盡而意無窮。」

〔註47〕王士禎著《唐賢三昧集序》論：「嚴滄浪論詩云著盛唐諸人，惟在興趣……。司空表聖論詩亦云：味在酸鹹之外。康熙戊辰自京師歸，居於宸翰堂，日取開元、天寶諸公之篇什讀之，於一家之言，別有心會，錄其尤雋永超詣者，自王右丞以下四十二人為《唐賢三昧集》，釐為三卷。」葉鼎彝認為：「『於二

的「直尋」〔註49〕劉勰的「神思」〔註50〕以及陸機的「言恢之而彌廣，思按之而愈深」〔註51〕一直到孔子的「興、觀、群、怨」，強調中國傳統文論中，有一種「求之於詩外」的審美價值追求和評判。而且，他還引用孔子《論語》中「予欲無言」那段支持他的觀點：「子曰：『予欲無言。』子貢曰：『子如不言，則小子何所述焉！』子曰：『天何言哉！四時行焉，百物生焉，天何言哉！』」（《論語·陽貨》）。葉鼎彝認為，這段話實際上更為透徹明白地將中國藝術精神中「求之於詩外」的這一審美追求講了出來：「這一段話，後來注疏家解釋紛紜，可是我以為總嫌著迹，倒不如拿上述諸家的『神思』、『興趣』、『神韻』、『境界』等理論，作為這段話的注腳，惟更能得孔子的真意。孔子這寥寥數語，已將諸家的理論包括無遺，所以無論陸機、劉勰、鍾嶸、司空圖、嚴羽、王士禎、王國維諸氏怎樣翻來覆去地闡明自己的理論，原則上都出不了孔子這『無言』的範圍。」

「這樣說來，第一個倡言『境界』論的還要推孔子，從他的『無言』一直到王國維的『境界』，在本質上，所說的都是一件事，只不過有的標出名目，有的只說理論而已。至如王國維的『境界』兩字所以獨為人所稱道，也就使因為他說得更清楚更明白的緣故。」〔註52〕

至於王國維的「境界說」之所以獨負盛名的原因，是否是因為「說得更清楚更明白」的緣故還可再論。但在我看來，葉鼎彝提供了這樣兩個有價值的認識：一、「境界說」事實上是一個中國文論固有的概念，就像「悲劇」這

家之言，別有心會』就是王氏自道其神韻論之所出處。」（葉鼎彝著《廣境界論》，何志韶著《人間詞話研究彙編》，第59頁。）

〔註48〕司空圖著《二十四詩品·含蓄篇》：「不著一字，盡得風流。語不涉己，若不堪憂。是有真宰，與之沉浮。如滿綠酒，花時反秋。悠悠空塵，忽忽海漚。淺深聚散，萬取一收。」

〔註49〕鍾嶸著《詩品》一節：「至乎吟詠情性，亦何貴於用事？「思君如流水」，既是即目。「高臺多悲風」，亦惟所見。「清晨登隴首」，羌無故實。「明月照積雪」，詎出經史。觀古今勝語，多非補假，皆由直尋。」

〔註50〕劉勰著《文心雕龍·神思篇》：「古人云：『形在江海之上，心存魏闕之下。』神思之謂也。文之思也，其神遠矣。故寂然凝慮，思接千載；悄焉動容，視通萬里；吟詠之間，吐納珠玉之聲；眉睫之前，卷舒風雲之色；其思理之致乎！故思理為妙，神與物遊。神居胸臆，而志氣統其關鍵；物沿耳目，而辭令管其樞機。樞機方通，則物無隱貌；關鍵將塞，則神有遁心。」

〔註51〕陸機著《文賦》。

〔註52〕葉鼎彝著《廣境界論》，何志韶著《人間詞話研究彙編》，第66～67頁。

個概念在西方文學史、美學史上所佔的地位一樣，它的闡釋不盡和含蘊豐富很大一部分是由它生成的語境所賦予，因而，它才可以作為一個獨立的「語境化」了的概念發揮作用。二、由「境界」推至孔子的「無言」事實上是一個很重要的提示，它挖掘到了中國文學史、美學史最深層的束西。孔子的「無言」令人馬上會同時想起老子的「無言之教」：「聖人居無為之事，行不言之教，萬物作而弗始也」（《道德經》第 2 章）「道之出言也，曰淡呵其無味也，（《道德經》第 35 章）「信言不美，美言不信。」（《道德經》第 81 章）以及莊子所謂「天地有大美而不言；四時有明法而不議；萬物有成理而不說。聖人者，原天地之美，而達萬物之理」（《莊子‧知北遊》）。「淡然無極而眾美從之。此天地之道，聖人之德也。」（《莊子‧大道》）「夫虛靜恬淡，寂寞無為者，天地之平而道德之至。……靜而聖，動而王，無為也而尊，素樸而天下莫能與之爭美。」（《莊子‧天下》）以及孟子《盡心》篇中說：「可欲之為善，有諸己之謂信，充實之謂美，充實而有光輝之謂大，大而化之之謂聖，聖而不可知之之謂神。」以及禪宗「拈花微笑」的會意之美。

事實上，作為一個獨特的「中國性」美學概念，「境界」所涵括的中國美學中重要的「無言之美」、「會意之美」，「直達之美」都表現在其中。正是在這個意義上，「境界」事實上是作為一個體現中國藝術精神的整體性概念而存在的。因此，對「境界」的討論就不純然是一個審美問題，它成了一個文化哲學問題，一個人生境界的本體論問題。「境界」事實上正是王國維以中國傳統文論為基點思考人類審美生成問題所提供的一個嘗試性方案。

因此，儘管「境界」一詞有像「詞最忌用替代字。美成《解語花》之『桂華流瓦』，境界極妙……」（《人間詞話》第 34 則）；「借古人之境界為我之境界者也。然非自有境界，古人亦不為我用」（《人間詞話‧未刊手稿》第 15 則）；「境界有大小，然不以是而分高下」（《人間詞話》第 8 則）；「語語有境界」（《人間詞話‧未刊手稿》第 18 則）；「文文山詞風骨甚高，亦有境界」（《人間詞話‧未刊手稿》第 35 則）等作為一個「有出處又為一般人所常用」〔註53〕的中國傳統文藝批評概念所表達的一般用法。但它最根本的、最內在性的意義則在於本節開頭我們所引的那幾首最能表徵王國維「拈出境界一詞」意在「探其本」的真正用意。

所謂「道其面目」與「探其本」的不同，事實上不是一個文學表現手法

〔註53〕葉嘉瑩著《王國維及其文學批評》，第 225 頁。

的問題，而是一個形而上的問題。也就是說，王國維賦予了「境界」本體覺悟的價值。它是「人心之境」、「藝術之境」、「人生之境」、「宇宙之境」的合一的創造性美學概念，是王國維以中國獨特的「生命精神價值整體」的文化審美理想爲基礎爲人類美學所提供的一個有價值的現代表達。

二、「赤子之心」

　　與「境界」這一審美理想相輔相成的是王國維《人間詞話》中另一本體性概念——「赤子之心」。如果說，「境界」是文學、藝術、人生、宇宙審美創造之本，那麼，「赤子之心」可以說就是「境界」之本。劉勰《文心雕龍·序志》末言：「文果載心，餘心有寄」。中國文學史上，對「文心」與「人心」關係的肯定和重視，是源遠流長的。如同我們上面的討論中，眾多學者都注意到王國維《人間詞話》中「人心之境界」與「作品之境界」非此不可的關係。漢字「心」，這個摹寫心臟大動脈的象形字，在中國悠久的文化傳統中，幾乎承載了中國人對生命的所有形而上學追問和表達。它根本上就是這樣一種動力系統：不僅總是與它所包含的情感內容緊密相連（許多由心作偏旁的漢字都帶有情感的意義），而且，亦是發放深沉思考的地方（許多指示不同「思考」模式的漢字也都是由心作偏旁的）。可以說，「心」在中國文人的心目中，就像尼采所謂「命運之愛」的駐所——中國傳統文論中，最優秀的作品總是心靈最深處「自有一片熱腸，纏綿往復」（陳廷焯《白雨齋詞話》卷八）的結果。王國維在《論性》（1904）一文中，曾引述王安石《性情論》中的一段話：「性情一也，七情之未發於外，而存於心者，性也。七情之發於外者，情也。性者，情之本；情者，性之用也。故性情一也」，強調的正是「性」「情」不可分的關係。王國維自己在此文中也反覆強調「性之爲物，超乎吾人之知識外也」，對「欲論人性者，非馳於空想之域，勢不得不從經驗上推論之」這兩種方式能否達致「眞性」都表達了深刻的懷疑，正是說明了「心」作爲人類經驗得以集結、聯合的器官，它折射和表達情、性的反應和創造；而「情」、「性」作爲「心」之狀態，它們本身不是穩固的和可以被限定的，而毋寧說是作爲種種潛力和期待打開的狀態，隨時準備著意義的交流和溝通。這就是藝術得以產生的源泉。

　　王國維多處強調這種發自本心的深邃之情對於藝術的重要作用：「詩歌之題目，皆以描寫自己深邃之感情爲主。」「詩歌者，感情的產物也。雖其中之

想像的原質，即知力的原質。亦須有肫摯之感情，為之素地，而後此原質乃顯。」(《屈子文學之精神》1906)「昔人論詩詞，有景語、情語之別。不知一切景語，皆情語也。」(《人間詞話》刪稿)而且，他推重屈原，就在於「屈子感自己之感，言自己之言。……王叔師（王逸）以下，但襲其貌而無其情以濟之。此後人之所以不復為楚人之詞者也。」(《文學小言》)而對於姜夔，儘管他一再褒揚其於藝術創作上的突出成就，但無論如何不將其提升到與陶淵明、蘇軾、辛棄疾這樣大詩人的地位，原因就在於他認為姜夔是一個「無情」之人：「南宋詞人，白石有格而無情，劍南有氣而乏韻。其堪與北宋人頡頏者，唯一幼安耳。近人祖南宋而祧北宋，以南宋之詞可學，北宋不可學也。學南宋者，不祖白石，則祖夢窗，以白石、夢窗可學，幼安不可學也。學幼安者率祖其粗獷、滑稽，以其粗獷、滑稽處可學，佳處不可學也。幼安之佳處，在有性情，有境界。即以氣象論，亦有『橫素波、干青雲之概，寧後世齷齪小生所可擬耶？」(《人間詞話》第 43 則)

他對姜夔最「酷」的一個批評就是《人間詞話未刊稿》一節所論：「紛吾既有此內美兮，又重之已修能。文學之事，於此二者，不能缺一。然詞乃抒情之作，故尤重內美。無內美而但有修能，則白石耳。」

這種「寧後世齷齪小生所可擬耶」的激憤的批評和對「內美」的強調都可以看出，王國維將「情」看作是一種不可習而得之的東西，他是發自本性且與精神相連的。因此，他才會在詩詞評論中將感情的真摯與人格的高尚和藝術境界的高低相提並論。事實上，這種對於「情」最本真性的肯定，對於「情」之本體論和價值論上的意義，是華夏美學「美在深情」〔註 54〕的一個深刻表達。

在王國維那裡，擁有一顆發自本性的有情有愛的「心」的「真」人就是他為最高的藝術境界刻畫的創造者──「赤子」。是他探「創作主體」之本所獲得的一個成就。在王國維《人間詞話》中明顯可以看出他一個突出的立場：沒有藝術家的本體之知，本體之悟，無法生成藝術境界。因此，這一理想的藝術境界歸根溯源，便歸結到了人。事實上，正如我在本章第一節所指出的那樣，《人間詞話》是王國維獨留的一塊田地，進行他的藝術理想和人生理想合一的嘗試。「赤子之心」既是王國維對於創作主體的最高理想，亦是人之為

〔註54〕此處借用李澤厚在《華夏美學》中的一個提法。參見李澤厚《華夏美學》第 331 頁。

人的最高理想；「境界之美」是藝術追求的極致，亦是人生世界的極致。「赤子」和「境界」是王國維立足於本民族美學資源爲其「生命精神價值整體」的「形而上學世界」建構的最高理想。

由於「赤子」同樣可以說是一個「有出處」的概念，因此，有必要對它的含義進行一下釐清。應該說，前輩學者基本上都注意到了王國維對「赤子之心」的強調，但進行深入研究的卻很少。佛雛認爲王國維的「赤子」之說：「其直接淵源，則在叔本華所謂天才的『童心』（childlike character），他所取於『赤子』的，似是一個處於自由狀態的『自我』」〔註55〕，並引《人間詞話》：「詞人者，不失其赤子之心者也。故生於深宮之中，長於婦人之手，是後主爲人君所短處，亦即爲詞人所長處」（第16則）和「客觀之詩人，不可不多閱世。閱世愈深，則材料愈豐富，愈變化，《水滸傳》、《紅樓夢》之作者是也。主觀之詩人，不必多閱世。閱世愈淺，則性情愈眞，李後主是也」（第17則）兩則說：「無疑，王氏是把李後主看作一位『天才——大孩子』的。所謂『赤子之心』，就是指的兒童般的『天眞與崇高的單純』，所謂『爲詞人所長處』，就是類似兒童尋找遊戲的、超乎個人利害關係之上的那種『單純』的自由的心境。」〔註56〕

佛雛取論的根據主要是王國維《叔本華與尼采》一文中的相關論述。王國維在論述了尼采的「赤子」之說之後，談到叔本華的「天才論」：「其赤子之說又使吾人回想叔本華之天才論曰：『天才者不失其赤子之心者也，蓋人生至七年後，知識之機關即腦之質與量已達完全之域，而生殖之機關尚未發達。故赤子能感也，能思也，能教也。其愛知識也，較成人爲深，而其受知識也，亦視成人爲易。一言以蔽之曰：彼之知力盛於意志而已。即彼之知力之作用遠過於意志之所需要而已。故自某方面觀之，凡赤子皆天才也，又凡天才自某點觀之，皆赤子也。昔海爾臺爾 Herder 謂格代 Gorthe 曰：『巨孩』。音樂大家穆差德 Mozart 亦終生不脫孩氣，休利希臺額路爾謂彼曰：『彼於音樂，幼而驚其長老，然於一切他事，則壯而常有童心者也。』」（英譯《意志及觀念之世界》第三冊六十一頁至六十三頁〔原文注〕）（《叔本華與尼采》）

但由以上所引可以看出，叔本華的「赤子—天才」論乃是要強調：人在未受其盲目的生命意志衝動支配（其愛的形而上學原則）之前，具備「知力

〔註55〕佛雛著《王國維詩學研究》，第303頁。
〔註56〕同上。

意志」的一切潛能：「能感，能思，能教」，因此，能夠擁有離「生活之欲」而觀物的超常的「知力」能力。因此，叔本華所謂的「赤子──天才」事實上是其知力貴族的另一個表達。佛雛所謂「他所取於『赤子』的，似是一個處於自由狀態的『自我』」是一個非常含糊的描述，無法揣摩這個論述與叔本華之「赤子──天才」相關的地方。而他對「赤子之心」所下的定義則顯然跟叔本華的「赤子──天才說」一點關係都沒有，倒是模模糊糊可撲捉到一點席勒「審美遊戲衝動」〔註57〕的痕迹。當然，最關鍵的一點是，王國維的「赤子」說有叔本華所謂「天才」的含義，但其最爲主要的內容卻並非叔本華的「天才說」。

蔣永青提出「老子的思想的影響是值得注意的」，並認爲：「《老子》的『和之至也』的『赤子』更近於叔氏原意，翻譯『Childlike Character』的『赤子』當出於《老子》。」〔註58〕他進而認爲：「『赤子』的『和之至也』，是一種不知之『知』的『本然之知』」〔註59〕，「『赤子』之『心』就是與天下『一』心」的「聖人之心」〔註60〕，最後，他得出結論：「，『赤子』之『心』本身就是一種合道之『境界』」。〔註61〕

在我看來，蔣永青貼近《老子》的「赤子說」來理解王國維《人間詞話》中「赤子」一詞的含義，可以說抓住了「赤子」的核心問題。而且，他的分析也比較到位，並且難能可貴地認識到「赤子之心」這一「小宇宙」之「境界」與「大宇宙」在「境界」（「理想之域」）意義上的同達。但其缺憾在於，由於太專注於《老子》的影響，而忽視了王國維站在時代的角度爲「赤子之心」所賦予的新意。

首先應該強調的是《人間詞話》中與「赤子之心」極有關係卻最容易被忽視的一則：「尼采謂：『一切文學，余愛以血書者。』後主之詞，眞所謂以血書者也。宋道君皇帝《燕山亭》詞亦略似之。然道君不過自道身世之戚，後主則儼有釋迦、基督擔荷人類罪惡之意，其大小固不同也。」（第18則）

〔註57〕參閱席勒著《美育書簡》（第27封信），馮至，范大燦譯，北京：北京大學出版社，1985年版。

〔註58〕蔣永青著《境界之「眞」──王國維境界說研究》，北京：中國社會科學出版社，2001年版，第40頁。

〔註59〕同上書。

〔註60〕同上書，第41頁。

〔註61〕同上書，第43頁。

　　許多論者在論述此則時往往並不將其與「赤子之心」相提並論，並且有些奇怪王國維無端將一個亡國之君的哀曲冠以「釋迦、基督擔荷人類罪惡」的讀解，認爲這與前幾節關於後主「生於深宮之中，長於婦人之手」、「閱世愈淺，性情愈眞」的「天眞和崇高的單純」的「赤子形象」是不相符合的。這些顧慮實在是將王國維的「赤子」簡單化了。事實上，王國維對「赤子」之詞「情眞」和「自然」的強調是不排除深邃和沉厚的力量的。或者更確切地說，王國維是非常重視這份力量的「鍛造」和「成全」作用的。他強調「詞至李後主而眼界始大，感慨遂深」正是說明了這一點。他重視後主後期詞中透露出的深沉的宇宙般的力量以及以個體的苦痛傳達整個人類的苦痛的崇高的悲劇特徵：「自是人生長恨水長東」（《相見歡》），「流水落花春去也。天上人間」（《浪淘沙》）的宇宙視野和形而上的追問。較之於宋徽宗趙佶「裁剪冰綃。輕疊數重。冷淡胭脂勻注。新樣靚妝。豔溢香融。羞殺蕊珠宮女。易得凋零。更多少無情風雨。愁苦。問院落淒涼。幾番春暮。憑寄離恨重重。這雙燕何曾。會人言語。天遙地遠。萬水千山。知他故宮何處。怎不思量。除夢裏有時曾去無據。和夢也新來不做」（《燕山亭　見杏花作》）局促於一己之私寵辱升降的抒情寫恨，實在是有「大小之別」。

　　王國維看重的正是李煜鎔鑄在其「赤子」之詞中所透射出的對人類整體命運之思的表達。而李煜的形象同時也就包含了王國維爲「赤子」的形象所賦予的承受生命的苦難歷煉的悲劇人格力量。

　　當然，這可見到尼采的影響。尼采在《查拉圖斯特拉》中述「靈魂三變」：

　　　　察拉圖斯德拉說法於五色牛之村曰：吾爲汝等說靈魂之三變，靈魂如何而變爲駱駝，又由駱駝而變爲獅，由獅而變爲赤子乎。於此有重荷焉，強力之駱駝負之而趨，重之又重以至於無可增，彼固以此爲榮且樂也。此重物何？此最重之物何？此非使彼卑弱而污其高嚴之哀冕者乎？此非使彼炫其愚而匿其知者乎？此非使彼拾知識之橡栗而凍餓以殉眞理者乎？此非使彼離親愛之慈母而與聾瞽爲侶者乎？世有眞理之水，使彼入水而友蛙黽者非此乎？使彼愛敵而與獰惡之神握手者，非此乎？凡此數者，靈魂苟視其力之所能及，無不負也，如駱駝之行於沙漠，視其力之所能及無不負也。既而風高日暗，沙飛石走，昔日柔順之駱駝變爲猛惡之獅子，盡棄其荷，而自爲沙漠主，索其敵之大龍而戰之。於是昔日之主，今日之敵，昔

日之神，今日之魔也。此龍何名？謂之『汝宜』。獅子何名？謂之『我欲』。邦人兄弟，汝等必爲獅子母爲駱駝，豈汝等任裁之日尚短，而負擔尚未重歟？汝等其破壞舊價值（道德）而創作新價值，獅子乎，言乎破壞則足矣！言乎創作則未也，然使人有創作之自由者，非彼之力歟？汝等胡不爲獅子。邦人兄弟，獅子之變爲赤子也何故？獅子之所不能爲，而赤子能之者何？赤子若狂也，若忘也，萬事之源泉也，遊戲之狀態也，自轉之輪也，第一之運動也，神聖之自尊也。邦人兄弟，靈魂之爲駱駝，駱駝之變而爲獅，獅之變而爲赤子，余既詔汝矣。（英譯《察拉圖斯德拉》第二十五至二十八頁〔原文注〕）（《叔本華與尼采》）

上文摘自王國維的引述。尼采爲「不斷上昇著的生命（精神）」描述了這樣幾個形象：一、「駱駝」是象徵生命本然的強力和韌性的形象。它了知生命的苦痛，並隨時準備擔負這一切，並在這種承受中體會生命的崇高。二、獅子的形象是作爲生命強力的另一形象而出現的。它象徵著生命不願放棄以自身爲依據的所有驕傲和對個體自由的追求時，對一切既定價值的重估和反叛；是「主人道德」對「奴隸道德」的反叛，是生命強力對「一切主宰和扼制生命造成生命的孱弱形式──屈服、順從、同情、謙恭和卑微──這些所有既定「美德」的反叛。在「汝宜」（你應），「我欲」的面對中，傳達的是西方現代英雄強烈的自我意識和個體超越精神的表達。「獅子精神」從事破壞，反抗，在「你應」「眞理」的所有神聖性中找到它的虛僞、幻謬與暴虐，爲著新的創造而首先取得自由──這是崇高而能擔載的精神最可怕的征服──是尼采悲劇精神的眞髓。然而，「汝等其破壞舊價值（道德）而創作新價值，獅子乎，言乎破壞則足矣！言乎創作則未也，然使人有創作之自由者，非彼之力歟，」（引自《叔本華與尼采》）因此，最後：「赤子」的形象是必需的。「赤子」是贏得自由的充盈著蓬勃創造力的新人。他「若狂，若忘」是「萬事之源泉也，遊戲之狀態也，自轉之輪也，第一之運動也，神聖之自尊也」（《叔本華與尼采》）。在經歷了靈魂三變之後，「赤子」成了一個「含德之厚」的存在，他變得如此通體透明，具備所有原始和新生的力量，敏感、勃發，自由，是有著自己的意志和崇高意願的散發著太陽般光輝的爲著未來的美麗世界而誕生的「豐滿的新人（超人）」。

由此可以推知，事實上，「赤子」在王國維那裡，是內通著尼采經歷靈魂

三變而來的「（超人）赤子」（在知力意志統一的意義上，在形成生命整體覺悟的透明的力感上，亦有叔本華「天才的痕迹」），《老子》「含德之厚」的「（聖人）赤子」，孟子「充實而有光輝」的「（大人）赤子」（《孟子・離婁下》），以及「脫盡塵埃」的「（佛者）赤子」（禪家有以『新生孩子擲金盆』喻『佛者』）形象的。而在這所有的「赤子」形象中都內含著一種生命向自我復歸的指向——有「歷煉」（「以血書之」）有「修爲」（「含德之厚」）。因此，作爲「人」（族類）整體形象的一個表達，「赤子」是生成性的和創造著的，這就構成了「人間赤子」的真正積極內涵。也就是說，「赤子」這個復歸「本然」的「最初的人」和「未來的人」合一的形象，事實上是王國維時代敏感性的一個表達。在精神淪落，作爲整體人的形象危機和敗壞的時刻，這個作爲象徵隱喻的形象而出現的「新人」，其個體中實際蘊含著一種價值指向：作爲理想的人身，「赤子」是個體努力與之趨同的超越性指標，它具有一種召喚力，召喚歷史中的個體追隨、倣仿、成長爲新人。

王國維中國人文知識分子的「人間情懷」和現代精神，使他發現了藝術和審美救贖之義。他一直努力嘗試批判與建構，直到《人間詞話》他以民族美學資源爲基礎，溶注他對時代和整個人類精神的感悟，在「境界」與「赤子」這兩個概念中表達了自己「審美的人生成的」構想。

第三章 「民間」與「自然」

　　本章試圖通過對《宋元戲曲史》的分析，論述王國維如何運用現代史學家的獨特眼光，從宋元戲曲藝術中發掘美學救贖之源的。作爲一部最早受到學術界重視，但其文藝美學理論研究也最爲受到忽略的著作，《宋元戲曲史》的地位是特殊的。就文藝批評界來說，《宋元戲曲史》在文學史寫作上的價值和成就一向是被肯定的。研究者們對其「取外來之觀念，與固有之材料」（陳寅恪《王靜安先生遺書序》）之批評方法上的開創性和中國第一部戲曲史寫作的貢獻等方面的論述也都比較充分。但至於審美精神價值層面的探討便幾乎無話可說。因爲《宋元戲曲史》在文學批評上並未提出一個更新的美學理論，它對元曲美學價值的強調仍舊無外乎王國維曾經在《紅樓夢評論》、《人間詞話》以及其它文學批評著作中所反覆提出的那幾點：自然、意境和悲劇精神。這就使得注重文學內部規律批評和美學批評的學者很容易將其看作文藝批評之外的史學著作。《宋元戲曲史》常常被定位爲王國維學術研究由哲學、美學向經史之學的轉換，或者說由「形上學」向「實學」的轉型之作。許多文藝、美學批評專著（如葉嘉瑩的《王國維及其文學批評》，佛雛《王國維詩學研究》等）在論述上幾乎是不予涉及的；即便稍有提及，也只是簡單地將之歸結爲上述個別理論的補充和重申，一筆帶過。

　　而在以「實學」精神爲指導的史學界，史學家們同樣在推重這部中國戲曲史開山之作的同時，不斷考證著其於「史實」上的缺憾與得失。

　　史學家們質疑的一個焦點就是：王國維治戲曲史，卻是缺乏全史觀的——他獨獨推尊元曲，既不符合戲曲史發展的史實，也應該非史家的做法。

　　青木正兒「以戲曲在唐以前始無足論，至宋稍見發達，至元勃興，至明

清益盛」為立論，決意繼述王國維《宋元戲曲史》，考究明清戲曲流變，寫成了著名的《中國近世戲曲史》。但他始終既不解王國維治了《曲錄》（1908）、《戲曲考源》（1909）、《錄鬼簿校注》（1909）、《優語錄》（1909）、《唐宋大曲考》（1909）、《錄曲餘談》（1910）、《古劇腳色考》（1911）、《宋元戲曲考》，卻「僅愛讀曲，不愛觀劇，於音律更無所顧」，且已「將趨金石古史，漸倦於戲曲」〔註1〕，更弄不懂王國維何以會對他這樣一個有意治中國戲曲的異邦友好盛志青年大潑冷水，「冷然」對曰：「明以後無足取，元曲為活文學，明清之曲，死文學也。」〔註2〕因為，在青木正兒看來：「明清之曲為先生所唾棄，然談戲曲者，豈可缺之哉！況今歌場中，元曲既滅，明清之曲尚行，則元曲為死劇，而明清為活劇也。」〔註3〕

同樣，任半塘亦曰：「王氏於我國戲曲之源，窮搜冥索，全從歌辭方面體驗，而忽於戲劇之其它種種；又存在『無劇本便無戲劇』之心理，結果乃斷定我國戲劇演進之關鍵，最早在有宋一代。殊不知不言文辭則已，若言文辭，宋之孕育力與滋長力，遠不及唐，……舉世並無人否認宋元音樂之因於唐樂也，宋元舞蹈之因於唐舞也……若宋元之文與唐文之關係，宋元之詩與唐詩之關係，乃至宋元書畫、雕塑諸藝，與唐代諸藝之關係，亦從來無人否認也，……今獨截然否認宋元之戲劇與唐戲劇間，必然之啟承淵源，而另將此項關係，泛繫於宋說書、宋傀儡、宋影戲與梵劇等，直於戲劇一段，單獨割斷唐與宋元間之歷史關係也，可乎？」〔註4〕他以上、下兩冊《唐戲弄》為蓬勃發展的唐代戲劇進行辯護，意在糾「近來學者，都不免為王考所囿，於唐五代戲劇誤會之甚」〔註5〕的偏失。

史學家們對《宋元戲曲史》的不解和質疑以及文學批評家們對《宋元戲曲史》的忽略似乎都是很有理由的。事實上，就戲曲這一專業而論，與同時代的專業戲曲家和戲曲理論家吳梅（1884～1939）相比，王國維顯然有很大不同。吳梅有著深厚的傳統曲學、戲劇學知識，精於審音定律、度曲演劇，

〔註 1〕青木正兒著《中國近世戲曲史·原序》，王古魯譯著，北京：作家出版社，1956年版。此處所引為明治四十五年（1912），青木正兒描述初次於日本京都拜謁王國維時的情形。

〔註 2〕同上書，此處描述大正十四年（1925）青木正兒於北京清華園對王國維的拜會。

〔註 3〕同上。

〔註 4〕任半塘著《唐戲弄·弁言》（上冊），北京：作家出版社，1958 年版。

〔註 5〕同上。

不僅曾作有雜劇 9 種，傳奇 4 種，而且撰有《奢摩他室曲話》（1907）、《顧曲塵談》（1914）、《曲海目疏證》（1914）、《中國戲曲概論》（1926）、《元劇研究》（1929）、《瞿安讀曲記》（1932）、《曲學通論》（原名《詞學通論》1932）、《南北詞簡譜》（1931）等著作，他一生從事「曲」之本業研究，考述曲的特性、構成、演唱以及宋金元明清以來「曲」（散曲、戲曲）的發展史。吳梅可以說是以「曲」爲生，內行人談「曲」；而王國維，正如青木正兒所指出的那樣，並非對戲曲有專門愛好；從某種意義上來說，算是外行人論「曲」。

或許，我們可以大膽設問：王國維「曲考」之意並非全意在「曲」？

第一節　王國維的「戲曲史」觀

一、比較文學視野中的戲曲

在中國戲曲史學研究上，王國維首次正式運用「戲曲」這一「必合言語、動作、歌唱，以演一故事」的藝術形式來稱呼中國固有之「戲劇」。最早爲《宋元戲曲史》作評論的傅斯年寫道：「書中善言，不遑悉舉……皆極精之言，且具世界眼光者也。」〔註6〕應該說，王國維對中國戲曲的研究是基於一個較爲清晰的比較文學視野的：「吾中國文學之最不振者，莫戲曲若。元之雜劇，明之傳奇，存於今日者，尚以百數。其中之文字，雖有佳者，然其理想及結構，雖欲不謂至幼稚，至拙劣，不可得也。國朝之作者，雖略有進步，然比諸西洋之名劇，相去尚不能以道里計。」（《三十自序二》）。但如果就此推斷，王國維有感西洋戲劇之發達，而立志進行中國戲曲研究的目的意在推崇西方戲劇，或引導後人以西方戲劇標準來衡量中國戲劇，這種慣常的「現代化」解讀則是相當不妥的。

我之所以這樣說，是因爲中國現代戲曲研究者對《宋元戲曲史》的誤讀，與此種認識不無關係。吳文祺最早推尊王國維爲「文學革命的先驅者」時，提出王國維與以胡適爲代表的新文學家的眾多「不謀而合」之處（參見緒論），現在看來，則不得不說都是一個大誤會。但吳文祺這有意爲之的大誤會，事實上純屬反話正說，實有斥新文化革命之弊的用意：「最後，我且把我所以作這篇文字的原因說一說：第一，我國近年來的文學革命的事業，在表面上看

〔註 6〕傅斯年著《評宋元戲曲史》，《新潮》第一卷第一期，1919 年 1 月 1 日。

來，好像已告成功了。其實誤會的繃帶，仍舊很牢固地很普遍地縛在大多數人們的眼上。他們對於白話文，始終沒有明確的認識：不視之爲統一國語的器械，便視之爲曉諭民眾的工具。這比較的還算是小小的誤會。最可笑的，近來教育界上常有一種由白話而漸進至文言的學校國語教學論。這種論調，較之絕對反對白話者的見解，尤其荒謬。王氏是很明白白話文學的價值的，在充滿著微菌空氣的現代文壇裏，他的見解或許具有消毒的效用。」〔註7〕胡適等人持文化進化論觀點對「白話」的重視和「文學的實驗主義」傾向以及中國新文化革命征途形成的愈演愈烈的「西化」迷信，與王國維對「俗語」和中西文學的清醒認識可以說是大相徑庭的。但吳文祺對當時文學界缺乏清明的文學史觀的批判相對於那義無反顧，勇往直前的文學革命大潮來說，聲音是太微弱也太容易被忽略和無視了。審觀現代文學史或者說現代戲劇的發展歷程，我們便可看出：在王國維的「戲曲」與現代「戲劇」表面的一字之差之下（雖他也時用「戲劇」指稱中國傳統戲曲，但其本意絕非西方意義上的「theatre」），潛藏著的幾乎是無法承續的深層斷裂。從現代戲劇（話劇）的眼光看，王國維以「歌舞演故事」（《戲曲考源》1909）的戲劇定義顯然是無法涵蓋現代戲劇的。周貽白不同意王國維所謂「中國戲劇起自巫覡」的說法，不僅是因爲他對巫覡認識上的偏差〔註8〕，更重要的在於，他強調戲劇的「演劇性」──「裝扮人物而作故事表演」〔註9〕。而後世研究者對王國維只重「曲辭」，不重「賓白」（王國維《譯本〈琵琶記〉序》（1913）中也曾表示：「夫以元劇之精髓，全在曲辭；以科白取元劇，其智去買櫝還珠者有幾！」）的看法表示很大的不解和質疑，也多是出於這樣的理解。因爲，對於現代戲劇來說，「賓白」實在是太重要了，或者說就是全部，而曲辭則已經絕對變成了可以省略的要素。

現代研究者的此類認識，直接影響到在比較文學框架下對王國維戲曲史

〔註 7〕吳文祺著《文學革命的先驅者──王靜庵先生》。
〔註 8〕周貽白理解古代「巫覡」爲「裝神弄鬼」，因此非可稱爲「以歌舞娛神」：「古代的巫覡既非裝扮神鬼而歌舞，後世戲劇則不當於此萌芽。其娛神者自係歌舞，並非裝扮人物而作故事表演，因此，中國戲劇係發源於古代巫覡一說，顯未可信」。他並且以近代「儺戲」爲例，認爲「儺戲」的故事性反倒是模仿戲劇的結果。可見，他完全以「裝扮人物而作故事表演」爲戲劇判斷標準，所以，認爲王國維的說法站不住腳。（參閱周貽白著《中國戲劇的形成和發展》，《中國戲曲論集》，北京：中國戲劇出版社，1960 年版。）
〔註 9〕同上書，第 2 頁。

研究的理解。事實上，將中國文學發展史進程中的「一代藝術」（宋元戲曲）相比於西方有著兩千多年歷史，無論從創作還是從理論上都代代不乏成熟之作的典型藝術樣態（戲劇）進行比較，自然是頗爲失衡的。但王國維對中國戲曲的整理工作並沒有如現代戲劇家們追求西洋戲劇自亞里士多德《詩學》以來重視「情節」和「戲劇衝突」那樣的改造意識，他更爲在意的是在理清中國戲曲獨特發展脈絡過程中要培養的那份內在自發的改造意識。這也就是說，王國維的比較文學視野不是比附性和依託性的，而是自我生成和建構性的。作爲一名一向對文化思想間差異性有著極強敏感性的中國學者，王國維在早期關注西方思想進入的時候，就已然認識到，由語言傳達的思想、文化乃是一個民族根性的東西，彼此是無法取代的：「夫言語者，代表國民之思想者也，思想之精粗廣狹，視言語之精粗廣狹以爲準，觀其言語，而其國民之思想可知矣。周、秦之言語，至翻譯佛典之時代而苦其不足；近世之言語，至翻譯西籍時而又苦其不足，是非獨兩國民之言語間有廣狹精粗之意焉而已，國民之性質各有所特長，其思想所造之處各異故。」（《論新學語之輸入》1905）而在《譯本〈琵琶記〉序》中，他也有同樣深刻的認識和表達：「欲知一國之文學，非知其國古今之情狀學術不可也。近二百年來，瀛海大通，歐洲之人，講求我國故者亦夥矣，而眞知我國文學者蓋鮮，則其不以道德風俗之懸殊，而所知、所感，亦因之而異歟？抑無形之情感，固較有形之事物爲難知歟？要之，疆界所存，非徒在語言文字而已。」

因此，在面對思想文化的差異和距離時，王國維當然更爲看重促使一個民族思想文化發展所唯一可以依憑的內在力量——即一種從深刻的自我省察中獲得的更生力量。吳文祺所謂王國維戲曲史研究中對白話文學的價值的理解也應該從這些方面來認識。從王國維所謂：「古代文學之形容事物也，牽用古語，其用俗語者絕無。又所用之字數亦不甚多。獨元曲以許用襯字故，故輒以許多俗語或以自然之聲音形容之。此自古文學上所未有」（《宋元戲曲史》）可以看出，他不是從與古典文言相對的現代漢語的角度來理解「白話」（俗語）的，而是在藝術精神的意義上，也就是說在「俗語」（白話）爲文學所賦予的更爲眞切、自然的藝術特質上來使用的。

王國維在進行文學比較時，最爲重視的是藝術精神。他在研究西方哲學、美學時注重「思想的感動」；論抒情文學，講眞摯之感情與高尚偉大之人格。《文學小言》第 14 則論到：「至敘事的文學，謂敘事詩、史詩、戲曲等，非

謂散文也。則我國尚在幼稚之時代。元人雜劇,辭則美矣,然不知描寫人格為何事。至國朝之《桃花扇》,則有人格矣,然他戲曲則殊不稱是。要之,不過稍有系統之詞,而並失詞之性質者也。以東方古文學之國,無一足以與西歐匹者,此則後此文學家之責矣。」王國維此處論點與他在《宋元戲曲史》中大贊關漢卿之《竇娥冤》,紀君祥之《趙氏孤兒》「即列之於世界大悲劇中,亦無愧色也」中對元曲的認識有自相矛盾之處,本章第二節第二部分會作出解釋。但此處,最重曲辭的王國維貶責元人雜劇的曲辭之美,認為其不足取處就在於元曲承傳於詞恰恰只襲了軀殼,而捨了精神——以其「稍有系統之詞,而並失詞之性質者也」。一個原因自然是他從藝術精神的角度將脫胎於「詞」的曲辭跟「詞」做了對比,因為,對他來說,作為藝術風格成熟的詞,其已經形成了「詞之性質」——由那些「感自己之感,言自己之言」具有高尚偉大人格的詞人們所賦予詞的偉大精神。總之,王國維似要強調,中國相比於西方在敘事文學上的不發達並非是文體意義上的,西方的戲劇,尤其是悲劇之所以發達,正在於他們塑造了許多偉大的人格。

二、戲曲「源」「考」:藝術承續性

　　王國維在《宋元戲曲史》中對中國戲曲進行了一番非常細緻深入的「考」究。他從上古祭祀樂神的巫風,推證到「《詩》之神保」,「《楚辭》之靈寶」:「是則靈之為職,或偃蹇以象神,或婆娑以樂神,蓋後世戲劇之萌芽,已有存焉者矣。」然後到「俳優之戲」:「故優人之言,無不以調戲為主。優施鳥鳥之歌,優孟愛馬之對,皆以微詞託意,甚有譎而為虐者。……要之,巫與優之別:巫以樂神,而優以樂人;巫以歌舞為主,而優以調謔為主;巫以女為之,而優以男為之。……後世戲劇,當自巫、優二者出;而此二者,固未可以後世戲劇視之也。」隨後,順著「樂人」這條線,他論到漢之俳優、角抵戲、參軍戲:「則古之俳優,但以歌舞及戲謔為事。自漢以後,則兼演故事;而合歌舞以演一事者,實始於北齊(《蘭陵王》、《踏謠娘》)」,至唐、五代歌舞戲、滑稽戲:「一以歌舞為主,一以言語為主;一則演故事,一則諷時事;一為應節之舞蹈,一為隨意之動作;一可永久演之,一則除一時一地外,不容施於他處;……要之:唐、五代戲劇,或以歌舞為主,而失其自由;或演一事,而不能被以歌舞。其視南宋、金、元之戲劇,尚未可同日而語也。」再到宋代滑稽戲及小說雜戲:「唐代僅有歌舞劇及滑稽劇,至宋金二代而始有

純粹演故事之劇；故雖謂眞正之戲劇，起於宋代，無不可也。然宋金演劇之結構，雖略如上，而其本則無一存。故當日已有代言體之戲曲否，已不可知。而論眞正之戲曲，不能不從元雜劇始也。」

「元雜劇之視前代戲曲之進步，約而言之，則有二焉。宋雜劇中用人麴者幾半。大麴之爲物，遍數雖多，然通前後爲一曲，其次序不容顚倒，而字句不容增減，格律至嚴，故其運用亦頗不便。其用諸宮調者，則不拘於一曲。凡同在一宮調中之曲，皆可用之。故一宮調中，雖或有聯至十餘曲者，然大抵用二三曲而止。移官換韻，轉變至多，故於雄肆之處，稍有欠焉。元雜劇則不然，每劇皆用四折，每折易一宮調，每調中之曲，必在十曲以上；其視大麴爲自由，而較諸宮調爲雄肆。且於正宮之〔端正好〕、……共十四曲：皆字句不拘，可以增損，此樂曲上之進步也。其二則由敘事體而變爲代言體也。宋人大麴，就其現存者觀之，皆爲敘事體。金之諸宮調，雖有代言之處，而其大體只可謂之敘事。獨元雜劇於科白中敘事，而曲文全爲代言。雖宋金時或當已有代言體之戲曲，而就現存者言之，則斷自元劇始，不可謂非戲曲上之一大進步也。此二者之進步，一屬形式，一屬材質，二者兼備，而後我中國之眞戲曲出焉。」

在這一番從「古劇」到「元劇——我國之眞戲曲」的「觀其會通，窺其奧窔」的「變遷之迹」的考證過程，明顯表現了王國維對戲曲作爲一門藝術與傳統不可割裂的內在關係的重視。王國維是時時不忘提醒和強調元劇的這種「承續性」的：

「元劇之構造，實多取諸舊有之形式也。……即就其材質言之，其取諸古劇者不少。」

「由元劇之形式材料兩面研究之，可知元劇雖有特色，而非盡出於創造。」

「南戲之曲，亦綜合舊曲而成，並非出於一時之創造也。」

這與他在《譯本〈琵琶記〉序》中所論：「欲知古人，必先論其世；欲知後代，必先求諸古」的觀點是一致的。

這一點，也同樣表現在王國維對戲曲乃我國固有、本土之學，而非起於異域的突出和強調：「遼金之雜劇院本，與唐宋之雜劇，結構全同。吾輩寧謂遼金之劇，皆自宋往，而宋之雜劇，不自遼金來，較可信也。至元劇之結構，誠爲創見；然創之者，實爲漢人；而亦大用古劇之材料，與古曲之形式，不

能謂之自外國輸入也。」

在《戲曲考源》中他亦指出：「楚詞之作，《滄浪》、《鳳兮》二歌先之；詩餘之興，齊、梁小樂府先之；獨戲曲一體，崛起於金元之間，於是有疑其出自異域，而與前此之文學無關係者，此又不然。嘗考其變遷之迹，皆在有宋一代；不過因金元人音樂上之嗜好，而且益發達耳。」

他對最能表現中國戲劇特色的「曲」（曲辭）的推論也是如此。王國維重視和歌而作的「曲」在形成中國戲曲特性上的獨特作用，這當然一部分跟他對藝術語言的獨特敏感性和愛好是有關係的。他追溯到「曲」的「詞」之源頭：「故真戲劇必與戲曲相表裏。然則戲曲之為物，果如何發達乎？此不可不先研究宋代之樂曲也。」在他看來，金元「傳踏」、「破曲」、「大麯」這些形式都跟「詞」緊密相關。而且，他在《曲錄》中，也曾引用王世貞《藝苑卮言》中論曲之言：「曲者，詞之變。自金、元入中國，所用胡樂，嘈雜淒緊，緩急之間，詞不能按，乃更為新聲以媚之。諸君如貫酸齋、馬東籬、王實甫、關漢卿、張可久、喬夢符、鄭德輝、宮大用、白仁甫輩，咸富有才情，兼喜聲律，以故遂擅一代之長。所謂宋詞元曲，殆不虛也。但大江以北，漸染胡語，時時采擇，而沈約四聲遂缺其一。東南之士，未盡顧曲之周郎；逢掖之間，又稀辨撾之王應。稍稍復變新體，號為『南曲』。高拭則誠，遮掩前後。大抵北主勁切雄麗，南主清峭柔遠，雖本才情，務諧俚俗。譬之同一師承，而頓、漸分教；俱為國臣，而文、武異科。」

同樣在《曲錄》中，他也探討了戲曲的「古詩」之源：「戲曲之興，由來遠矣。……追原戲曲之作，實亦古詩之流。所以，窮品形之纖微，極遭遇之變化；激蕩物態，抉發人心；舒慘哀樂之餘，摹寫聲容之末；婉轉附物，怊悵切情，雖雅頌之博徒，亦滑稽之魁傑。惟語取易解，不以鄙俗為嫌；事貴翻空，不以謬悠為諱。庸人樂於染指，壯夫薄而不為。遂使陌巷言懷，人人青紫；香閨寄怨，字字桑間。抗志極於利祿，美談止於蘭勺，意匠同於千手，性格歧於一人。豈託體之不尊，抑作者之自棄也？然而，明昌一編，盡金源之文獻；吳興《百種》，抗皇元之風雅。百年之風會成焉，三朝之人文繫焉。況乎第其卷帙，軼兩宋之詩餘，論其體裁，開有名之制義，考古者徵其事，論世者觀其心；遊藝者玩其辭；知音者辨其律。此則石渠存目，不廢《雍熙》，洙泗刪詩，猶存鄭衛者矣！國維雅好聲詩，粗諳流別；痛往籍之日喪，懼來者之無徵；是用博稽故簡，撰為總目。」

可以看出，王國維的這一番戲曲考證有著這樣兩個傾向：一、注意尋找戲曲與詩詞的共同性和同源性。他對戲曲史的描述，明顯看出想要證明，「戲曲」事實上是承續著中國文化傳統的古風——詩、楚辭、漢賦、唐詩、宋詞——以來的「詩樂舞」一體的中國古典文學的樣態之一。二、他看重戲曲本身所傳承的中國文學的美學特質（與西方文學史上那個歷來重要的藝術概念－theatre 是有著不同美學特色的）。在對戲曲美學特徵的論述上，他顯然是以正統文學為標準的，有著很明顯地將戲曲這樣一個「鄙俗不足道」的民間文學拉入廟堂，賦予高度藝術合法性的傾向。且看《錄曲餘談》中他的論述：「胡元瑞謂韓苑洛以關漢卿比司馬子長，大是詞場猛諢。余謂漢卿誠不足道，然謂戲曲之體卑於史傳，則不敢言。意大利人之視唐旦，英人之視狹斯丕爾，德人之視格代，較吾國人之視司馬子長抑且過之。之數人何嘗非戲曲家耶！」

「余於元劇中得三大傑作焉。馬致遠之《漢宮秋》，白仁甫之《梧桐雨》，鄭德輝之《倩女離魂》是也。馬之雄勁，白之悲壯，鄭之幽豔，可謂千古絕品。今置元人一代文學於天平之左，而置此二劇於其右，恐衡將右倚矣。」

可以看出，王國維戲曲之源追溯越深，越可感覺離作為一個藝術門類的「曲」之本體美學的研究越來越遠，而離他在詩詞批評中所追求的真正藝術之本體美學則越來越近了。

三、藝術時代性

王國維的藝術史觀中另一個突出特點，就是對藝術時代性的強調。事實上，這一觀點早在《人間詞話》中就有非常清晰的表露。《人間詞話》第 54 則謂：「四言敝而有《楚辭》，《楚辭》敝而有五言，五言敝而有七言，古詩敝而有律絕。律絕敝而有詞。蓋文體通行既久，染指遂多，自成習套。豪傑之士，亦難於其中自出新意，故頓而作他體，以自解脫。一切文體所以始盛終衰者，皆由於此。故謂文學後不如前，余不敢信。但就一體論，則此說故無以易也」。而且，眾所周知，他論詞「揚北宋抑南宋」，亦是以文學演進的時代性為基準的。其《未刊手稿》第 2 則論：「詩至唐中葉以後，殆為羔雁之具矣。故五代、北宋之詩，佳者絕少，而詞則為其極盛時代。……至南宋以後，詞亦為羔雁之具，而詞亦替矣。此亦文學升降之一關鍵也。」另有「梅溪、夢窗諸家寫景之病，皆在一『隔』字。北宋風流，渡江遂絕。亦真有運會存乎其間耶？」（《人間詞話》第 39 則）

饒宗頤曾對王國維此一「偏激」之論進行了批判,認爲:「一切文學之進化,先眞樸而後趨工巧,觀漢魏詩之高渾,下逮宋齊,則以雕鎪爲美,斯其比也。……故南北宋詞,初無畛域之限,其由自然而臻於巧練,由清泚而入於穠摯,乃文學演化必然之勢,無庸強爲軒輊。論詩而伸唐絀宋,清葉燮已深加非議,(見原詩)持以質王氏,寧不啞然失笑?周止菴於兩宋詞頗有優劣之論……王氏殆受其暗示,而變本加厲,益爲偏激矣。」〔註10〕

饒宗頤不解王國維詞論上的偏激,事實上跟青木正兒和任半塘等不解王國維獨尊「元曲」的偏激可以認爲是一回事。他們的這些觀點,從治學的客觀性和公正性角度來講都可謂是「知言」,卻不可謂「知人」;也就是說,他們忽略了王國維學術研究複雜的個體性。

聯繫王國維詞論中對姜夔的褒貶取捨,以及對同爲南宋詞人辛棄疾的推崇,甚至包括對他最不滿的晚清詞界亦有不棄之論〔註11〕;以及他那篇有名的《古雅之在美學上之位置》(1907)將「人力」致之的「古雅」之作看作與「自然」而成的天才之作無分高下,都可以說明王國維看待藝術並不排斥「工巧」和「修爲」,或者說,有時候他也無意識地表明了這種趣味取向。茲舉一例爲證:王國維如此看重元曲最可貴之「生氣」,他在《宋元戲曲史》中對關白馬鄭極盡讚譽之意;但有意思的是,前此《錄曲餘談》(1909)中卻有這樣一段論說:「元初名公,喜作小令套數。……然不作雜劇。士大夫之作雜劇者,唯白蘭谷(樸)耳。此外雜劇大家,如關、王、馬、鄭等,皆名位不著,在士人與倡優之間,故其文字誠有獨絕千古者,然學問之舁陋與胸襟之卑鄙,亦獨絕千古。戲曲之所以不得與於文學之末者,未始不由於此。至明,而士大夫亦多染指戲曲。前之東嘉,後之臨川,皆博雅君子也;至國朝孔季重、洪昉思出,始一掃數百年之蕪穢,然生氣亦略盡矣。」在此,他所獨獨推尊的元曲大家只不過算是處於「士人與倡優之間」,「學問之舁陋與胸襟之卑鄙,亦獨絕千古」,而被他認爲「死文學」的明清戲曲大家卻是「一掃數百年之蕪

〔註10〕 饒宗頤著《〈人間詞話〉平議》,何志韶編《人間詞話研究彙編》,第99頁。
〔註11〕 王國維自編《人間詞話》共23則,其最後兩則論「近人詞」。其第22則曰:
「國朝人詞。與最愛宋直方《蝶戀花》『新樣羅衣渾棄卻,猶尋舊日春衫著』,及譚復堂之『連理枝頭儂與汝,千花百草從渠許』。以爲最得風人之旨。第23則亦有:「近人詞如復堂之深婉,強村之隱秀,當在吾家半塘翁上。強村學夢窗,而情味較夢窗反勝。蓋有臨川、盧陵之高華,而濟以白石之疏越者。學人之詞,斯爲極則。」

穢」的「博雅君子」，儘管，他加上了個「然生氣亦略盡矣」，但其取捨傾向仍是非常明顯地流露在字裏行間的。其《〈元曲選〉跋》（見《觀堂別集》1910）結語曰：「古人淹雅，雖曲家猶如此，不可及也」——那種心嚮往之的情懷亦是一閱便知的。

王國維在許多地方無意中流露出的對大「雅」之作的傾心，以及他《宋元戲曲史》研究之後，即很快轉入金石之學等的研究，從此於戲曲再無問津等事實，都是值得思索的。就王國維個人來說，「戲曲」在他心目中的地位和喜愛是遠遠不比「詩、詞」等「大雅」之作的，這一點是毋庸諱言的。但是，正如我們上節所論，王國維又是極力將戲曲作為一代藝術之標誌，而往「經典」的廟堂裏拉。所以，我們可以認為，王國維強調藝術的時代性（一代有一代之藝術）以及注重新藝術生命力上昇期的美學特質，應該是他因時代問題而激發的自覺學術取向。

內憂外患的清末是最需要變革的時代，但清朝的學術風氣卻是古風大勝的時期。王鎮坤為王國維《人間詞話》中「揚北宋抑南宋」的偏激進行了辯護，認為王國維此舉有療清詞壇疲弱之疾的用意：「夷考先生之嚴屏南宋者，實有其苦心在。詞自明代中衰，以至清而復興。清初朱（竹垞）、厲（樊謝）倡浙派，重清虛騷雅而崇姜、張。嘉慶時張皋文立常州派，以有寄託尊詞體而崇碧山。晚清王半塘、朱古微諸老，則又倡學夢窗，推為極則。有清一代，詞風蓋為南宋所籠罩，卒之學姜、張者流於浮華，學夢窗者流於晦澀。晚近風氣注重聲律，反以意境為次要，往往堆垛故實，裝點字面，幾如銅牆鐵壁，密不透風。……先生目擊其弊，於是倡境界之說以廓清之。《人間詞話》乃對症發藥之論也。」〔註12〕在我看來，是有道理的。

而《宋元戲曲史》中再倡「一代有一代之文學」，大力提出「文學演化必然之勢」，事實上亦是有治弊之意。清代學術突出的「復古」之風儘管在「國故」整理上貢獻極大，但後來的學者越來越鑽在乾嘉之學「實事求是」、「無徵不信」的蝸角裏不能自拔，不僅沒有發揚早期乾嘉之學的巨大成就，反而使其流於瑣碎和疲迷。這與當時急迫的「變革救亡」任務是極不相宜的。梁啓超在其《清代學術概論》中對此時代學術狀況有所描繪，他根據清代學術「盛衰之迹」，將之分為四期：一、啓蒙派，以顧炎武、胡渭、閻若璩為代表，其特點在於「抱通經致用之觀念，故喜言成敗得失經世之務」；二、正統派，

〔註12〕王鎮坤著《評〈人間詞話〉》，何韶志編《人間詞話研究彙編》，第83頁。

以惠棟、戴震、段玉裁、王念孫等為代表，是清代學術的全盛期，其特點在於「為考證而考證，為經學而治經學」，其研究範圍，以經學為中心，而衍及小學、音韻、史學、天算、水地、典章制度、金石、校勘、輯逸等等；三、蛻分期，其代表人物，康有為、梁啟超，其特點在於，二者「皆抱啟蒙期『致用』的觀念，借經術以文飾其政論，頗失『為經學而治經學』之本意……」；四、衰落期，蛻分期之同時〔註13〕。梁啟超分析衰落期的原因正在於乾嘉之學盛行導致的「舉國希聲附和，浮華之士亦競趨焉，固已漸為社會所厭。且茲學犖犖諸大端，為前人發揮略盡，後起者率因襲補苴，無復創作精神，即有發明，亦皆末節，漢人所謂『碎意逃難』也。而其人猶自倨貴，儼成一種『學閥』之觀。」〔註14〕

而王國維審觀近世哲學，亦嚴厲指出：「近世哲學之流，其膠淺枯涸，有甚於國朝三百年間者哉！」(《國朝漢學派戴阮二家之哲學說》1904)因此，他對文學時代性的強調便和其變革更新，扭轉學術風氣的使命相聯繫了。

「一代有一代之文學」的觀點首先強調了每一種文學樣態都有其充滿時代特性的自足完滿的生命歷程。正如王國維在《人間詞話‧刪稿》中一則謂：「《滄浪》、《鳳兮》二歌，已開楚辭體格。然楚辭之最工者，推屈原、宋玉，而後此王褒、劉向之詞不與焉。五古之最工者，實推阮嗣宗、左太沖、郭景純、陶淵明，而前此曹、劉，後此陳子昂、李太白不與焉。詞之最工者，時推後主、正中、永叔、少游、美成，而前此溫、韋，後此姜、吳，皆不與焉。」表面看來，王國維似乎是專就文體而論。但其實他所謂的「體格」並非專指「文體」上的成熟；事實上還含有文章時代風貌的意思，也就是由作者情懷、胸襟和時代而灌注的一種「神」。他之所以認為「『楚辭』之最工者，推屈原、宋玉」，而非王褒、劉向，就在於他看重的是屈原宋玉之賦傳神地表達了「騷」體那富麗雄渾的情感和瑰彩多姿的想像力，而漢賦一味以贍麗、鋪采為能事，漸趨纖弱淫靡，就失掉了「騷」體發揚之「神」。他評「五古」，不取「骨氣奇高，詞采華茂，情兼雅怨，體被文質，粲溢今古，卓而不群」(鍾嶸《詩品》)的曹植和「其五言詩，妙絕當時」(曹丕《與吳質書》)的建安詩人劉楨，亦不取倡「漢魏風骨」、「骨氣端翔，音情頓挫」(《修竹篇序》)的陳子昂和詩風

〔註13〕梁啟超著《清代學術概論》，朱維錚校注《梁啟超論清學史二種》，上海：復旦大學出版社，1985 年版，第 3 頁。

〔註14〕同上書，第 3～6 頁。

雄放的李白這兩位唐代以「復古」爲革新的大詩人，而獨擇阮籍、左思、郭璞、陶淵明爲代表，正是因爲在王國維看來，這些人的詩作才眞正代表了那個動輒得咎、玄學大盛時代，文人們傷時感世、反禮法慕自由，卓而不群的精神和清峻遙深的意境。昭明太子《陶集序》所論：「其文章不群，詞采精拔。跌宕昭彰，獨超眾類。抑揚爽朗，莫之與京。橫素波而傍流，干青雲而直上。語時事則指而可想，論懷抱則曠而且眞」正是這種風格的表現。同樣，他論「詞」，有時不擇他一向推崇的蘇軾，反而選了他曾有貶損的周邦彥〔註15〕等人，就在於他認爲這幾位詞人最能代表「詞」作爲「情語」的婉約含蓄、飄逸沉鬱的風格，其無論寫豔情、寫感慨，都能夠用最明淺、最清麗的語言，表達最深厚曲折跌宕的感情。例如，他說：「『畫屏金鷓鴣』，飛卿語也，其詞品似之。『弦上黃鶯語』，端己語也，其詞品亦似之。正中詞品，若欲於其詞中求之，則『和淚試嚴妝』殆近之歟？」）（《人間詞話》第 12 則）。還有：「溫飛卿之詞，句秀也。韋端己之詞，骨秀也。李重光之詞，神秀也」（《人間詞話》第 14 則）。相比於溫、韋的香豔氣和姜、吳流於浮華的工巧、雕琢，李煜、馮延巳、歐陽修等人正是能傳達「詞」之如此風貌的詞家。

其次，文學發展的時代性事實上還暗含著每一門藝術必然的盛衰過程都給新藝術的成長發展創造機遇。這樣一個放之所有文學樣態而皆準的藝術史觀，是受到王國維格外重視的。這也就是爲什麼他會認爲「元曲」作爲「一代之文學」擁有「後世莫能繼焉者也」的特徵：「元人之於曲，天實縱之，非後世所能望其項背也」（《宋元戲曲史》）。這也是爲什麼他會斷然認爲：「明清戲曲是死文學，元曲是活文學」。事實上，王國維似乎在強調：所有文學樣態在其發展之初因其自然、眞樸的可貴品質，才成就了其活文學的特徵，但至其成熟便多講究雕琢、累句，就有了「死文學」的態勢。

因此，與其說王國維看重的是元曲，毋寧說看重的更是每一代文學之盛時的那份生命力，一種如嬰兒呱然落地般的「新生」品格，充滿著茁壯成長的全部潛力。在王國維那裡，他所最愛的詩詞由於久居「廟堂」，經歷代學者文人之手，非載「王道」，便作「羔雁之具」，原初的那份生命力無論如何無法整理出來。所以他發前人之未發的選擇「戲曲」，以耳目一新之勢，爲眞文學尋找其源頭所在：「獨元人之曲，爲時既近，託體稍卑，故兩朝史志與《四

〔註15〕其《人間詞話》第 32 則，便有對周邦彥的批評：「詞之雅鄭，在神不在貌。永叔、少游雖作豔語，終有品格，方之美成，便有淑女與倡伎之別。」

庫》集部，均不著於錄；後世儒碩，皆鄙棄不復道。而爲此學者，大率不學之徒；即有一二學子，以餘力及此，亦未有能觀其會通，窺其奧窔者。遂使一代文獻，鬱堙沉晦者且數百年，愚甚惑焉。往者讀元人雜劇而善之；以爲能道人情，狀物態，詞采俊拔，而出乎自然，蓋古所未有，而後人所不能彷彿也。輒思究其淵源，明其變化之迹。」(《宋元戲曲史‧序》)

《宋元戲曲史》的研究蘊含著對眞正藝術精神的發掘。只不過與《紅樓夢評論》和《人間詞話》不同，《宋元戲曲史》既不似前者那樣置入某單個理念，也不像後者那樣熱切地要從民族主流文化根源中發掘建構人類生命和藝術的理想世界，而是以其深沉的歷史眼光，嘗試從另一角度發掘那最爲時代所需要的使藝術（生命、一種文化）成長和堅強起來的原動力。

這最突出地表現在王國維「民間」視角的運用以及「自然」藝術觀的推崇上。

第二節　「民間」視角

王國維在《宋元戲曲史》中並未明確使用「民間文學」或者「俗文學」等類的概念來稱呼「戲曲」，只是說它「託體稍卑，……後世儒碩，皆鄙棄不復道」。這是與他要爲「曲學」正名的意向是一致的。王國維似要強調宋元戲曲作爲「一代文學」，其美學特質被埋沒和忽略，而他要做個重新發現者。而這些美學特質恰已在詩、詞這些傳統正統文學題材上消泯了。宋元戲曲進入「廟堂」恰能成爲對正統文學反觀自身的一個提醒。這就好比一個雖然青澀卻生氣盎然的年輕人會使老年人不由自主想到，他也曾經有過生命力勃發的青春，並從中體會珍惜和振作。

統觀中國文學發展史，許多今日被目爲正統文學的作品或文體，都經由過原出民間後被升格的過程。《詩經》、五言詩、漢樂府、六朝新樂府、唐五代的詞都是如此。鄭振鐸在其《中國俗文學史》（1938）中認爲從某種意義上來說「俗文學是中國文學史的中心」〔註16〕也正是從這一角度來說的。

但是，鄭振鐸研究的「俗文學」是古歌謠、六朝民歌、鼓子詞、寶卷、彈詞等。這類可以稱之爲眞正的「俗文學」；因爲它們幾乎始終處於邊緣，在民間流傳，也一般不會進入正統文學史。他的研究自然不包含小說、戲曲，

〔註16〕鄭振鐸著《中國俗文學史》，北京：東方出版社，1996年版，第1頁。

這是因為自清末王國維等人始對小說、戲曲的重視和提倡，又經由「小說界革命」、「新文學革命」等等，到了民國時期，小說、戲曲已經脫離了其「民間」身份，被目為具有較高藝術價值的「正統文學」了。如果從此意義來說的話，王國維，這位使「元曲」躋身中國正統文學史的始作俑者，對宋元戲曲的研究，自然不可被稱為「俗文學」研究。

但我們卻不應該就此忽略，王國維為戲曲「正名」的強烈意識，又恰是來自戲曲曾經「民間」的身份所閃爍著的真藝術品格。鄭振鐸所強調「俗文學」的幾個重要特質也正是王國維對元曲的推重之處。比如鄭振鐸論「俗文學」是「新鮮的，但是粗鄙的。她未經過學士大夫們的手所觸動，所以還保持其鮮妍的色彩」。王國維也正是看重元劇之作者「彼以意興之所至為之，以自娛娛人。關目之拙劣，所不問也；思想之卑陋，所不諱也；人物之矛盾，所不顧也；彼但摹寫其胸中之感想，與時代之情狀，而真摯之理，與秀傑之氣，時流露於其間」（《宋元戲曲史》）。鄭振鐸認為：「其想像力往往是很奔放的，非一般正統文學所能夢見，其作者的氣魄往往是很偉大的，也非一般正統文學的作者所能比肩。……又因為是流傳於民間的，故其內容，或題材，或故事，往往保存了多量的民間故事或民歌的特性；她往往是輾轉抄襲的。有許多故事是互相模擬的。但至少，較之正統文學，其模擬性是減少得多了。她的模擬是無心的，是被融化了的；不像正統文學的模擬是有意的，是章仿句學的。」王國維也注意到：「元劇關目之拙，固不待言。此由當日未嘗重視此事，故往往互相蹈襲，或草草為之。」但他仍贊「關漢卿一空倚傍，自鑄偉詞，而其言曲盡人情，字字本色，故當為元人第一。白仁甫、馬東籬，高華雄渾，情深文明。鄭德輝清麗芊綿，自成馨逸，均不失為第一流」（《宋元戲曲史》）。鄭振鐸認為「俗文學」：「勇於引進新的東西。凡一切外來的歌調，外來的事物，外來的文體，文人學士們不敢正眼兒窺視之的，民間的作者們卻往往是最早的便採用了，便容納了它來」。〔註17〕王國維也稱讚「元劇實於新文體中自由使用新語言」（《宋元戲曲史》）。

因此，可以認為，王國維對元曲藝術價值的發現是汲取了一個可貴的「民間」視角。這個建立在俗文學和正統文學微妙關係之上的「民間」視角更多載負的不是「民間」文學這一意義，而事實上它應當被看作是一個包容量豐富的象徵性概念——它象徵著對於主流思想來說非常可貴的「打破」精神和

〔註17〕同上書，第3～4頁。

「樹立」精神。對於藝術來說，它是那從各方面注入真正維繫一種藝術蓬勃發展所不斷需要的新鮮、開放、自由的生命血性。透過王國維清晰的史學視野，這種「民間」視角或者說「邊緣」策略，表達了王國維爲中國文藝精神輸送新鮮血液、針砭其弊、助其更生和成長的急切信念。

一、新思想的碰撞

王國維對宋元戲曲「民間」身份的推崇，一個重要的原因是要突出新語言新思想輸入之於時代的重要性。王國維論元劇「實於新文體中自由使用新語言，在我國文學中，於《楚辭》、《內典》外，得此而三」(《宋元戲曲史》)。在此，王國維將元劇與《楚辭》、《內典》並置而論，實有深意。眾所周知，《楚辭》相對於奠定中原古文化方面的《詩》、諸子散文；《內典》相對於漢代之後儒家獨步天下的凋敝文風，前者以其別具一格的南方新興文學的地方特色和浪漫風格成爲中國文化中與「詩」傳統並峙的重要的「騷」傳統，豐富了中國抒情文學的表達。後者作爲異域文化的引入，對魏晉以後禪宗文化的形成乃至宋明理學的影響頗爲重大。這兩者都起到爲中國主流文化傳統賦予新鮮品格的作用。

而元劇的產生更是處於一個獨特的文化衝突和化合的時代。蒙古統治者政治上的改革直接影響到文化上的變動。中國古代傳統的禮樂制度被推翻，「九儒十丐」的時代造成了中國哲學史、學術史上的空白，卻成就了文學史上的輝煌。元朝一度對科舉制度的取消和商業的興盛，大都市的形成，以及儒家思想的衰微等等都爲戲曲這種市民文化的產生創造了條件。元劇正是在這一意義上書寫了元代藝術的新篇。

王國維面臨的同樣是一個受到新文化衝擊的時代。也是一個同樣呼喚新的文藝生命誕生以救弊的時代。推而論之，便不難想像，王國維論元劇重視「新文體、新語言」，事實上懷有對文化差異性所帶動的變革和更新的期待。王國維之所以強調「新言語」、「新思想」輸入的重要性，乃在於：「言語者，思想之代表也，故新思想之輸入，即新言語輸入之意味也。」(《論新學語之輸入》) 他在《論近年之學術界》(1905) 中，就以史學家的銳敏談到「外界勢力」與中國學術的關係：

> 外界之勢力之影響於學術，豈不大哉！自周之衰，文王、周公
> 勢力之瓦解也，國民之智力成熟於內，政治之紛亂乘之於外，上無

統一之制度，下迫於社會之要求，於是朱子九流各創其學說，於道
德政治文學上，燦然放萬丈之光焰，此爲中國思想之能動時代。

自漢以後，天下太平，武帝復以孔子之說統一之。其時新遭秦
火，儒家唯以抱殘守缺爲事，其爲諸子之學者，亦但守其師說，無
創作之思想，學界稍稍停滯矣。

佛教之東，適值吾國思想凋散之後，當此之時，學者見之，如
饑者之得食，渴者之得飲，擔簦訪道者，接武於蔥嶺之道，翻經譯
論者，雲集於南北之都，自六朝至於唐室，而佛陀之教極千古之盛
矣。此爲吾國思想受動之時代。然當是時，吾國固有之思想與印度
之思想互相並行而不相化合，至宋儒出而一調和之，此有由受動之
時代出而稍帶能動之性質者也。自宋以後以至本朝，思想之停滯略
同於兩漢，至今日而第二之佛教又見告矣，西洋之思想是也。

從以上論述可以看出，王國維一是強調思想的改造和碰撞是學術繁榮的重要
原因；二是重視一種積極、主動的變革精神。王國維顯然主張，在文化衝擊
的壓力下，只有以一種「能動」，而非「受動」的精神才能實現思想的真正成
長和更新。他甚至呼籲國人對這種能夠改變一個民族文化疲弱狀態的變化要
持「舉踵歡迎」的態度。這種鼓吹可謂苦心孤詣。這也正是學界通常所謂王
國維擁有後輩一些學者所缺乏的真正「世界眼光」的原因。所謂「能動」精
神，就是要具備文化的自我省察能力，化「衝擊」爲「契機」，積極主動培養
文化變革中的內在力量，以實現自主的文化更生。事實上，王國維對中國小
說、西方哲學美學的選擇和推重，都是以這種強烈的「能動」意識爲指導的。
王國維對「元劇」價值的發現更是突出了這一點。

二、邊緣話語的自由

另一方面，「民間」作爲一個與「廟堂」相對的概念，它向來還隱含著一
種「諷事諫上」的邊緣話語的自由和功能。這大概可以認爲是自傳說中周朝
有民間「采詩」一說就有的現象。與「二雅」中與政治關係密切的士人之作
常有的令人頗感壓抑的「哀怨悲憤」不同，《國風》中的揭露和諷刺是辛辣犀
利和毫不留情的：「不稼不穡，胡取禾三百廛兮？不狩不獵，胡瞻爾庭有懸貆
兮？」（《魏風・伐檀》）以及那篇我們最爲熟悉的：「碩鼠碩鼠，無食我黍，
三歲貫女，莫我肯顧……（《魏風・碩鼠》）。事實上，許多民間文學都充分體

現了這一無所顧忌、自由表達的諷諭風格。

王國維在《宋元戲曲史》研究中是否注意並且發揮了這一「民間」功能？任半塘在《唐戲弄》中是持否定態度的。他認爲王國維作爲首先研究唐宋優諫戲的學者卻是「等閒諷刺，輕視滑稽」的：「在我國戲劇史中，首先介紹唐宋優諫者，乃王考；而首先等閒諷刺，輕視滑稽者，亦王考。」〔註18〕

任半塘對王國維「輕視」滑稽戲的這一推論是與他對中國古劇的分類：「歌舞戲類」和「科白戲類」密切相關的。他認爲王國維「以歌舞演故事」的戲曲定義體現了他「對於歌舞戲之重視、及戲劇中演故事之重視，……結果乃形成『劇本主義』……遂至失卻其歌舞類戲與科白類戲二者均衡發展之優點，以及我國古劇全面完整之精神，其影響於我國古劇之研究者，實相當嚴重！（原文加）」〔註19〕

因此，他搜集了豐富詳贍的歷史資料撰寫《唐戲弄》，意在論證中國戲劇重要的一枝──「科白戲」的來龍去脈。任半塘與王國維這種專業的「對話」，自有他的道理和出色的研究成就。但事實上，認眞閱讀《宋元戲曲史》便可看出，王國維對「戲曲」的考證雖確是順著「以歌舞演故事」這樣一條線論述下來的，但如果說王國維「必合言語、動作、歌唱，以演一故事」的「戲劇」定義是在一個前定的歌舞戲和科白戲的分類意識上進行研究的，恐怕與事實不符，更遑論有重此輕彼之意了。

我認爲，其中一個最主要的原因是，王國維戲曲史描述，隱含著他對中國敘事文學成長和發展的重視和培養。前此，我論到王國維論文學首重藝術精神，重視文藝作品中滲透著的人格力量和藝術境界。他常論：「故無高尚偉大之人格，而有高尚偉大文章者，殆未之有也。」在王國維看來，中國抒情文學的高度發展正是因爲有「屈子、淵明、子美、子瞻」這些能「感自己之感，言自己之言」，擁有高尚人格的詩人。而中國敘事文學之所以還處在幼稚時代，也正是因爲無論中國的敘事詩、小說、還是戲曲，都缺乏（有發達敘事文學傳統）的西方那樣能夠塑造出偉大超絕藝術形象的作品。其《文學小言》第16則論：「《三國演義》無純文學之資格，然其敘關壯繆之釋曹操，則非大文學家不辦。《水滸傳》之寫魯智深，《桃花扇》之寫柳敬亭、蘇昆生，彼其所爲，固毫無意義。然以其不顧一己之利害，故猶使吾人生無限之興味，

〔註18〕任半塘著《唐戲弄》，第391頁。
〔註19〕同上。

發無限之尊敬，況於觀壯繆之矯矯者乎？若此者，豈眞如汗德所云，實踐理性爲宇宙人生之根本歟？抑與現在利己之世界相比較，而益使吾人興無涯之感也？則選擇戲曲小說之題目者，亦可以知所去取矣。」

王國維顯然鼓勵敘事文學應當以具備高尚道德情操的人物形象的塑造爲主。正是因爲關羽、魯智深等人身上具備了他所推崇的高尚偉大之人格，所以他才認爲上述戲曲小說儘管「無純文學之資格」或「彼其所爲，毫無意義」，卻仍然擁有「大文學的資格」，中國敘事文學的人物塑造也應該以此爲方向。他推尊關漢卿之《竇娥冤》，紀君祥之《趙氏孤兒》爲可列之於世界大悲劇中的著作也正是由於其主人公表現了「雖有惡人交構其間」，仍「蹈湯赴火」的精神。前引他對元劇儘管「辭則美矣」，卻「不知描寫人格爲何事」的批判，都是此意。

對敘事文學完整、健全藝術品格的培養，還可從王國維對戲曲腳色的考證上看出。在《錄曲餘談》中，王國維論到：「羅馬醫學大家額倫（指 Aelius Galenus，公元二世紀），謂人之氣質有四種：一熱性，二冷性，三鬱性，四浮性也。我國劇中腳色之分，隱與此四種合。大抵淨爲熱性，生爲鬱性，副淨與醜或浮性而兼冷性，或浮性而兼熱性，雖我國作戲曲者尙不知描寫性格，然腳色之分則有深意義存焉。」王國維此處強調腳色之分的「深意義」，顯然是有著啓蒙之意的。他在《古劇腳色考》中更論：

綜上文所考者觀之，則隋唐以前，雖有戲劇之萌芽，尙無所謂腳色也。參軍所搬演，係石耽或周延故事。唐中葉以後，乃有參軍、倉鶻，一爲假官，一爲假僕，但表其人社會上之地位而已。宋之腳色，亦表所搬之人之地位、職業者爲多。自是以後，其變化約分三級：一表其人在劇中之地位，二表其品性之善惡，三表其氣質之剛柔也。……國朝以後，如孔尙任之《桃花扇》，於描寫人物，尤所措意。其定腳色也，不以品行之善惡，而以氣質之陰陽剛柔，故柳敬亭、蘇昆生之人物，在此劇中，當在復社諸賢之上，而以丑、淨扮之，豈不以柳素滑稽，蘇頗倔強，自氣質上言之當如是耶？自元迄今，腳色之命意，不外此三者，而漸有自地位而品性，自品性而氣質之勢，此其進步變化之大略也。

可見，王國維認爲我國戲曲的逐漸成熟是從腳色上可以看出來的。他「自地位而品性、自品性而氣質」的敘事文學藝術形象塑造之進步觀，實在是有很高見地的。因爲，他注意到人物形象的塑造僅止於「實踐理性」之傳達是

不夠的，而是強調敘事文學的藝術形象應該表達出人性的複雜性來：「夫氣質之爲物，較品性爲著。品行必觀其人之言行而後見，氣質則與容貌舉止聲音之間可一覽而得者也。蓋人之應事接物也，有剛柔之分焉，有緩急之殊焉，有輕重強弱之別焉。此出於祖父之遺傳，而根於身體之情狀，可以矯正而難以變革者也。可以之善，可以之惡，而其自身非善非惡也。善人具此，則謂之剛德柔德；惡人具此，則謂之剛惡柔惡；此種特性，無以名之，名之曰氣質。……腳色最終之意義，實在於此。」因此，顯而易見，就滑稽戲來說，由於其腳色的安排還只處於單純的對人之地位、職業的簡單搬演階段，人物個性既不曾看見，亦是常常被忽略的，自然不應該算作成熟的戲劇。王國維在中國戲曲史描述中，將唐宋滑稽戲置於中國戲曲發展的不完善階段，在我看來，從這個角度理解似乎應更爲合情合理些。

最重要的是，即便就任半塘對中國古劇的分類來說，也不能說王國維忽視「純故事」類戲劇在中國戲曲發展中的重要作用。在其論《宋之樂曲》一章，他開篇即言「前二章既述宋代之滑稽戲及小說雜戲，後世戲劇之淵源，略可於此窺。」他對滑稽戲不僅是不棄的，甚至可以說給予了應有的重視：在論唐宋「滑稽戲」部分，王國維用了很大篇幅一一全文列舉了自唐宋（主要是宋）遼金僞齊的滑稽故事。如果從《宋元戲曲史》整書的體制上來考慮，前此上古到五代的俳優、角抵戲則全是史料記載。後此關於宋之小說雜戲、宋之樂曲、宋官本雜劇、金院本、元雜劇都僅有名目、段數、種類的介紹，而且明顯關注點轉移到了對文章、曲辭的注意上。這樣在以「歌舞演故事」的戲曲史論述中，滑稽戲的份量就顯得很突出了。因此，任半塘批判王國維《宋元戲曲史》「等閒諷刺之偉大效果，與其輕視滑稽之廣泛作用」，「對於滑稽之伎藝性及諷諫之思想性，均絲毫未曾闡明與推重」〔註20〕是不妥當的。

王國維事實上是和任半塘一樣注意到了滑稽戲重要的諷諭功能。他不僅在論唐宋之滑稽戲時已指出其「託故事以諷時事，」不以演事實爲主，而以所含之意義爲主」的特徵。而且還專門編有《優語錄》，其中亦論：「蓋優人俳語，大都出於演劇之際，故戲劇之源，與其遷變之迹，可以考焉；非徒其辭之足以裨缺失、供諧笑而已。呂本中《童蒙訓》云：作雜劇，打猛諢入，卻打猛諢出。吳自牧《夢粱錄》謂：雜劇全託故事，務在滑稽。洪邁《夷志堅》謂：俳優侏儒，周伎之最下且賤者；然亦能因戲語而箴諫時政，世目爲

〔註20〕任半塘著《唐戲弄》，第 392 頁。

雜劇。」

另外，任半塘爲「滑稽」所下的定義亦可以幫助理解王國維《宋元戲曲史》寫作中對滑稽戲的處理：「滑稽謂之形式，對諷刺之爲內容而言也（原文加）。……人間世之一切，表面笑樂，而實際包含慘痛者，何可勝數！反映於戲劇，如影之隨形，當然無改。笑樂既僅占得人事之表面，滑稽乃終於被許爲戲劇之形式而已，曾何足異！更若演員登場，其面部化裝與神態，勢必先其聲辭、行動，予觀眾以直接印象，而收顯著效果，謂之『形式』，蓋非無因矣。但此『形式』云者，若就效果言，乃一極得力之工具（原文加），絕無損於戲之意義。蓋戲中凡理解之部分，既能利用觀眾活躍之興趣，油然推進，則所餘必須感應之部分，乃因利乘便，不期而至，愈爲提高與滲透，而戲劇之效果乃益著。」〔註21〕

任半塘此論頗爲精到。「滑稽」在其「調笑戲謔」之貌之下常常隱含辛辣、嚴肅的主題，而更由於它常常搬演「時事」，其寓意對於當時的普通老百姓來說都常常是一觀即「心領神會」，這幾乎算是個常識。茲舉王國維《宋元戲曲史》中所列唐宋遼金僞齊滑稽戲幾例：

《北夢瑣言》（卷十四）：「劉仁恭之軍，爲汴帥敗於內黃。爾後汴帥攻燕，亦敗於唐河。他日命使聘汴，汴帥開宴，俳優戲醫病人以譏之。且問：病狀內黃，以何藥可瘥？其聘使謂汴帥曰：『內黃，可以唐河水浸之，必愈。』賓主大笑。」

洪邁《夷堅志》丁集（卷四）：「俳優侏儒，周技之下且賤者；然亦能因戲語而箴諷時政，有合於古矇誦工諫之義，世目爲雜劇者是已。崇寧初，斥遠元祐忠賢，禁錮學術，凡偶涉其時所爲所行，無論大小，一切不得志。伶者對御爲戲：推一參軍作宰相，據坐，宣揚朝政之美。一僧乞給公據遊方，視其戒牒，聞被載時，亦元祐也，剝其羽服，使爲民。一士以元祐五年獲薦，當免舉，禮部不爲引用，來自言，即押送所屬屏斥。已而，主管宅庫者附耳語曰：『今日在左藏庫，請相公料錢一千貫，盡是元祐錢，合取鈞旨。』其人俯首久之，曰：『從後門搬入去。』副者舉所挺杖其背，曰：『你做到宰相，元來也只要錢！』是時，至尊亦解顏。」

〔註21〕任半塘著《唐戲弄》，第 364 頁。

又：「蔡京作宰，弟卞爲元樞。卞乃王安石婿，尊崇婦翁。當孔廟釋奠時，躋於配享而封舒王。優人設孔子正坐，顏、孟與安石侍側。孔子命之坐，安石揖孟子居上，孟辭曰：『天下達尊，爵居其一，軻近蒙公爵，相公貴爲眞土，何必謙光如此。』遂揖顏，曰：『回也陋巷匹夫，平生無分毫事業，公爲命世眞儒，位貌有間，辭之過矣。』安石遂處其上。夫子不能安席，亦避位。安石惶懼拱手，云：『不敢。』往復未決。子路在外，情憤不能堪，徑趨從祀堂，挽公冶長臂而出。公冶長窘迫之狀，謝曰：『長何罪？』乃責數之曰：『汝全不救護丈人，看取別人家女婿。』其意以譏卞也。時方議欲升安石於孟子之上，爲此而止。」

「又常設三輩爲儒、道、釋，各稱頌其教。儒者曰：『吾之所學，仁、義、禮、智、信，曰五常。』遂演暢其旨，皆採引經書，不雜媟語。次至道士，曰：『吾之所學，金、木、水、火、土，曰五行。』亦說大意。末至僧，僧抵掌曰：『二子腐生常談，不足聽；吾之所學，生、老、病、死、苦，曰五化。藏經淵奧，非汝等所得聞，當以現世佛菩薩法理之妙，爲汝陳之。盍以次問我？』曰：『敢問生？』曰：『內自太學辟雍，外至下州偏縣，凡秀才讀書者，盡爲三舍生。華屋美饌，月書季考，三歲大比，脫白掛綠，上可以爲卿相。國家之於生也如此。』曰：『敢問老？』曰：『老而孤獨貧困，必淪溝壑，今所在立孤老院，養之終身。國家之於老也如此。』曰：『敢問病？』曰：『不幸而有疾，家貧不能拯療，於是有安濟坊，使之存處，差醫付藥，責以十全之效。其於病也如此。』曰：『敢問死？』曰：『死者，人所不免，惟貧民無歸，則擇空隙地，爲漏澤園；無以斂，則與之棺，使得葬埋；春秋享祀，恩及泉壤。其於死也如此。』曰：『敢問苦？』其人瞑目不應，陽若惻悚然。促之再三，乃蹙額答曰：『只是百姓一般受無量苦。』徽宗爲惻然長思，弗以爲罪。」

張知甫《可書》：「金人自侵中國，惟以敲棒擊人腦而斃。紹興間，有伶人作雜戲云：『若要勝金人，須是我中國一件件相敵，乃可。且如金國有黏罕，我國有韓少保；金國有柳葉槍，我國有鳳凰弓，金國有鑿子箭，我國有鎖子甲；金國有敲棒，我國有天靈蓋。』人皆笑之。」

「壬戌省試，秦檜之子熺、侄昌時、昌齡，皆奏名。公議籍籍，而無敢輒語。至乙丑春首，優者即戲場，設爲士子，赴南宮，相與推論知舉官爲誰。指侍從某尚書、某侍郎，當主文柄，優長者非之曰：『今年必差彭越。』問者曰：『朝廷之上，不聞有此官員。』曰：『漢梁王也。』曰：『彼是古人，死已千年，如何來得？』曰：『前舉是楚王韓信，彭越一等人，所以知今爲彭王。』問者嗤其妄，且扣厥指，笑曰：『若不是韓信，如何取得他三秦！』四座不敢領略，一鬨而出。秦亦不敢明行譴罰云。」

葉如翁《四朝聞見錄》（戊集）：「韓侂胄用兵既敗，爲之鬚髮俱白，困悶不知所爲。優伶因上賜侂胄宴，設樊遲、樊噲，旁有一人曰樊惱。又設一人，揖問遲：『誰與你取名？』對以夫子所取。則拜曰：『此聖門之高弟也。』又揖問噲，曰：『誰名汝？』對曰：『漢高祖所命。』則拜曰：『眞漢家之名將也。』又揖惱，曰：『誰名汝？』對以『樊惱自取』。又因郭倪、郭杲（按杲當作倬）敗，因賜宴，優伶以生菱進於桌上，命二人移桌，忽生菱墜，盡碎。其一人曰：『苦，苦，苦！壞了多少生靈，只因移果桌！』」

以上所列滑稽戲之故事的深邃性和辛辣的諷刺躍然紙上，何需多作說明？任半塘深知滑稽戲之藝術效果往往總會「因利乘便，不期而至」，如果論者對此解釋過多，反而會有畫蛇添足之嫌，引起讀者不滿。如此說來，他對王國維的苛責實在有些偏執了。

綜上所述，我認爲，「滑稽戲」這一獨特的「民間」價值受到了王國維這位有著高超藝術鑒賞力和領悟力以及時代敏感性的學者的足夠重視。

第三節　「自然」藝術觀

一、元曲之「自然」

從美學價值上來說，「民間」往往還與「不事雕琢」、「眞切」等概念相關聯。王國維前此文學批評對此早有論說：「『燕燕於飛，差池其羽。』『燕燕於飛，頡之頏之。』『睍睆黃鳥，載好其音。』『昔我往矣，楊柳依依。』詩人體物之妙，侔於造化，然皆出於離人孽子征夫之口，故知感情眞者，其觀物亦眞。」（《文學小言》第 8 則）

「『昔爲倡家女，今爲蕩子婦。蕩子行不歸，空床難獨守』、『何不策高足，先據要路津？無爲守窮賤，轗軻長苦辛』，可謂淫鄙之尤。然無視爲淫詞、鄙詞者，以其眞也。」(《人間詞話》第 62 則)

「吾人謂戲曲小說家爲專門之詩人，非謂其以文學爲職業也。以文學爲職業，餬餬的文學也。職業的文學家，以文學爲生活；專門之文學家，爲文學而生活。今餬餬的文學之途，蓋已開矣。吾寧聞征夫思婦之聲，而不屑使此等文學囂然污吾耳也。」(《文學小言》第 17 則)

在王國維看來，「離人」、「孽子」、「征夫」的鄉野、俚俗之音，雖不登大雅之堂，卻發自不會矯情的心靈，他們熱烈烈、活潑潑、質樸眞然地表達眞切的愛、眞切的恨和眞切的痛，它們的藝術生命正在於這份「眞切」之美。

王國維在《宋元戲曲史》中用「自然」這樣一個獨立的美學概念來描述元曲的這種「眞切」之美。當然，在王國維文藝批評中，「眞」幾乎是評價一切文學作品的標準。許多學者都注意到了王國維「境界說」中對「眞情實感」的重視。除了上章所論葉嘉瑩等人的觀點外，黃昭彥亦認爲：「王國維常常反覆不斷地強調，詞以境界爲最上。有境界則自成高格，自有名句。這『境界』，究竟是什麼東西呢？根據他自己下的定義：『能寫眞景物，眞感情者，謂之有境界，否則謂之無境界。』看來，他主張的眞情實感，是情景交融。對此，他還作了一些補充：『大家之作，其言情也，必沁人心脾。其寫景也，必豁人耳目。其詞脫口而出，無矯揉妝束之態。以其所見者眞，所知者深也。』這就是說，眞實是詩詞的命脈，也是一切藝術的命脈。」〔註22〕范甯亦引《人間詞話》第 62 則來說明王國維「甚至把眞凌駕於善之上」，並認爲：「『眞』，或者說『眞實性』是境界的核心，眞不眞就是一個判斷藝術作品繪畫、詩歌、詞曲有沒有境界的標準。……王國維把眞和境界串結在一起，比前人只講境界有虛有實，就更深入了一步。這一點也是王國維在境界說上的一個重要貢獻。」〔註23〕葉朗認爲：「王國維在論元曲時又提出『自然』這個概念。『自然』也就是他說的『眞』。……『自然』的作品，也就是有『意境』的作品。」〔註24〕

〔註22〕黃昭彥著《重讀〈人間詞話〉》，姚柯夫編：《〈人間詞話〉及評論彙編》，第 179～180 頁。
〔註23〕范甯著《關於境界說》，同上書，第 374 頁。
〔註24〕葉朗著《中國美學史大綱》，上海：上海人民出版社，1985 年版，第 617 頁。

也正因此，儘管王國維只在《宋元戲曲史》中才將「自然」當作一個獨立的美學概念使用，但卻總讓我們感覺這像是一個被重申的概念。再加上王國維論元曲時所談的另一美學概念「意境」，也是被前此文藝批評經常提及，並且常被後來研究者當作是「境界」等概念來論說；連同《宋元戲曲史》中再次強調的「悲劇」概念（此概念確可說是《紅樓夢評論》中「悲劇」概念的重申，強調悲劇主人公「出於其意志」敢於擔當的偉大激情）。這三個概念加在一起，便極易給研究者們造成「並非新鮮」的錯覺。儘管王國維在《宋元戲曲史》中將「自然」和「意境」這兩個概念高高抬起，一曰：「元曲之佳處何在？一言以蔽之，曰：自然而已矣」，二曰：「元曲最佳之處，不在其思想結構，而在其文章。其文章之妙，亦一言以蔽之，曰：有意境而已矣」，但事實上卻並未引起研究者們過多的重視。因此，這兒要提出的問題是，王國維在《宋元戲曲史》中運用「自然」和「意境」這兩個美學概念論述元曲的藝術成就是「別有用意」還只是「順手拈來」？

以「意境」來說，大多數學者都認為王國維文藝批評中「境界」和「意境」基本上是兩個沒有差別的美學概念。蕭遙天甚至認為「境界」本是「意境」之意，王國維最後選擇了一個「片面」的「境界」，卻放棄了「情」、「景」兼顧的「意境」，顯然丟失了「意境」包含的「情意」，因此，他認為實屬「選詞不當」：「定詞必要兼顧兩方面，則『意境』，『意象』都比『境界』完美得多。」〔註25〕。

當然，也有學者還是認為「境界」與「意境」是有所不同，王國維此用「境界」，彼用「意境」還是各有用意的。周振甫根據王國維《人間詞乙稿‧序》（寫於 1907 年）中「文學之事，其內足以攄己而外足以感人者，意與境二者而已。上焉者意與境渾，其次或以境勝，或以意勝。苟缺其一，不足以言文學。原夫文學之所以有意境者，以其能觀也。出於觀我者，意餘於境。而出於觀物者，境多於意。然非物無以見我，而觀我之時，又自有我在。故二者常互相錯綜，能有所偏重，而不能有所偏廢也。文學之工不工，亦視其意境之有無與其深淺而已」這段話，探討了《人間詞話》中「境界」和「意境」的三點不同：「一、這裡提意境而不提境界，境界是一個完整的概念，意境是意與境的結合。二，這裡把作品分為三種：意境渾，境勝，意勝；境界說裏只講造境、寫境，有我之境、無我之境，寫真景物、真感情，境界有大

〔註25〕蕭遙天著《語文小論》，檳城友聯印刷廠，1956 年版，第 50 頁。

小（《人間詞話》二、三、六、八），沒有分成三種的。三，這裡分觀我觀物，境界說裏說：『有我之境，以我觀物』，『無我之境，以物觀物』，兩個都是觀物，提法有不同。」〔註26〕因此，周振甫認爲王國維在後來的《宋元戲曲史》中放棄他自矜的「境界說」，卻改用「意境」，是他自己「修改了他的境界說」〔註27〕。

葉嘉瑩在談到劉任萍（《境界論及其稱謂的來源》）、蕭遙天（《語文小論》）等人以「意境」解「境界」的看法時亦分析說：「靜安先生既曾用『意境』二字於發表《人間詞話》的一年之前，又曾用它於《人間詞話》已脫稿的三年之後，而且『意境』二字之表面字義又較『境界』二字尤易於爲人所瞭解和接受，那麼何以他在論詞之專著《人間詞話》一書中，於標示他自己評詞之準則時，卻偏偏不選用一般人所認爲易解的『意境』二字，而卻選用了較難爲人理解的『境界』一辭？以靜安先生一向治學態度之謹嚴，其間自然必有其所以選用『境界』一辭的道理，也就是說，『境界』一辭之含義必有不盡同於『意境』二字之處。」〔註28〕

這兩位學者都注意到了王國維在「意境」和「境界」使用上的轉換。但一位認爲這種轉換是由於王國維對於康德、叔本華「審美無利害關係」的突破〔註29〕；另一位則專注到完全探討「境界」一詞本身的含義，「意境」則被置之一邊不顧了。

我很同意葉嘉瑩的看法，即王國維一向治學態度嚴謹，他在《宋元戲曲史》中獨獨選擇「自然」和「意境」這兩個概念，卻不使用他《人間詞話》中現成的比如「境界」或「赤子」等概念還應該是有原因的。

首先，王國維在《宋元戲曲史》中說「古今之大文學無不以自然勝，而莫著於元曲」，又論：「故謂元曲爲中國最自然之文學，無不可也」。既然王國維知道「自然」可以作爲「古今之大文學」的評價標準，那何以他又會強調「元曲爲中國最自然之文學」？這說明他不是在一般，整體的意義上來論元曲的「自然」這一美學特徵的。且看王國維論「元曲爲中國最自然之文學」原因何在──其原因就在於：「蓋元劇之作者，其人均非有名位學問也；其作

〔註26〕周振甫著《人間詞話初探》，姚柯夫編《〈人間詞話〉及評論彙編》，第112頁。
〔註27〕同上。
〔註28〕葉嘉瑩著《王國維及其文學批評》，第216～217頁。
〔註29〕參見周振甫著《人間詞話初探》。

劇也，非有藏之名山，傳之其人之意也。彼以意興之所至爲之，以自娛娛人。關目之拙劣，所不問也；思想之卑陋，所不諱也；人物之矛盾，所不顧也；彼但摹寫其胸中之感想，與時代之情狀，而眞摯之理，與秀傑之氣，時流露於其間。故謂元曲爲中國最自然之文學，無不可也。若其文字之自然，則又爲其必然之結果，抑其次也。」（《宋元戲曲史》）

王國維說「若其文字之自然，則又其必然之結果」這都是在「天然」的意義上來使用「自然」這一概念的。可以認爲，在王國維那裡，「自然」這一美學概念是有層次的。也就是說，既有像屈子、淵明、東坡等胸懷、氣度高絕之天才的「自然」，亦有不避「淫鄙」，不管「拙劣」如元劇作者們那樣的「自然」。後者的「自然」，無關人格、胸襟，它的優越性在於它總是自己渾然不覺的讓所有人工雕琢之美黯然失色。它是王國維《人間詞》中「窈窕燕姬」的自然之美：「窈窕燕姬年十五，慣曳長裾不作纖纖步。眾裏嫣然通一顧，人間顏色如塵土。一樹亭亭花乍吐，除卻天然欲贈渾無語。當面吳娘誇善舞，可憐總被腰肢誤。」它的可愛和可貴也即在於此——它「美」就美在自我都渾然不覺的生命本身的活力上。

其次，再來看「意境」。王國維在《宋元戲曲史》中論到「意境」時也說：「然元劇最佳之處，不在其思想結構，而在其文章。其文章之妙，亦一言以蔽之，曰：有意境而已矣。何以謂之有意境？曰：寫情則沁人心脾，寫景則在人耳目，述事則如其口出是也。古詩詞之佳者，無不如是。元曲亦然。明以後其思想結構，盡有勝於前人者，唯意境則爲元人所獨擅。」顯見，此處和強調元曲爲「中國最自然之文學」實是一個論調。

一向重視人格精神的王國維，此處置「思想結構」不論，卻專門強調「文章」之重（文章應指文辭，（《史記》121 儒林傳序公孫弘奏：「文章爾雅，訓詞深厚。」），是有原因的。正如我前此所論，王國維儘管推崇元曲，但他整體上還是認爲元曲並非成熟的敘事文學作品（他《文學小言》中說「元人雜劇，辭則美矣，然不知描寫人格爲何事」以及對「元劇關目之拙」常常流露的不滿都可窺知）。王國維《人間詞話未刊稿》有一則論：「叔本華曰：『抒情詩，少年之作也。敘事詩及戲曲，壯年之作也。』余謂：抒情詩，國民幼稚時代之作。敘事詩，國民盛壯時代之作也。故曲則古不如今，（元曲誠多天籟，然其思想之陋劣，布置之粗笨，千篇一律，令人噴飯，至本朝之《桃花扇》、《長生殿》諸傳奇，則進矣。）詞則今不如古。蓋一則以布局爲主，一則須

佇興而成故也。」

　　讀罷這至少寫於《宋元戲曲史》三年前的一則，再聯繫王國維《宋元戲曲史》對元曲的討論，此處的論調或許初看會讓人吃驚、不解，但細想起來卻又合情合理。王國維此處論抒情詩的特徵，並將之稱爲「國民幼稚時之作」，「須佇興而成」事實上在強調抒情文學以「情」統文的特點，感情飽滿則文思湧至，佳作而成。因此，抒情詩是情感奔放熱烈的青年人的自然表達。但我們同樣可以看出，王國維描述的「元曲」作爲敘事文學，卻顯然有許多與抒情詩類似的特徵。再有，王國維認爲敘事詩（敘事文學）是國民盛壯之作，根據王國維將《桃花扇》、《長生殿》等同元曲的對比，顯然也可以推論，元曲可謂是這個「盛年之作」的「幼稚期」。人之壯年往往是已在成長中習得「以禮節情」的品格；孩子的無拘無束，興之所至是一點點被收斂和約束了的；所以開始重規則、重習俗。因此，從一個角度來說，《桃花扇》、《長生殿》相比於元曲，成年了，成年的標誌就是有布局、有思想；但從另一個角度來說，卻是少了「生氣」。王國維恰恰認爲一個時代的成長和發展最需要的是「生氣」。他渴望中國的文化如同一個正處在成長期的孩子，而不是慢慢走向暮年的中年人。

　　因此，可以結論，王國維之贊元曲，乃是在贊其生命力；之貶元曲，乃是要貶其乏思想結構；之贊明清戲曲，乃在於欣賞其於思想語言的成熟；之貶明清戲曲，乃在於其僅重思想結構（如果這所謂的思想結構又多有「羔雁」、「餔餟」之詞，寄「始困終亨」之意，就更無可取之處了）。這兩面論述各就其本身說皆有合理性，主要看捨取的意向。在《宋元戲曲史》中王國維顯然取「生氣」論。因此，元曲的美學價值自然都是從「生氣」上表了出來，談「自然」如此，談「意境」亦是如此。

　　王國維論：「北劇南戲，皆至元而大成，其發達，亦至元代而止。」此後明朝朱有燉「詞雖諧穩，然元人生氣，至是頓盡」；擅北曲的王九思、康海所作《杜甫遊春》、《中山狼》在王國維看來亦「均鮮動人之處」；徐渭《四聲猿》「雖有佳處，然不逮元人遠甚」；就連明中葉以後被奉爲巨擘的沈璟、湯顯祖二人亦不堪其比：「沈氏之詞，以合律稱；而其文則庸俗不足道。湯氏才思，誠一時之雋；然較之元人，顯有人工與自然之別。」王國維將元曲的成就重點放在與人工、精巧相對的「生氣」上此處可見一斑。他所謂元曲「若其文字之自然，則又爲其必然之結果，抑其次也」正是說明這些藝術作品的魅力

就是來自於由無拘無束的心靈透徹出的生命力。王國維論關漢卿《謝天香》、馬致遠《任風子》之詞：「語語明白如話，而言外有無窮之意。」又論鄭光祖《倩女離魂》「此種詞如彈丸脫手，後人無能爲役」；論馬致遠《漢宮秋》數曲「寫情則沁人心脾，寫景則在人耳目，述事則如其口出者」。論元人小令「純是天籟」……等都是此意。

　　王國維看重的是元曲不假「人工」，自然天成的美。但正如我們上面所說，在王國維心目中，他一向認爲「元曲」儘管表露「天籟」，但它仍然不是最高級的「自然」，它只是「本然的生命力」的自然流露，卻遠非王國維在「境界」和「赤子」這兩個概念中所寄予的更爲重要的超越的本體性概念——由最涵融豐富的「赤子」直達最涵融豐富的「境界」。因此，「意境」和「境界」的區別表面看來好像是一個是整體性涵括人生境界、藝術境界的概念，一個似乎僅限制在藝術作品中而論。但從王國維論「元曲」「獨擅意境」來看，這一方面說明王國維強調藝術渾然、天然的自由表達；另一方面也反過來說明，事實上，至少在《宋元戲曲史》中，「意境」相比於「境界」，如同「自然」相比於「赤子」，是一個尚未發展起來的概念，如同所謂元曲的不成熟一樣。

　　這再次說明，王國維推尊元曲，這樣一個在他心目中並非發展成熟的文學樣態的美學價值，是有其目的的。可以說，元曲的自然之美是渾然天成的，卻不是最高境界的；元曲之作者是自由自在的，卻非達致赤子之心的。王國維將元曲推爲最自然之文學，不是在最高「自然」意義上講的，而是在最本然意義上講的。因爲，最高的「自然」是一個與理想相關的概念，從作品上來說，是大詩人筆下「既合乎自然，又鄰於理想」的「境界」（《人間詞話》第 3 則）；從作者上來說，是爲人格力量所充盈的「赤子」。

　　當然，王國維《宋元戲曲史》中「自然」和「意境」這兩個概念的使用，從某種意義上說，也有理想的意味，但它們卻只能說是有比擬意義上的「理想」。如以詞作比，王國維推尊元曲，就像他寧推倡優之詞，不聽俗子之音：「唐五代、北宋之詞家，倡優也。南宋後之詞家，俗子也。二者其失相等。然詞人之詞，寧失之倡優，不失之俗子。以俗子之可厭，較倡優爲甚故也。」（《人間詞話》第 41 則）

　　在王國維看來，一個失去「力度」、「氣度」的文化或藝術樣態，是走向衰落的；而一個充滿生氣的文化或藝術樣態，即便它樸拙、粗野，但卻是有生命力感的。王國維的時代，正需要一份能振奮文化精神崛起的，可貴的「自

然」活力。這大概是他選擇「自然」和「意境」這兩個概念來論元曲的原因吧。

二、更高的「自然」

那麼，那個更為一般或者說更高的「自然」是一個怎樣的概念？

王國維《人間詞話》第 52 則曰：「納蘭容若以自然之眼觀物，以自然之舌言情。此由初入中原，未染漢人風氣，故能真切如此。」王國維此處所用「自然」儘管不是在獨立美學概念的意義上使用的，但它卻很容易讓我們馬上想到「赤子」這一概念。應該說，在其最本原、最理想的意義上，「自然」與「赤子」是兩個緊密相連的美學概念。事實上，王國維所論「隔」與「不隔」，不是情切、意真的問題，恰是有沒有達到最高「自然」的問題。莊子所謂：「真者，所以受於天也，自然不可易也。故聖人法天貴真，不拘於俗」（《莊子・漁父》）。中國美學史上，「自然」正是作為一個最為整體性也最為本然性概念而存在的。它是老子所謂：「人法地，地法天，天法道，道法自然」（《道德經》第 25 章）和孔子「天何言哉！四時行焉，百物生焉」的一種美學表達。

王弼曾為《道德經》第 25 章作注云：「道不違自然，乃得其性。法自然者，在方法方，在圓法圓，於自然無所違也。」這裡的「自然」不僅是一種「自然而然」，發自本性天然的表達，它事實上也是一個更具涵容量的概念。「自然」，不僅是「道」「先天地生」的原始混沌「大」、「無」之態，亦是「道」在其不斷「生成」過程中始終衍化之態：「道常無名，樸。雖小，天下莫能臣」（《道德經》第 32 章）。道一旦生成物即與物合而為一。因此，這裡的「自然」，既是萬物一體的共有家園，又是「傲然自足，抱樸含真」（陶淵明《勸農》）的個體生存狀態，是小宇宙與大宇宙自由自然的「互成」。王弼所謂「道不違自然」，不是西方理性崇拜所產生的「law of nature（自然法則）」的概念，而是「我自然」中所表達的人類與萬物親和、自由與充盈的協同創造。

老子的「赤子」正是蘊含了「自然」的這種創造感。老子說：「含德之厚者，比於赤子。蜂蠆虺蛇弗螫，攫鳥猛獸弗搏。骨弱筋柔而握固。未知牝牡之會而朘怒，精之至也。終日號而不嗄，和之至也」（《道德經》第 55 章）。新生嬰兒是潛力充盈的象徵，他之所以對任何周圍環境的塗毒都擁有免疫力，就在於他與萬物之源應和的能力，賦予了他既柔軟又堅固，既靈活又強健的活力。他的無識無覺正是這種和諧、均衡的體現。老子所謂「含德之厚

者」，事實上指「人」的最高形象，就應該如赤子般充滿著成長的力量，在生命的每一階段，都有效地保持著生命最強健、最和諧的活力，每一時刻都有超越自身的生命力量。

因此，中國藝術精神中的「自然」，既不是遠占人類蒙昧時代需要膜拜的對象；亦不是後來西方現實主義和浪漫主義文學中那與現實社會的「惡」所對應的「善」和「美好」的象徵；更不是人類用來驗證自身控制力和征服力的對象物。它總要試圖表達萬事萬物合融、成長和同處母體的欣悅感。

在中國文學史上，《詩》與「自然」發生關係最早。「詩言志」的早期觀念，事實上正是表達了這樣一種美學理念——即音樂和詩歌是人類思想和心靈對外界環境自發眞切的回應。它對眞理和眞實的籲求是「自然」的，或者說恰是本與人性的，而不是「任意爲之」的。因爲，中國世界觀中，涵融自然之心，也同時涵容社會群體生命的悲歡哀樂。孟子的「浩然之氣」（《孟子·公孫丑上》），莊子「遊心於物之初」，「至人無己，神人無功，聖人無名」（《莊子·逍遙遊》都表達了「自然」藝術觀中重要的涵容「萬物之德」的剛健超邁之氣。

然而，中國「自然」藝術觀的眞實歷程，卻並非總是體現「自然」這一最高美學內涵，恰恰更多體現的是一種「找回」意識。何以得出這樣一個結論？

王國維《紅樓夢評論》有句話曰：「唯自然能知自然，唯自然能言自然」。這是「自然」最「眞」的含義，表達人與自然母體合而爲一的欣悅。但人一旦脫離母體，打破混沌，這種「眞人」、「眞感」、「眞言」、「以天合天」的狀態便殊爲不易。這就形成了中國「自然」藝術觀中的「找回」意識。它是通過藝術家的創造，表達對母體，我們原初的那個家的回歸，或者說對人類最初本然的回歸。「自然」就是恢復到原來「天地人神」、「萬物一體」的本然狀態。所以，中國「自然」文學常常想要表達的，是一種「回歸」所帶來的「新生感」。就像陶淵明《歸鳥》中所謂「翼翼歸鳥，馴林徘徊；豈思天路，欣反舊棲」的暢快；亦是其《歸園田居》中「久在樊籠裏，復得返自然」的欣然。

儘管魏晉時代是中國「自然」文學發展的最高標誌，但它同時也可以說是回歸意識表達最強烈，人類遠離自然母體表徵最深刻的一個時代。陶、謝之山水、田園詩，詩中感情向自然越深入，正表明失之越甚，則求之越切。人對「自然」精神上的要求和依賴越強烈，則離最初的「自然」越遙遠。所

以，從某種角度來說，後來自道「逍遙」的中國文人很少有真正的逍遙。「窺情風景之上，鑽貌草木之中」（《文心雕龍‧物色篇》）只能表明：精神陶然在「自然」中，現實則是冷酷的。所以，魏晉文學的自覺回歸是一種悲壯行動。「返家」變成了真正有良知文人的理想與追求。也正是在此意義上，中國文藝作品中的「自然」擁有別樣背離和超越現實的意義：文人們掙扎在現實和回歸的張力中，是受盡欺凌的弱子呼喚有靈的自然母親。「自然擬人化」、「天地有情化」都是無法「自然」的人類形象希求回返本真的表達。

此後，「自然」藝術的走向更是離回家的路越來越遠，連魏晉那份回歸的「自覺」也漸漸消泯了。「自然」變得越來越輕飄，越來越脫離本體，幾乎成了一種「生活情調」的追求。隋朝李諤早有給隋文帝的上書，指出魏晉流風所衍，只剩下「連篇累牘，不出月露之形。積案盈箱，惟是風月之狀」的筆墨之功了。自那以後，「自然」文學不是趨向一種稀世取寵，苟容偷合的應世自私之術（王國維《人間詞話未刊稿》有一則：「東坡之曠在神，白石之曠在貌。口不言阿堵物，而暗中為營三窟之計，此其所以可鄙也」正是此意）；便是沉迷在「筆墨之功」中所謂「煙雲供養」。於是，中國的自然文學便成了最不自然的文學。南宋明清以來，詩詞越來越沉醉於精工、纖巧中不能自拔，「自然」本身所含有的重要的剛健勃發之氣卻逐漸棄置和消泯，藝術家心靈的不自然和萎靡昭然可知。沒有真正高潔而虛靜的心靈的力量，沒有與世共振的共通感，又怎能通向「自然」？王國維謂：「明季國初諸老之論詞，大似袁簡齋之論詩，其失也，纖小而輕薄。竹垞以降之論詞者，大似沈歸愚，其失也，枯槁而庸陋」（《人間詞話》未刊手稿第 47 則）正是說明，沒了「自然」那如初柔軟堅固、靈活強健的活力，所謂「性靈」，「格調」都只不過「雖似蟬蛻塵埃，終不免局促轅下」（《人間詞話》第 45 則），流於虛浮敷淺。以「超脫」飾「無情」後來漸陷於形式主義而不能自拔更是如此。

當藝術迷失在「偽自然」之中的時候，也就意味著與曾經「萬物與我為一」的自然狀態越走越遠。最古老的「我自然」所表達的人與自然萬物間的自由相遇，旋合旋解，小宇宙與大宇宙和諧而處、協同自由創造的最高表達從此不復夢見。

中國藝術精神中，越走越遠的「自然」觀正意味著重提「自然」的必要。如上所論，王國維推崇「元曲」的偏執（儘管並非在最高「自然」的意義上）融入到王國維戲曲考「源」的意向中，事實上亦是在一次又一次地強化保持

住每一種藝術（文化）都應有，或者說本來就有，卻被忘卻、流失了的品格的重要性。這種探尋是為中國文化精神返歸母體，重新獲得「精之至，和之至」的生命強力的表達和籲求。

第四節　史傳傳統的影響

　　最後，我想要說明的是，王國維《宋元戲曲史》研究中對「民間」與「自然」美學價值的發掘很好地融彙在他對中國史傳文學傳統的運用上。應該看到，無論是在實踐上還是在心態上，王國維都是一位明顯有經史之學取向的學者。他為何會選擇中國學術譜系中經史子集中之集部，且還是集部中一個填補空白的——戲曲？且這「戲曲」亦並非他所擅所愛？王國維前所未有地將「戲曲」看作與「楚騷」、「漢賦」、「六代駢語」、「唐詩」、「宋詞」並稱的「一代文學」。在中國這個號稱「詩的國度」裏，「戲曲」經過王國維這位史學家眼睛的選擇，而堂堂正正進入中國文學史的殿堂，並被賦予非常高的地位，顯然是有深意的。以上的論述就是為了說明這個問題。

　　中國詩史不分的歷史由來已久。郭店出土的《語叢一》篇（第38～39號簡）既載有「詩所以會古含（今）之恃（志）也者」，同樣亦有（第40～41號簡）「春秋所以會古含（今）之事也」〔註30〕的論說。在中國學術史上，《詩》歷來在某種形式上，是相當於史傳著作《春秋》的。這與司馬遷根據《春秋公羊傳》認定孔子這位「素王」同時也是《詩》的編纂者有很大關係。在後人眼中，孔子對《詩》的編選採用的標準，跟他評判中國古代歷史人物的標準是同樣的，實在是一個合情合理的推論。孔子「正樂」，然後「雅、頌各得其所」（《論語·子罕》）更使得《左傳》和《國語》這稍晚期的著作，把《雅》《頌》當成歷史資料看。《大雅》31篇廣泛的歷史和神話敘述，《周頌》31篇對周代早期英雄的描繪都成為歷史的根據。在中國早期歷史編纂中，對后稷、周公等歷史人物的評論，常常引自《雅》、《頌》。事實上，就連《國風》，儘管不像《雅》、《頌》那樣充滿歷史敘事，卻並沒有妨礙漢及後代注《詩》者們完全賦予其歷史意義的解讀。在詩中尋找歷史，或者詮釋「詩」背後的歷史，可以認為是一直存在於歷代解經者們的詮釋實踐中的。

〔註30〕荊門市博物館著《郭店楚墓竹簡》，北京：文物出版社，1998年版，第194頁。

中國「六經皆史」的歷史已經不僅僅具有單方面意義。它不僅賦予中國文學作品（更何況許多早期歷史著作是被當成文學作品來看的）以強烈的「歷史感」，同時亦賦予「史」有某種傳達「意義」的傳統。文學中，「史傳」傳統已經是與「詩騷」傳統並稱的兩大文學傳統，它們「既是文學形式，又是文學精神」，「『史傳』傳統誘使作家熱衷於以小人物寫大時代」〔註31〕。在史傳傳統影響下的非主流敘事性文學作品中，常常發揮一種反叛性敘事的功能。

同樣，「詩言志」這一觀念亦爲中國早期歷史編撰學所吸收。自從《左傳》和《國語》敘事手法產生以來，在早期歷史寫作中，詩歌常常出現在歷史事件的關鍵時刻，用以傳達道德判斷、政治勸誡和抒發別見。歷史編撰故事常常在詩歌的引用中完成其最高表達。《史記·屈原賈生列傳》結尾云：「太史公曰：余讀離騷、天問、招魂、哀郢，悲其志。適長沙，觀屈原所自沉淵，未嘗不垂涕，想見其爲人。及見賈生弔之，又怪屈原以彼其材，遊諸侯，何國不容，而自令若是。讀服烏賦，同死生，輕去就，又爽然自失矣。」

「詩言志」對情切、道德和眞實的主張貫充在歷史敘事中。它們言說歷史，並塑造歷史。王國維《宋元戲曲史》研究正是充分發揮了中國歷史編纂學的這一傳統，鮮明地融入其強烈的現代革新意識，推崇「自然」與「民間」的美學價值和精神力量，嘗試爲「垂垂老矣」的中國文化精神尋找重新振發的激活器。

〔註31〕陳平原著《中國小說敘事模式的轉變》，上海：上海人民出版社，1988年版，第 164～165 頁。

第四章　處於政治和審美之間

　　本章意在闡述這樣一個事實：王國維的審美主義理想更多立基於儒家美善統一觀。這不僅體現在他從各個方面挖掘藝術精神以救治社會精神的的事實中，而且還體現在他對藝術與政治之間關係的思考上，而這種種思考又跟他的學術取向和個體命運有著「剪不斷、理還亂」的複雜關係。

　　王國維早期學術思想很突出地表現了對人文學科（哲學、美學、文學）和人文學者自身獨立品格的強調。這一方面當然與他「形而上學之人」的建構理想密切相關；而另一方面，卻是因為他面對一個潛在的言說對象，那就是中國的道德政治哲學。

　　由於王國維在中西哲學思想進行比較和研究的過程中，對中國民族文化特性多有訾病之處，以及王國維之死〔註1〕所引起的猜疑和爭論等，中國道德政治哲學幾乎是以一種負面的效應出現在王國維學術思想的研究中：王國維「學者」的形象在其學術研究中受到了突出強調，可以說與此相關；大陸建

〔註1〕70 多年來，王國維投昆明湖自殉的不幸一直纏繞在對王國維的學術研究中，並且因其觀點的不同，影響著研究者對王國維學術思想的評價。大致有這樣十種評說：1、以鄭孝胥、史達、溥儀、郭沫若、王振鐸為代表的（羅振玉）「逼債說」。2、顧頡剛的「由於國家沒有研究機關而致死說」。3、《殷墟書契考釋》出王代撰說」，持此說者為傅斯年、郭沫若、周傳儒、何士驥、黃裳；同時為羅振玉辯誣的有張舜徽、陳夢家、商承祚、蕭艾、胡厚宣、劉蕙孫。4、殷南（即馬衡）、顧頡剛、謝國楨的「受羅影響說」。5、周傳儒的「不問政治說」6、葉嘉瑩的「新舊文化激變中的悲劇人物說」。7、蕭艾的「因病厭世說」。8、商承祚的「繫由『中蠱』說」。9、劉雨的「死因係致北大為爭清室遺產的信引起的」。10、劉雨的「受梁啓超排擠說」。（參閱羅繼祖主編《王國維之死》，廣州：廣東教育出版社，1999 年版。

國以來以至九十年代初，這很長歷史階段以意識形態為標準的「定位式」研究──王國維對康德、叔本華「審美無利害說」的倡揚，以及他的審美主義取向，都成了後代一些研究者將其界定為「資產階級唯心主義學者」的把柄，亦脫不了它的干係。〔註2〕無論是意識形態介入式研究對王國維偏於「審美」的不滿，還是滲透在王國維「純粹的學者」和「純學術」研究的推論中難掩的崇敬，都說明了中國學人與政治之間敏感而密切的關係。王國維作為「學者」的形象一再受到討論和強調，可以說有著很深刻的歷史語境意義。尤其值得指出的是，由於陳寅恪與王國維的知己、同人關係，他對王國維身後的評論歷來受到王國維學術研究者的重視。陳寅恪對王國維「非所論於一人之恩怨，一姓之興亡」的學者的「獨立之精神，自由之思想」的評價（《清華大學王觀堂先生紀念碑銘》）以及其《王觀堂先生挽詞並序》論王國維作為民族文化精神「所凝聚之人」「一死從容殉大倫」〔註3〕的慨歎與激賞，實為後來的許多研究者所吸收和信服的。他們在其研究中都從不同的角度明顯表達了對王國維「殉學術」、「殉文化」的看法的認同和景仰。〔註4〕

對中國道德政治哲學的負面誤讀，造成的一個直接的缺憾是對王國維審美主義的誤讀。反之亦然。無論是從褒之者的角度，還是從貶之者的角度來看，都是如此。因此，深入王國維文本本身，考察王國維這位「形而上學」和「審美主義」的鼓吹者與中國的道德政治哲學之間究竟是怎樣一種割不斷的張力關係，或許可以幫助澄清一些問題。

第一節　關於「道德政治哲學」

一、審美獨立與現實政治

首先，在我看來，王國維對哲學、美學、文學獨立價值的推崇與中國的道德政治哲學是沒有衝突的。何以這樣認為？難道王國維不是一再強調「生百政治家，不如生一大文學家」（《教育偶感四則‧文學與教育》），「為文學而生活」（《文學小言》）嗎？尤其是在他那篇《論哲學家與美術家之天職》（1905）

〔註2〕可參閱周振甫《〈人間詞話〉初探》；徐翰逢《〈人間詞話〉「境界」說的唯心論實質》；張文勳《從〈人間詞話〉看王國維的美學思想實質》等相關討論，均選自姚柯夫編《人間詞話及評論彙編》。

〔註3〕《王國維先生全集‧附錄》，臺灣：大同書局，1976年版，第5543頁。

〔註4〕可參閱葉嘉瑩，劉烜等人的評論。

的文章中，王國維顯然是站在批判者的角度探討了中國政治道德哲學的無所不在和源遠流長。從讀者的角度來看，完全有理由認爲王國維似在強調正是這一原因造成了中國純粹哲學、美術的不發達：「披我中國之哲學史，凡哲學家無不欲兼爲政治家者，斯可異已！孔子人政治家也，墨子人政治家也，孟、荀二子皆抱政治上之大志者也。漢之賈、董，宋之張、程、朱、陸，明之羅、王無不然。豈獨哲學家而已，詩人亦然。『自謂頗騰達，立登要路津。致君堯舜上，再使風俗淳。』非杜字美之抱負乎？『胡不上書自薦達，坐令四海如虞唐。』非韓退之之忠告乎？『寂寞已甘千古笑，馳驅猶望兩河平。』非陸務觀之悲憤乎？如此者，世謂之大詩人矣！至詩人之無此抱負者，與夫小說、戲曲、圖畫、音樂諸家，皆以侏儒倡優自處，世亦以侏儒倡優畜之。所謂『詩外尚有事在』，『一命爲文人，便無足觀』，我國人之金科玉律也。嗚呼！美術之無獨立之價值也久矣。此無怪歷代詩人，多託於忠君愛國勸善懲惡之意，以自解免，而純粹美術上之著述，往往受世之迫害而無人爲之昭雪者也。此亦我國哲學美術不發達之一原因也。夫然，故我國無純粹之哲學，其最完備者，唯道德哲學，與政治哲學耳。至於周、秦、兩宋間之形而上學，不過欲固道德哲學之根柢，其對形而上學非有固有之興味也。其於形而上學且然，況乎美學、名學、知識論等冷淡不急之問題哉！更轉而觀詩歌之方面，則詠史、懷古、感事、贈人之題目彌滿充塞於詩界，而抒情敘事之作什佰不能得一。其有美術上之價值者，僅其寫自然之美之一方面耳。甚至戲曲小說之純文學亦往往以懲勸爲旨，其有純粹美術上之目的者，世非惟不知貴，且加貶焉。於哲學則如彼，於美術則如此，豈獨世人不具眼之罪哉，亦以哲學家美術家自忘其神聖之位置與獨立之價值，而蒨然以聽命於眾故也。」

王國維一貫強調其「形而上學之人」的理想，此處的論調不僅與這一貫的關注一致，而且亦與他在《紅樓夢評論》、《人間詞話》等對中國文化精神的批判相通。王國維將「哲學與美術之所志者」看作人類最神聖的事業，稱之爲「天下萬世之眞理」，認爲「發明此眞理的哲學家或「以記號表之」的美術家都是在行「天下萬世之功績，而非一時之功績也。」因此，被過分「人間」化（僅逐一時一世之目的）了的政治現實，當然無法爲這些爲人類之理想而存在的一批人提供生存環境。他們胸懷天下，放眼未來的事業與充斥著現實實利之學（如政治、經濟）的社會是衝突的。

但是，哲學、美學、文學應該擁用獨立價值的原因，不是因爲它們不需

要與現實政治社會發生關係，恰恰是因為它們之間必然緊張的關係：「昔司馬遷推本漢武時學術之盛，以為利祿之途使然。余謂一切學問皆能以利祿勸，獨哲學與文學不然。何則？科學之事業皆直接間接以厚生利用為怡，故未有與政治及社會上之興味相刺謬者也。至一新世界觀與一新人生觀出，則往往與政治及社會上之興味不能相容。若哲學家而以政治及社會之興味為興味，而不顧眞理之如何，則又絕然非眞正之哲學。此歐洲中世哲學之以辯護宗教為務者，所以蒙極大之恥辱，而叔本華所以痛斥德意志大學之哲學者也。文學亦然，餔餟的文學，絕非文學。」（《文學小言》第 1 則）

哲學、文學與科學不同，「科學之事業皆直接間接以厚生利用為怡」，與現實政治經濟目標是一致的。而哲學與文學關切的是「新世界觀」、「新人生觀」的生成，是與人類世界的改造事業密切相聯的。它們肩負著人類成長的使命，發揮完整的人的改造和塑造功能。改革和發展必然要打破原來的政治和社會規範、秩序，必然「與政治及社會上之興味相刺謬者」。也正是因為哲學和文學與現實人生的這種不一致或者說相悖，才切切不可以「利祿勸」，屈從於當時政治、社會的需要，而使得它們失去其作為形而上學所肩負的「人類超越自身的激情」。

王國維不僅以「思想的感動」作為劃分「形上之學」和「形下之學」的標準，將精神（形而上學）追求當成「人」的重要生存目標，而且他所謂「文學者，遊戲的事業也」（《文學小言》第 2 則）更是說明自由的「精神活動」在形成一種族類文明的過程中起著重要作用並且是必然具備的前提：「人之勢力，用於生存競爭而有餘，於是發而為遊戲。婉變之兒，有父母以衣食之，以卵翼之，無所謂爭存之事也。其勢力無所發泄，於是作種種之遊戲。逮爭存之事亟，而遊戲之道息矣。惟精神上之勢力獨優，而又不必以生事為急者，然後終身得保其遊戲之性質。而成人以後，又不能以小兒之遊戲為滿足，於是對其自己之情感及所觀察之事物而摹寫之，詠歎之，以發泄所儲蓄之勢力。故民族文化之發達，非達一定之程度，則不能有文學，而個人之汲汲於爭存者，決無文學家之資格也。」

王國維對他心目中「形而上學」的特殊期望決定著它們不能變為「利祿之學」、「致用之學」、「汲汲於個人爭存之事」、「口耳之學」、「筌蹄之學」等：它們是使人成為理想的人的標誌，而不是為苟延生命服務的。只有依靠人類自由向上的意志，才可能實現它們作為人類之形而上學的價值。任何將之化

爲「乾燥拙劣之道德教訓」或政治說教的附庸或工具，都是對它們神聖價值的毀滅。這是王國維一以貫之的「形而上學」與「審美主義」標準。

　　也可以將王國維心目中的哲學家、美學家、文學家比作《道德經》中那「貴食母」而獨異於「眾人」、「俗人」的「愚人」：「眾人熙熙，（如享太牢），如登春臺。我獨泊兮其未兆。如嬰兒之未孩。儽儽兮若無所歸。眾人皆有餘，而我獨若遺。我愚人之心也哉。沌沌兮，眾人昭昭，我獨昏昏。眾人察察，我獨悶悶。澹兮其若海。飂兮若無止。眾人皆有以，而我獨頑似鄙。我獨異於人而貴食母。」〔註5〕那些人群中熙熙攘攘的大眾，他們會算計也看重精明，知道什麼可以讓他們生活得更有利。而眞正的哲人，對這些精明的「好處」置若鄙屣，他們保持著嬰兒般對母體的依戀，從最本眞的生存中吮吸那些讓他們的思想永保涵海、質樸狀態的乳汁。只有這些人才能發現並爲人類建構天下萬世之眞理。

　　所以，王國維反對的不是政治，也不是道德，更不是中國文化傳統最爲發達的政治道德哲學，而是將具有獨立價值的文化和對人的形而上追求之學，全部都化作一時一世，「當世之用」的生存策略。王國維推尊哲學、美學、文學的獨立價值，是以其使命論。這與中國的道德政治哲學不僅談不上衝突，而且，更爲重要的是，在王國維心目中，中國的道德政治哲學本來就不是什麼「生存之道」和沽名釣譽、日趨陳腐的教條和手段；它發自人性的自然，是充滿清新剛健之氣的生命哲學。作爲一種文化樣態，它不僅以其獨特的視角同樣表白著「天下萬世之眞理」，而且還將對未來全人類的建構起著很重要的作用。

二、王國維論「道德政治哲學」

　　王國維 1919 年 3 月 14 日在致羅振玉的信中寫道：「時局如此，乃西人數百年講求富強之結果，恐我輩之言將驗。若世界人民將來尙有孑遺，則非採用東方之道德及政治不可也。又申。」

　　1920 年致狩野直喜的信亦云：「世界新潮澒洞澎湃，恐遂至天傾地折。然西方數百年功利之弊非是不足一掃蕩，東方道德政治或將大行於天下，此不足爲淺見者道也。」〔註6〕

〔註5〕《道德經》第 20 章，引自王國維《老子之學說》，王國維認爲此章乃老子論「有道者之極致」，並評曰：「若人人之道德達此境界，則天下大治。」

〔註6〕參見吳澤主編，劉寅生、袁英光編，《王國維全集‧書信》，北京：中華書局，1984 年版。

王國維何以如此自信，竟言「東方道德政治或將大行於天下」？羅振玉在《王忠愨公別傳》中摘引了其所藏王國維一篇名爲《論政學疏》的草稿，其關於「西學之害」，「中學」「修身齊家治國平天下之道」的推重可以看作是王國維此論的一個注解。文章很長，但爲了便於分析和理解，茲基本全錄如下：

> ……自三代至於近世，道出於一而已，泰西通商以後，西學西政之書輸入中國，於是修身齊家治國平天下之道乃出於二。光緒中葉新說漸勝，逮辛亥之變，而中國之政治學術幾全爲新說所統一矣。然國之老成，民之多數尚篤守舊說，新舊之爭，更數十年而未有已，國是淆亂，無所適從。臣愚以爲新舊不足論，論事之是非而已，是非之標準安在，曰在利害，利害之標準安在，曰在其大小，新舊之利害雖未遽決，然其大概可得言焉。

> 原西說之所以風靡一世者，以其國家之富強也。然自歐戰以後，歐洲諸強國情見勢絀，道德墮落，本業衰微，貨幣低降，物價騰湧，工資之爭鬥日烈，危險之思想日多，甚者如俄羅斯赤地數萬里，餓死千萬人，生民以來未有此酷。而中國此十二年中，紀綱掃地，爭奪相仍，財政窮蹙，國幾不國者，其源亦半出於此。臣嘗求其故，蓋有二焉，西人以權利爲天賦，以富強爲國是，以競爭爲當然，以進取爲能事，是故扶其奇技淫巧，以肆其豪強兼併，更無知止知足之心，浸成不奪不饜之勢。於是國與國相爭，上與下相爭，貧與富相爭，凡昔之所以致富強者，今適爲其自斃之具。此皆由貪之一字誤之也。西說之害根於心術者一也。

> 中國立說首貴用中，孔子稱過猶不及，孟子惡舉一廢百。西人之說大率過而失其中，執一而忘其餘者也。試以最淺顯者言之。國以民爲本，中外一也。先王知民之不能自治也，故立君以治之，君不能獨治也，故設官以佐之。而又慮君與官吏之病民也，故立法以防制之。以此治民是亦可矣。西人以是爲不足，於是有立憲焉，有共和焉。然試問立憲共和之國，其政治果出於多數國民之公意乎，抑出於少數黨人之意乎，民之不能自治，無中外一也。所異者以黨魁代君主，且多一賄賂奔走之弊而已。

孔子言患不均，《大學》言平天下，古之爲政未有不以均平爲務者，然其道不外重農抑末，禁止兼併而已。井田之法，口分之制，皆屢試而不能行，或形而不能久。西人則以是爲不足，於是有社會主義焉，有共產主義焉。然此均產之事，將使國人共均之乎，抑委託少數人使均之乎，均產以後，將合全國之人而管理之乎，抑委託少數人使代理之乎。由前之說則萬萬無此理，由後之說則不均之事，俄頃即見矣。俄人行之伏屍千萬，赤地萬里，而卒不能不承認私產之制度，則囊之洶洶又奚爲也。臣不敢謂西人之智大率類此，然此其章章者矣。

臣觀西人處事皆欲以科學之法馭之。夫科學之所能馭者空間也、時間也、物質也，人類與動植物之軀體也。然其結構愈複雜，則科學之律令愈不確實。至於人心之靈及人類所構成之社會國家，則有民族之特性，數千年之歷史，與其周圍之一切境遇，萬不能以科學之法治之。而西人往往見其一，而忘其他。故其道方而不能圓，往而不知返，此西說之弊根於方法者二也。

至西洋近百年中，自然科學與歷史科學之進步，誠爲深邃精密，然不過少數學問家用以研究物理，考證事實，琢磨心思，消遣歲月斯可矣。而自然科學之應用又不勝其弊，西人兼併之烈，與工資之爭，皆由科學爲之羽翼，其無流弊如史地諸學者，亦猶富人之華服，大家之古玩，可以飾觀瞻，而不足以養口體。是以歐戰以後，彼土有識之士，乃轉而崇拜東方之學術，非徒研究之又信奉之，數年以來，歐洲諸大學議設東方學術講座者以數十計，德人之奉孔子老子說者，至各成一團體，蓋與民休息之術莫尚於黃老，而長治久安之道莫備於周孔。在我國爲經驗之良方，在彼土尤爲對症之新藥。是西人固已憬然於彼政學之流弊，而思所變計矣。〔註7〕

〔註7〕這篇寫於 1924 年，王國維任溥儀小朝廷「南書房行走」時的奏疏，其上呈疏稿與羅振玉所引草稿有些出入，可參閱袁英光、劉寅生著《王國維年譜長編》，天津：天津人民出版社，1996 年版。據羅振玉孫子羅繼祖回憶，其親見稿出王國維手寫，羅振玉說「錄其大要」，「實則僅略去頭尾而已」（參見羅繼祖主編，王同策、王慶祥助編《王國維之死》，廣州：廣東教育出版社，1999 年版，291 頁。羅振玉《王忠愨公別傳》結論曰：「爰記其說爲公別傳，俾當世君子知公學術之本原，固不僅在訓詁考證已也。」

　　這篇奏疏當時有無實際效果姑置不論。但王國維在奏疏中表達的觀點卻值得分析。王國維論西學輸入以來，新舊之爭造成「國是淆亂」的局面，他進而在分析「新舊利害」時，明顯偏向東方文明的原因在於：「西學」崇權利，求富強，迷信競爭，實爲「貪」欲。其科學精神高度發達，但這種進取精神只執著於物質、實體性的追求；方法論和目的論等的發達，卻是以人類心靈的完滿和民族文化精神的健康成長爲代價的。物質的富強無法掩飾精神道德的頹敗和腐化，這是造成社會混亂、爭利互軋的主要矛盾。

　　在清末因列強入侵而產生的富國強兵、救亡圖存意識成爲洪流的中國，王國維卻獨獨表現了對任何「實利」之學和方法論過重的思想觀念的不感興趣。他不滿康梁等政治改革派藉此種「新學」來「遂其政治上之目的」（《論近年之學術界》），因爲這種政治改革顯然強化一種「爭存」性。王國維深知民族自由獨立的重要性，但他卻敏銳地意識到民族文化的富強和獨立不是靠裹挾和助長這種愈演愈烈的世界性洪流換來的。事實是，此種「實利」之學的引入再加上中國幾千年來僵化、陳腐的政治道德說教，不僅讓人無所適從，而且已經形成了一股趨利、附世的惡流，而遠遠脫離了中國政治哲學「以民爲本」的安民本意。在王國維看來，中國安民利世的文化以「用中」爲標誌，不執著，不激進，少兼併，正可以化解「西學」「爭存」之弊，而得以挽救整個人類的文明，使之向一種健康諧和的方向發展。因此，他才會斷言，中國的道德政治哲學「在我國爲經驗之良方，在彼土尤爲對症之新藥」。

　　就這樣，王國維，這位形而上學和審美主義的倡導者，在面對時代政治惡潮時，肩負了中國道德政治哲學流弊的批判者，和中國真正道德政治哲學的發現者和維護者。

（一）「自然」哲學

　　王國維同樣運用「自然」這樣一個最高的概念來探討中國的道德政治哲學。中國古代經典「亦哲學、亦文學」（《奏定經學科大學科章程後》）的特性使得中國學術傳統別具一種整體性、融通性和開放性的特徵。前此論藝術精神中的「自然」就是其表露。王國維《屈子文學之精神》（1906）一文的開頭，就曾將我國春秋以前道德政治上之思想分爲「帝王派」（北方學派）和「非帝王派」（南方學派）二種，並說：「前者稱道堯、舜、湯、文、武」，「大成於孔子、墨子」，後者「稱其學出於上古之隱君子」，「大成於老子」，而「戰國後之諸學派，無不直接出於此二派，或出於混合此二派。故雖謂吾國固有之

思想，不外此二者，可也。」而「吾國之文學，亦不外發表二種之思想」。

在他寫於 1907 年的《孔子之學說》中，王國維又重申了這一觀點，並對二者之特點作了進一步說明：「北派氣局雄大，意志強健，不偏於理論而專爲實行。南派反之，氣象幽玄，理想高超，不涉於實踐而專爲思辨。……今吾人欲求其例，則於楚人有老子，思辨之代表也；於魯人有孔子，實踐之代表也。孔子之思想，社會的也；老子之思想，非社會的也。老子離現實而論自然之大道，彼之『道』超於相對之域而絕對不變，雖存於客觀，然無得而名之。老子以此『道』爲宇宙一切萬象之根本原理。故其思辨也，使一切之現象界皆爲於相對的矛盾的之物而反轉之。……相對之矛盾觀念，常保消極以預想積極者也。故其倫理及政治思想專爲消極主義，慕太古敦樸之政，而任人性之自然，以恬淡而無爲爲善。若自其厭世的立腳地觀之，則由激於周季之時勢，憤而作此激越非社會的之言者也。孔子則反之，綜合堯舜三代先王之道而組織之，即欲依客觀之禮以經綸社會也。至其根本原理則信天命，自天道繹之而得『仁』，即從『天人合一』觀以立人間行爲之規矩準繩。故孔子者北方雄健之意志家也，老子者南方幽玄之理想家也。」

王國維將「非帝王派」的代表老子稱爲「幽玄之理想家」，蓋因爲老子的哲學思想以思辨爲特徵，其「爲宇宙之根本」的「道」乃是「自然之大道」——「任人性之自然，以恬淡而無爲爲善」。他在《老子之學說》（1906）中引《道德經》第 39 章「昔之得一者：天得一以清，地得一以寧，神得一以靈，谷得一以盈，萬物得一以生，侯王得一以爲天下貞。其致之，一也」來說明：「故道德政治上之理想，在超絕自然界與人事界之相對，而反於道之絕對」。並評價到：「其道德政治上之理論，不問其是否（非）如何，甚爲高尚。」

在評價道家道德政治思想時，王國維注重強調其超絕現實，復返宇宙根本之「自然」的「高尚」。而對儒家，這「中國亙古今而有最大勢力者」的道德政治哲學，王國維同樣注重對其「自然性」的強調，只不過與道家有著不同的特性。

由於王國維認爲孔子之學說言「教人」，以「道德」、「政治」爲主，還不能算是嚴格意義的哲學（參閱《書辜氏湯生英譯〈中庸〉後》）。因此，他在《孔子之學說》（1907）〔註 8〕中是借考察孔子晚年大力鑽研，以致「韋編三

〔註 8〕此《孔子之學說》指王國維 1907 年發表於《教育世界》161～165 號的佚文，而非發表於 81～83、86～89 號（1904）譯自蟹江義丸的同名文章。

絕」的《易》入手來探討「東洋倫理根本之儒教」代表的「完全第一流之道德家」孔子的「形而上學」。

他先論儒家「天道」之「自然」:「仰視茫茫之宇宙,則見一切之現象界,皆以一定不易之法則行於其間。如日月之代謝,盡〔晝〕夜之畫〔變〕遷,四時之推移,風雨霜露雲霧雷電等皆然也。又如禽獸蟲魚草木人類等之有雌雄二性者,無一非相對的法則之消長。是法則即《易》之所云之『陰陽二氣』。陰陽二氣進動,則於時間中生萬物;其靜止也,則於空間中見物象。自其進動之方面,即自時間上觀之,時必不可無變化,是即因果律之所由生也。故孔子以一切現象世界為陰陽二氣之流行,即陽動而陰靜,以為盈虛消長,新陳代謝,變化無窮,因果律即自行於其中。統括是等之原理,即為『天道』即『理』。『理』為充滿宇宙之生生活潑的本原,超絕一切之現象界,而管理流行於一切現象間之陰陽二氣等,而亙永久而不變不滅者也。若自流行於一切之現象界觀之,是名『天道』,即自然之理法。自其超絕一切現象界,統括管理此等之力觀之,即名『天理,即宇宙之本原。」他繼而類推《易》之所謂「太極」為「無差別的始原也」。「『乾元』謂天之原理」。「『雲行雨施』,『一陰一陽』,『生生』等,謂之自然」。「所謂『天行健』者,合自然之理法與宇宙之本原相言之也。」並引述《論語》中「逝者斯如夫,不捨晝夜!」「言自然之理法生生而無間也。」「天何言哉!四時行焉,百物生焉,天何言哉!」(《陽貨》)等「皆言自然與原理者也。」

王國維並且將道家「自然」觀與儒家「自然」觀作了比較,認為「老子之『道』為『恍兮惚兮』、『窈兮冥兮』,絕對的自然之道。……一切規定皆法此靜寂自然之化」,而「《易》哲理反之,以『生生』為活潑進動的,一切之人間行為則之」。

「天地之大德曰生」(《周易・繫辭》)。「生生」作為《易》哲學或者說中國哲學精神的一個基本概念,它表徵宇宙間鼓蕩的生命力量綿延不絕的流行、衍化和生成的過程:「有天地然後有萬物,有萬物然後有男女,有男女然後有夫婦,有夫婦然後有父子,有父子然後有君臣,有君臣然後有上下,有上下然後禮義有所錯。」(《序卦》)人類生命(社會)就形成在宇宙大化運行的過程中,它是構成中國哲學最為重要的「天人合一觀」的基礎。王國維所謂:「天地間自然之氣化流行,生生化化,行於其間,成自然之性。性之根原即天。究理則知性,知性即知天……天人合其德,至此成所謂《易》之『天

人合一』觀」正是此意。

　　王國維在「天人合一」和「生生」的意義上來強調「人類的德性是先天的」。事實上突出了中國文化精神中這樣兩個重要的內容：首先，人類之德與天地大德是以「一多不分」爲標誌的，這種一體性有「牽一髮而動全身」的效應，也就是說，人類的道德一旦出現問題，母體本身的完整性就受到了破壞。因此，保存我們母體的完整性不受破壞，是人類的先天道德性。其次，《中庸》「誠」的觀念作爲儒家「天人合一」觀的集大成者，子思所謂「天命之謂性，率性之謂道，修道之謂教」；以及「自誠明，謂之性；自明誠，謂之教。誠則明矣，明則誠矣。唯天下至誠爲能盡其性；能盡其性則能盡人之性，能盡人之性則能盡物之性，能盡物之性則可以贊天地之化育，可以贊天地之化育，則可以與天地參矣。」不僅再次強調了人性最本然的德性具有全息性的特點，體現宇宙大道，而且更重要的是表明，爲「誠」所貫注的生命，同時還會擁有對宇宙間所有其他生命的敏感和欣悅，並以此參與到生成生生不息的宇宙大道的行動中，也就是說，「誠」不僅具有我們通常所謂「眞誠」、「眞實」意義上的「善」（道德）性，更主要地它是一種宇宙本體，即作爲「生生」（創造性〔註9〕）的行動：「天道即誠，生生不息，宇宙之本體也。」

　　可見，在王國維對孔子自然道德的論述中，對生命的「生成」性的重視，而生命的「生成」特性，又是以宇宙的完整性、生命的全息性爲前提的。王國維正是以此爲立論，在「天人合一」的意義上找到儒家道德的生發點。也就是說，王國維強調的「情」是指可以感受宇宙大道的「生命之至誠」，他所謂的「理」就是宇宙大道，「天人合一」是在「知行合一」的意義上實現的，是徜徉在「天道」中的「人道」的表達。這體現在他對孔子 「有命說」的論述中。他認爲「命」本來就是「自然之理之實現，而分配於人之運命也。」其具有「知的，情的」兩種特質。「『知的』務主言自然之理，『情的』兼理法與主宰而言之。」他認爲《論語・雍也》：「伯牛有疾，子問之，自牖執其手，曰：『亡之！命矣夫！』」；《先進》：「顏淵死，子曰：噫！天喪予！天喪予！」；《憲問》（伯僚愬子路於季孫）「道之將行也與，命也！道之將非也與，命也！公伯僚其如命何！」等「此皆含有感激悲憤之意」。但恰恰因爲其「元本爲理，而發爲情，故決非迷妄的感想。……但信念本爲感情的，故在自然之理法中，

〔註9〕參閱 Roger T. Ames and David L. Hall: Focusing the Familiar: A Translation and Philosophical Interpretation of the Zhongyong, 4.1, Cheng 誠 and 「Creativity」。

亦於主宰的之思想相混同」（《孔子之學說》），所以「命」才表現了自然道德。

王國維將孔子稱爲「貴理性之直覺派」。王國維的這一說法，以及他所謂「故孔子恰如康德爲動機論者，動機純正則其結果之善惡如何可不顧」，都容易讓人理解成似乎是在西方哲學通常所謂理性與直覺對立的框架下，來像康德那樣進行理性和感性的融合工作。這種理解或許有它一定的道理。但在我看來，王國維此處所謂「理性」和「直覺」的概念卻並非是嚴格西方意義上的。這可以從他論孔子的「仁愛」與西方「愛他」、「同情」等觀念的差別上窺知一二：「或人以孔子之『仁愛』似英國之『愛他』說，是語吾人尙不可全以爲然。如彼英人阿當斯密氏之『同情』，哈提孫氏之『情操』，巴特拉氏之『良心』說等，均視爲『愛他』之根原出於大性，遂以此爲行爲之標準，與孟子之『良心』說稍相類似。然孔子不明言人性之善惡，其『仁』之觀念則從高大之『天『之觀念出，其『愛』又復如前章所述，因普遍而生差別，故其根柢上已大相異。唯孔子重感情之處稍與彼說相似。今若必欲論孔子，則孔子爲唱『理性之直覺論』者。自其克己嚴肅處觀之，實與希臘斯特亞學派及德之康德之說有所符合。蓋孔子之說爲合乎情入乎理之圓滿說也。其倫理之價值即在於此」（《孔子之學說》）。

在我看來，王國維這段話的意思，是要表明，孔子的「仁愛」雖發自本心，但卻沒有西方「天性」所包含的生物主義（本能）意義，它的根柢在普遍的「天理」。而這個「理」從來都不是外在於這個生命力場，與其有著強烈緊張關係的對立物。它毋寧說始終是其不可分的一部分，它表徵爲生命的「蘊藉」感和「穩當」感：「情與理二者以調和爲務。此孔子之說所以最蘊藉最穩當者也」（《孔子之學說》）。正如我上面所論，王國維所謂「自然順人之道德的能性以生成者」，「據己之性情以行仁」（《孔子之學說》），都是此「生生」之「理」，「普遍於萬物」的結果。是客觀之「天道」與主觀之「吾性」「合而爲一」的圓滿。「仁人」就是可以「融合天人，以『仁』貫之，既能「忠盡我心」，又可「推己及人」以成社會的理想形象。因此，孔子「仁愛」的概念裏本身就保含著與每一個主體都不可分的「成己成人」的力量。它不是呼喚以「天性」來取代或軟化「理性」，而它本身就是「天性」（天人合一意義上的不可分性），是「萬物與我爲一」的宇宙大力場中，生命間本然的互爲彼此，互相作用，收放怡然，「從心所欲不逾矩」的狀態。所以，據此，王國維所謂「貴理性之直覺派」，毋寧放在「克己」這個更具實踐性的意義上來理解才更

合適。

　　總之，在王國維看來，孔子關於人類之道德（「仁」）的探討都是以此「天人合一」爲基準，「爲人性之所本有」的「生命之至誠」之「開發」的結果，無論是「對己之德」（勇、克己、中庸、敏、儉等），還是「對他之德」（家族及社會國家，孝、弟、慈、嚴、友、義、禮、忠、信、直、寬、惠、溫、良、恭、讓等）都是如此。他談「中庸」，稱「中庸的良心，雖爲主觀的，但制中庸，則爲客觀的之禮」：「禮之本質爲情，形式爲文，此本質與形式相合而爲禮。恭敬辭遜之心之所動者，情也；動容周旋之現於外形者，文也。棄本質而尙形式，是爲虛禮；棄形式而守本質，是爲素樸。……文與質整然中和，此中庸。」論「孝」，「爲德行之根本，人倫之第一，事親能盡愛敬之謂也。孝者，子對於親之純粹愛情，即人之天性也。」並進而「自家族的愛敬推及天下，以孝爲治國家之根本。」而與「孝」相對的「父母對子之純粹愛情」——「慈」同樣爲「先天所有的，而根本的爲最純美之情也。」「夫婦之愛」亦然，「爲根本上純美之情，以愛爲根本，而紀綱之以禮」（《孔子之學說》）。

　　王國維以「心嚮往之」的感情總結了孔子的道德形而上學：「深信自然之理，養絕對之觀念，遵一切道理之動靜，不問死生、窮達、榮枯、盛衰，純反於憒憒之功利快樂主義」（《孔子之學說》）。在王國維那裡，眞正的儒者尊崇生命的自然（也即宇宙、天地、人心之自然），且以此爲信念，以堅強的意志持之以恒，不作有悖於這所有「自然」的功利之舉。因此，孔子的道德形而上學才會「於道德實踐上大有價值也」。

（二）「美善統一」

　　這樣，就不難理解王國維會認爲孔子修「德」的首要開端就是「涵養美情」：「德不可得而學。故學問不過欲得智識耳，從此智識陶冶吾之情與意，始能得善良之品性，即德是也。孔子欲完成人格以使之有德，故於欲知情意融和之前，先涵養美情，漸與知情合而鍛鍊意志，以造作品性。於是始知所立，和氣藹然，其樂無極，是即達仁之理想，而人格完成矣。」（《孔子之學說》）

　　王國維認爲：「孔子之主眼在德行……不過修先王之道而修德耳」（《孔子之學說》）。也就是說，孔子的學問是教人理解「先王之道」，有了「先王之道乃是貴德（善良之品性）」這一覺悟和「智識」之後，便可以進行「知行合一」的實踐了。

　　王國維將「涵養美情」視作孔子「德育」思想的核心，不僅體現了他對「生命」本然的關注，而且這與他論最高的藝術精神恰是以「深邃之情感」和「高尚之人格」爲標準是相通的。在更早的《孔子之美育主義》（1904）中，他論到：「孔子教人也，則始於美育，終於美育。」就此，可以理解王國維審美主義的一個重要方面：在王國維心目中，他對道德境界的理解和藝術境界的理解是合而爲一的。

　　這可以從他對《孔子之美育主義》的探討中看出。王國維這篇「化合」康德、叔本華「審美無利害說」和席勒美育思想的文章，事實上卻充分發揮了中國「美善統一」觀的統攝作用。這從他對席勒美育思想的論述時可以看出：「及德意志之大詩人希爾列爾出，而大成其說，謂人日與美相接，則其感情日益高，而暴慢鄙俗之心日益遠。故美術者，科學與道德之生產地也；又謂審美之境界乃不關利害之境界。故氣質之欲滅，而道德之欲得由之以生，故審美之境界，乃物質之境界與道德之境界之津梁也。於物質之境界中，人受制於天然之勢力；於審美之境界，則遠離之；於道德之境界，則統御之（希氏《論人類美育之書簡》）。由上所說，則審美之位置，猶居於道德之次。然希氏後日，更進而說美之無上之價值，曰：如人必以道德之欲克制氣質之欲，則人性之兩部，猶未能調和也。於物質之境界及道德之境界中，人生之一部必克制之，以擴充其它部。然人之所以爲人，在息此內界之爭鬥，而使卑劣之臣躋於高尚之感覺。如汪德之嚴肅論中，氣質與義務對立，猶非道德上最高之理想也。最高之理想，存於美麗之心（Beautiful Soul）。其爲性質也，高尚純潔，不知有內界之爭鬥，而唯樂於守道德之法則。此性質，唯可由美育得之（芬特爾朋《哲學史》第 600 頁）。此希氏最後之說也。顧無論美之與善，其位置孰爲高下？而美育與德育之不可離，昭昭然矣」（《孔子之美育主義》）。

　　這段看似闡釋席勒美育主義的文字，事實上更是王國維自己觀點的抒發。因爲，席勒力圖以審美搭起物質界和道德界的橋梁，是以康德的啓蒙主義思想和西方的超越精神爲指導的，是西方理性精神的產物，相信人的歷史是從自然狀態向精神（理性）時代演進的過程。儘管由於時代的原因，席勒不再自信樂觀地將理性精神想像爲一種全勝狀態，他注意到了現代機器文明所造成的人類分裂狀態：「人永遠被束縛在整體的一個孤零零的小碎片上，人自己也只好把自己造就成一個碎片。」〔註10〕但是，也正因此，他才提倡美

〔註10〕　（德）弗里德里希‧席勒著《審美書簡》，馮至、范大燦譯，北京：北京大學

育，要恢復人類健康的完整狀態，以實現自然人向理性人成長的事業。考察席勒的審美主義，容易引起混淆的一點是，儘管席勒同許多西方現代美學家（如歌德、尼采、溫克爾曼等），在批判現代文明時，都想到了那個人類自然和諧完滿的時代──古希臘。但古希臘的「完滿」和「天性」在西方現代哲人的眼裏，不是東方「自然」這樣的概念。無論是歌德、席勒、溫克爾曼看重的「天然的和諧」，還是尼采的「日神衝動」和「酒神衝動」（尼采《悲劇的誕生》）的表達，古希臘都更爲被推崇和一再闡發的是其感性力量的豐盈，是他們用於對抗和提示那個太過理性的現代世界的清醒劑。所以，古希臘的自然和諧是西方人的「鄉愁」，是「健康的童年時代」，而非東方哲學和藝術精神的「自然」概念裏以「天人合一」的圓融和通透所表達的最高理想性。正如席勒所說：「我的計劃是揭露時代性格有害的傾向及其根源，而不是指出天性用以補償這一有害傾向的長處。我願意向您承認，儘管個體在他的本質遭到肢解的情況下不可能幸福，可是不採用這樣的方式類屬就不可能進步。希臘人的那種現象無疑是一個最高的水準，但它既不能夠長期堅持在這個階段上，也不可能進一步提高。所以不能長期堅持，是因爲知性由於它已有的儲存不可避免地必然要與感覺和觀照相分離，去追求認識的明晰；所以不能進一步提高，是因爲只有一定程度的清晰能與一定程度的豐富和熱度共存。希臘人已經達到了這樣的程度，如果他們要向更高的教化前進，他們就必須像我們一樣放棄他們本質的完整性，在分離的道路上去窮究真理。」〔註11〕

顯而易見，在席勒的認識裏，「進化」才是人類的真理。崇拜古希臘是人類進取精神受到阻隔時的一種必然反思。它讓人知道只有感性和理性的和諧才能保持一種健康狀態，爲繼續進取作準備。也就是說，儘管席勒認識到時代的分裂症，但他從來沒有想過要放棄他那純粹精神（理性）的信心。在從「物質衝動」向「形式衝動」發展的過程中，「遊戲衝動」（席勒《美育書簡》）是彌合分裂的必經階段。在席勒那裡，「審美」不是最高目標，它更像是救弊良藥，相當於一個疏通管道的清潔劑，讓人類恢復健康，繼續進取。

而在王國維的美育思想中，極少可能滲入西方這種慣常的直線性、漸進性的思維模式。在他看來，自然自由的心靈本來就是爲美善所生的。他所謂「孔子教人，始於美育，終於美育」，強調的正是這種透明的直達和透明的復

出版社，1985 年版，第 30 頁。
〔註11〕同上書，第 32 頁。

返，這個由「自然意情」貫通的循環過程本身就是人類的最高境界。他說「最高之理想，存於美麗之心（Beautiful Soul）。其爲性質也，高尚純潔，不知有內界之爭鬥，而唯樂於守道德之法則」完全是從自己的角度來理解席勒的「審美主義」；它既不關涉感性對理性的勝利，亦沒有感性對理性的補充和救助。它是一種本然的融通狀態，是涵容「美情」之心其樂融融的通透表達。道德的最高境界就是「美」。王國維最後要力證席勒高舉「美」之地位，實在是他自己心目中中國「美麗精神」在起作用。所謂「舉於詩，立於禮，成於樂」（《論語‧泰伯》）以及「志於道，據於德，依於仁，游於藝」（《論語‧述而》）都正是表明了此「始於藝，又成於藝」的精神涵養過程對完美人格的成就，稟有這樣人格的「仁人」、「聖人」就像「赤子」那樣通體透明，渾身散發著美德自由無礙的理想：「既鍛成圓滿之人物後，無論在朝在野，其行動云爲，皆無窒礙」（《孔子之學說》）

　　美善統一的藝術精神和道德精神，因其「爲人生」的特色比較突出，再加上許多教條化儒家思想的行爲，似乎總被認爲在純粹哲學（藝術）「精神」的意義上，要遜於道家思想。徐復觀在《中國藝術精神》中儘管將儒道同稱爲兩種不同的爲人生的藝術形態。但在他看來，由於「孔子是一開始便是有意識地以音樂藝術爲人生修養之資，並作爲人格完成的境界。因此，他不僅就音樂的自身以言音樂，並且也就音樂的自身以提出對音樂的要求，體認到音樂最高的意境」〔註12〕因此，儒家哲學追求藝術精神以成就其道德哲學常需要「在仁義道德根源之地，有某種意味的轉換」。而相比來說，道家宇宙大道卻具有更爲「直上直下」〔註13〕的特性：「只是掃蕩現實人生，以求達到理想人生的狀態。〔註14〕，無心藝術反成就了最高藝術精神：「老莊所建立的最高概念『道』，是要在精神上與道爲一體，亦即是所謂『體道』，因而形成『道的人生觀』，抱著道的生活態度，以安頓現實的生活，……它固然是理論的、形上學的意義，……但若通過功夫在現實人生中加以體認，則將發現他們之所謂道，實際是一種最高的藝術精神」〔註15〕。

　　徐復觀的認識很是精銳且具有代表性。老子的《道德經》對「無爲」、「任

〔註12〕徐復觀著《中國藝術精神》，上海：華東師範大學出版社，第29～30頁。
〔註13〕同上書，第82頁。
〔註14〕同上書，第30頁。
〔註15〕同上書，第29頁。

自然」的強調，既是宇宙大道又是「帝王之學」；而莊子「逍遙遊」、「齊物論」、「材與不材之間」（《莊子・山木》）等達生、養身之法，「以天合天」之辨，亦多隱士和百姓「全身」之學，藝術和美確實不是他們的課題。道家哲學逐漸成爲最高藝術精神的標誌，並且成爲中國美學史主導性的力量，實在是不可抹殺後代學者對其融通性層面上的引申。但從中國大文化背景來看，儒道在哲學和藝術精神上是有眾多殊途同歸之處的：在復歸「自然」、始終保持人性的完整性這一意義上，儒道是相通的；而且，儒道兩家都重修養的功夫，強調「主體與萬有客體的融合」〔註16〕的自由狀態爲人格修養的最高境界，成就了中國審美文化獨特的群體性、均勢性傳統。但正是由於道家哲學相對於社會具有一種「反者道之動」的作用，而儒家則是正面的、積極的面對。正如徐復觀所說：「儒道兩家的基本動機，雖然同是出於憂患意識，不過儒家是面對憂患而要求加以救濟，道家則是面對憂患而要求得到解脫。」〔註17〕這兩者本無高下之分，但王國維這位審美主義和藝術精神的提倡者雖慕道家之「高尚」，卻顯然更傾向「實踐家」孔子積極躬行的「美善統一」的藝術精神，這不得不說跟他對現實政治的關心是有關係的。

（三）「道德政治」

王國維將孔子的政治學說稱爲「道德政治」。是因爲在他看來，儒家強調「修身齊家治國平天下」，「道德與政治遂合」，是最自然而然的事情。所以，「孔子之政治，本爲道德政治」（《孔子之學說》）。而且，「政治，在參酌先王之制度，以禮樂治天下，是爲德教政治。政與刑則所以處治破壞德育者。政體，爲君主封建制。君主獨有權，然須備至仁之德以統御一切，舉賢能而使當治國之任，以禮保持社會國家之秩序。臣當守義，服於君。在家，則爲父子、夫婦、兄弟；在社會，則爲朋友；皆當修德。自家族以及天下，此所謂德教政治也」（《孔子之學說》）。

他不僅認爲政治就是「美善統一」的道德哲學的實踐，而且，同樣將「涵養美情」，培養生命的至誠，當成政治的最有效手段：「經禮三百，曲禮三千，是爲孔子治人之具。禮樂用以陶冶人心，而政刑則以法制禁令刑罰治民。前者爲道德，在修人心；後者爲政法，在律人身。雖此二者相合，然後成爲政治，但其所最重者，則在禮樂」（《孔子之學說》）。

〔註16〕同上書，第79頁。
〔註17〕同上書，第80頁。

　　這裡，王國維顯然有對儒家在中國政治管理上一直發揮主導作用的解釋和說明。那就是，它不是因為對君權的推崇，而恰恰是因為它以其對生命、社會和人生最真切的關注而形成的完美的實踐力量。所以，王國維說：「孔子者，是則承認君權之無上，而以道德一貫上下之間者也。故知孔子者，雖崇拜其理想中之人物如堯舜者，然實則不過陽崇拜之耳。」又論：「孔子之說，其可取者，不在其政治上，而在其道德上。孔子之道德，能經二千餘年管理東方大半之人心者，實其道德者嚴正，且能實踐故也」（《孔子之學說》）。

　　這不難讓我們想起王國維那篇著名的史學研究《殷周制度論》（1917）。王國維「道德政治」的理想同樣貫徹到他的史學研究中。他在 1917 年 9 月 13 日致羅振玉的信中，談到《殷周制度論》的寫作：「《殷周制度論》於近日寫定。其大意為周改商制一出於尊尊之統者為適庶之制，其由是孳生有三：一、宗法，二、服術，三、為人後之制。與是相關者二：一、分封子弟之制，二〔二〕、君天子臣諸侯之制。其出於親親之統者，曰廟制。其出於尊賢之統者，曰天子諸侯世，而天子諸侯之卿大夫皆不世之制。（此殆與殷制同。）又同姓不婚之制，自為一條，周世一切典禮皆由此制度出，而一切制度典禮皆所以納天子諸侯卿大夫士庶人於道德，而合之以成一道德之團體。政治上之理想，殆未有尚於此者。文凡十九頁，此文於考據之中，寓經世之意。」〔註18〕

　　王國維是以「遺老」的心態在其史學研究中維護那個「且夕欲墜」的清朝小朝廷？還是他事實上在以其人文知識分子放眼「天下」的情懷去剖析本民族文化傳統中真正有價值的東西，以救時弊、世弊？這是需要認真思索，不可莽撞結論的事情。周代以農業宗法制為主體的社會，由於其國君、諸侯、群臣大都是同姓子弟或姻親，這就形成了其重視血緣親族關係，且利用這種宗法關係來加強統治的特性。周代統治者將宗族間相親相愛的關係看作是維繫社會的重要紐帶。王國維不是要讓中國的社會回到古代的宗法制社會去，而是審此「道德之團體」的來龍去脈而成就「政治之理想」；也就是說，他在「親親」、「尊尊」二義中看到的是以「根本上的最純美之情」、「純粹之感情」所自然生發的道德力量，正是這種以親族情感為紐帶的力量才賦予了維護一個社群安定諧和的偉大的凝聚力。因此，他說：「且古之所謂國家者，非徒政治之樞機，亦道德之樞機也。使天子諸侯大夫士各奉其制度典禮，以親親、尊尊、賢賢明男女之別於上，而民風化於下，此之謂治，反是則謂之亂。是

〔註18〕參見吳澤主編，劉寅生、袁英光編，《王國維全集‧書信》。

故天子諸侯卿大夫士者，民之表也；制度典禮者，道德之器也，周人爲政之精髓存於此……古之聖人，亦豈無一姓福祚之念存於其心，然深知，夫一姓之福祚與萬姓之福祚是一非二，又知一姓萬姓之福祚與其道德是一非二，故其所以祈天永命者，乃在『德』與『民』二字」（《殷周制度論》）。

所謂「深知」「一姓之福祚與萬姓之福祚是一非二」，「一姓萬姓之福祚與其道德是一非二」，是指這種以人類最純美之情爲標誌的道德力量，會生發成一種通透所有冷冰冰的政治制度的宇宙力量，那麼，倫理道德就具有了一種自然的約束力並且繼而培養出一種理想的人類生存氛圍。可見，王國維強調「禮」文化的本質是以「心」、「人類最自然之本性」爲前提而實踐的「成己成人」的行動。它是與培養「群性」相連的，「親親、尊尊」之禮不是某種程序化的東西，而是一個民族的凝聚力賴以形成的基礎。就像《詩》之《雅》、《頌》中那些記述周代宴飲和祭祀禮儀的樂歌，其儀式化的語言和重複冗長的結構不是某種隨意的表達，而恰恰是以其獨特的古樸和虔敬，強化著某種道德觀念和親族溫情，進而在時空的流轉中延續著文化認同的再生產。「呦呦鹿鳴，食野之蘋。我有嘉賓，鼓瑟吹笙。吹笙鼓簧，承筐是將。人之好我，示我周行。」（《小雅・鹿鳴》）在最眞切自然情感的意義上，王國維找到了中國道德政治哲學的「萬世治安之大計」（《殷周制度論》），他對中國道德政治哲學的自信正是由此產生的。

第二節 「純粹之文學」辨析

一、屈子之精神

釐清了王國維與中國道德政治哲學的關係後，我們再來看一下王國維心目中「純粹文學」之精神是怎樣一個概念，藉此理解他對藝術與政治關係的思考。

從王國維的研究中，我們可以看到他是極爲推崇屈子的。王國維在《文學小言》、《人間詞話》，尤其是《屈子文學之精神》（1906）等文中都對屈子文學風範和高尚情操大加褒揚與讚美。他在屈原投江日（端午節）前兩天自沉的事實，更讓人聯想到屈子精神形象的投射作用。《國學論叢》「王靜安先生紀念專號」（第 1 卷第 3 號，1928）就有梁啓超所寫序言，其結尾曰：「屈原自沉，我全民族意識上之屈原，曾沉乎哉？」

或許，我們可以從王國維對屈子文學精神的分析亦看出王國維的文學（與生命）價值取向。

首先來考察一下中國文化傳統背景下的「屈子」形象。屈子的形象是與「楚辭」密切關聯的。作爲戰國時代地域特色非常明顯的南方新興文學的代表，《楚辭》不僅以一種全然不同於北方文學的樸拙勁直的風格，以及富於神秘性和充滿想像力、極盡曲折幽渺之意的文字，擁有「新文體、新語言」（《宋元戲曲史》）的革新意義。在中國文學史上，它顯然已成爲一種文學精神的表徵：首先，與《詩》相對照，《楚辭》是以它浪漫卓異的個人色彩，瑰麗的想像風格而著稱的。其次，由於屈原的命運和《離騷》的影響，與詩並稱的「騷」文化傳統，使不僅具有「文體」改造的意義，它更重要的是與「樂而不淫，怨而不怒，哀而不傷」儒家詩教的對抗。事實上，表現在屈原身上的騷文化傳統是一個強調憤懣而表的諷諭性文化。

王國維《人間詞話・刪稿》（第 39 則）中曾有「《滄浪》《鳳兮》二歌，已開《楚辭》體格」的說法，正是含有此意。此則中所指二歌是古老的民間歌謠《接輿歌》和《孺子歌》，這二歌都是孔子於公元前 489 年適楚時所聞。前者初見於《論語・微子》。《史記・孔子世家》亦有載錄：「楚狂接輿歌而過孔子，曰：『鳳兮鳳兮！何德之衰！往者不可諫兮，來者猶可追也！已而已而，今之從政者殆而！』而最流行的則是《莊子・人間世》中的表達：「孔子適楚，楚狂接輿遊其門曰：『鳳兮！鳳兮！何如德之衰也！來世不可待，往世不可追也。天下有道，聖人成焉；天下無道，聖人生焉。方今之時，僅免刑焉。福輕乎羽，莫之知載；禍重乎地，莫之知避。已乎！已乎！臨人以德！殆乎！殆乎！畫地而趨！迷陽！迷陽！無傷吾行！吾行郤曲，無傷吾足！」莊周對接輿的發揮來自於他對戰國時代列國征戰、凋敝、慘烈的人生境況的深切感受，爲了抒發對「方今之時，僅免刑焉」的黑暗現實的憤慨，他諷刺孔子「天下無道，聖人生焉」。

《孺子歌》初見於《孟子・離婁上》：「有孺子歌曰：滄浪之水清兮，可以濯我纓。滄浪之說濁兮，可以濯我足。」同書記有孔子曰：「小子聽之！清斯濯纓，濁斯濯足矣，自取之也。」此歌同《接輿歌》一樣，據說也爲隱士之作。《楚辭・漁父》〔註19〕記載隱士「漁父」在勸說屈原與世浮沉、隱退全

──────────

〔註19〕《卜居》和《漁父》是兩篇有爭議的作品。王逸《楚辭章句》將二者都定爲「屈原之所作」，後世如朱熹、洪興祖、汪瑗、王夫之、蔣驥等都贊成此說。

身之後，就是唱此歌鼓枻而去。此歌詠隱士之風範，正是隱士階層和道家思潮於春秋後期在楚地形成後的產物。因此，這兩首歌不僅開創了「楚辭體」，事實上更重要的開創了一種憤而抒情，不與世俗合污的「楚辭（騷）」精神（這種精神的最高表達被後世解經者仕《離騷》的解釋中進行了充分的闡發）。

這就是爲什麼儒家的衛道士們會認爲屈原的作品少了「溫柔敦厚」的「儒家風範」：班固曾批評屈原「露才揚己」（班固《離騷序》），顏之推認爲他有「輕薄」之嫌（顏之推《顏氏家訓·文章》），朱熹則稱之「過於中庸而不可以爲法，……怨懟激發而不可以爲訓」（朱熹《楚辭集注》）。

但事實上，「離騷」精神並非外乎儒家傳統。對屈原最有影響的評論，較早見於司馬遷《史記·屈原賈生列傳》：「屈平疾王聽之不聰也，讒諂之蔽明也，邪曲之害公也，方正之不容也，故憂愁幽思而作離騷。離騷者，猶離憂也。夫天者，人之始也；父母者，人之本也。人窮則反本，故勞苦倦極，未嘗不呼天也；疾痛慘怛，未嘗不呼父母也。屈平正道直行，竭忠盡智以事其君，讒人間之，可謂窮矣。信而見疑，忠而被謗，能無怨乎？屈平之作離騷，蓋自怨生也。國風好色而不淫，小雅怨誹而不亂。若離騷者，可謂兼之矣。上稱帝嚳，下道齊桓，中述湯武，以刺世事。明道德之廣崇，治亂之條貫，靡不畢見。其文約，其辭微，其志絜，其行廉，其稱文小而其指極大，舉類邇而見義遠。其志絜，故其稱物芳。其行廉，故死而不容自疏。濯淖污泥之中，蟬蛻於濁穢，以浮游塵埃之外，不獲世之滋垢，皭然泥而不滓者也。推此志也，雖與日月爭光可也。」

司馬遷對屈原和《離騷》的評價，對後世影響較大。尤其是漢代經學大盛，屈原的《離騷》更在「經學」的意義上被解讀爲「忠憤之言」。如王逸在《離騷序》中就說：「屈原執履忠貞而被讒邪，憂心煩亂，不知所訴，乃作《離騷經》。離，別也；騷，愁也。經，徑也。言己放逐離別，中心愁思，猶依道徑，以風諫君也。」同時，他論「《離騷》之文，依《詩》取興，引類譬喻，故善鳥香草以配忠貞，惡禽臭物以比讒佞，靈修美人以媲於君，宓妃佚女以譬賢臣，虯龍鸞鳳以託君子，飄風雲霓以爲小人。其詞溫而雅，其義皎而朗。凡百君子，莫不慕其清高，嘉其文采，哀其不遇而愍其志焉。」《離騷》「憤而抒情」充滿想像力的作品風格，與《詩》「發乎情，止乎禮義」，「怨而不傷」

___

但明陳繼儒、張京元、清崔述以及近代郭沫若、游國恩等人都較爲確鑿地推論此二篇乃屬後人所爲。王國維顯然認同的是前一種看法。

的風格相比，是更突出地體現個體對家國承擔的精神力度和發揚恣肆的審美風範。

對《離騷》進行評價的經學視角，使得騷文化傳統成為介於儒道之間最為獨特的一枝，它既有合儒家：「達則兼濟天下，窮則獨善其身」對士人人格標舉的想像，又有道家高蹈獨清的意志。世代有改革精神和高潔志向的儒家學者文人都是在這樣一個意義上來讚賞屈原的。高舉「獨抒性靈」大旗的楚人袁宏道（1568～1610）極為肯定屈騷「勁質而多懟，峭急而多露」的風格，他論到：「且《離騷》一經，忿懟之極，黨人偷樂，眾女謠諑，不揆中情，信讒齌怒，皆明示唾罵，安在所謂怨而不傷者乎？窮愁之時，痛哭流涕，顛倒反覆，不暇擇音。怨矣，寧有不傷者？」（《敘小修詩》）另外，屈原的「發憤以抒情」更可以在「物真則貴」（袁宏道《與丘長孺》），「從自己胸臆流出」（《敘小修詩》）的意義上來理解。屈子的精神一代又一代被中國的士人發揚光大著，儒學衛道士們可以做堅決的老子和莊子的反對者，卻很少是決絕的屈原的反對者。

王國維將「發憤而抒情」的屈子形象塑造為完美的中國文學家形象，跟他對「純粹之文學」的理解密切相關的。

二、「純粹之文學」

王國維首先一脈相承了他對中國道德政治哲學的看法，認為文學跟哲學一樣「以描寫人生為事」，「而人生者，非孤立之生活，而在家族、國家及社會中之生活也」（《屈子文學之精神》）。他論南北文學「為人生」的特點之差異：「北方派之理想，置於當日之社會中；南方派之理想，則樹於當日之社會外。易言以名之，北方派之理想，在改作舊社會；南方派之理想，在創造舊社會。」而且，他繼續發揮了對文學之獨立價值——「改作」與「創造」之理想與現實社會必然軒格關係的強調，並討論了二者不同的面對態度：「然改作與創造，皆當日之社會之所不許也。南方之人，以長於思辯，而知於實行，故有遁世無悶，囂然自得以沒齒者矣。若北方之人，則往往以堅忍之志，強毅之氣，恃其改作之理想，以與當日之社會爭；而社會之仇視之也，亦與其仇視南方學者無異，或有甚焉」（《屈子文學之精神》）。

正是以此為出發點，王國維認為「詩歌的文學」「為北方學派之專有」；「獨出於北方之學派」「而無與於南方學派」的原因在於，「北方之人，不為離世

絕俗之舉，而日周旋於君臣父子夫婦之間，此等在在界以詩歌之題目，與以作詩之動機。此詩歌的文學，所以獨產於北方學派中」（《屈子文學之精神》）。這與徐復觀將道家藝術精神置於最高的觀點恰恰相反。聯繫王國維後面繼續對「純粹之詩歌」的探討：「北方人之感情，詩歌的也，以不得想像之助，故其所作遂止於小篇。南方人之想像，亦詩歌的也，以無深邃之感情之後援，故想像亦散漫而無所麗，是以無純粹之詩歌」（《屈子文學之精神》）。

可見，在王國維心目中，「純粹的詩歌」是以「感情」為基礎的，以「想像」為協助的。但此處的「感情」和「想像」與我們的常識又有些出入。這個感情不是我們通常所理解的類似噴薄而出的激情的意思。它是「肫摯」的；是懷著「堅忍之志，強毅之氣」，為了一個更為美好的社會「以與當日之社會爭」的熱血情懷，也就是說，是跟高尚的人格和對現實人生的熱愛相關聯的。而「想像」亦不是我們心目中文學創作最不可或缺的心靈的豐富性，它僅是「知力的原質」，是「散文的」，相比於肫摯、深邃之感情，它配不上「純粹」之「詩歌的原質」。

就此，或可撥開王國維這位倡「審美無利害」的「審美主義者」給後代研究者所設置的迷霧。在王國維那裡，最純粹的藝術精神恰是儒家風範的，是胸懷天下的「深邃之感情」所成就的。這也就是為什麼他會認為「此莊周等之所以僅為哲學家，而周、秦間之大詩人，不能不獨數屈子也」（《屈子文學之精神》）。因為在他看來，屈子這位「南人而學北方之學者」正是「俟北方人之感情，與南方之想像合而為一」才成就了中國的「大詩歌」。而莊周僅騁其「散漫而無所麗」的想像（知）力，作些「儇薄冷淡」之語，是典型的南方學者幽玄、思辨的風格，缺少最重要的對人間深沉熾熱的「愛」。

這從王國維將「廉貞」當作評價一個純粹之大文學家的首要品格上可以看出來。何謂「廉貞」？其詞出自屈原《卜居》：「吁嗟默默兮，誰知吾之廉貞？」王國維認為這是「屈子之自贊」〔註20〕，也正是其性格的最好說明。他論到：「其廉固南方學者之所優為，其貞則其所不屑為，亦不能為者也。女須之詈，巫咸之占，漁父之歌，皆代表南方學者之思想，然皆不足以動屈子。而知屈子者，唯詹尹一人」（《屈子文學之精神》）。

在王國維看來，「清白高潔」，不合於世俗乃是南方學者的特徵；而北方的學者卻多有「不改操於得失，不傾志於可欲」（抱朴子《行品》）、「不伊不

〔註20〕參閱前注。

周，不夷不惠，立身行道，終始若一」（《晉書·安平獻王孚傳》），像孔子那樣言行一致，意志操守堅定不移的致力於社會改造和堅執道德的貞士、貞人。這是高蹈派「消極」的南方學者不願意也做不到的地方。

而屈子卻是無意於南人的「高蹈」的。王國維所謂「知屈子者，唯詹尹一人」，乃是指《卜居》中所記屈原一連問了詹尹 19 個問題，剖白其意志且表達對社會的憤然：「吾寧悃悃款款樸以忠乎？將送往勞來斯無窮乎？寧誅鋤草茅以力耕乎？將遊大人以成名乎？寧正言不諱以危身乎？將從俗富貴以媮生乎？寧超然高舉以保眞乎？將呢訾嘌斯喔咿嚅唲呢以事婦人乎？寧廉潔正直以自清乎？將突梯滑稽如脂如韋以絜楹乎？寧昂昂若千里之駒乎？將氾氾若水中之鳧，與波上下，偷以全吾軀乎？寧與騏驥亢軛乎？將隨駑馬之迹乎？寧與黃鵠比翼乎？將與雞鶩爭食乎？此孰吉孰凶？何去何從？世溷濁而不清：蟬翼爲重，千鈞爲輕；黃鍾毀棄，瓦釜雷鳴；讒人高張，賢士無名。吁嗟默默兮，誰知吾之廉貞？」而詹尹的回答是：「夫尺有所短，寸有所長，物有所不足，智有所不明，數有所不逮，神有所不通，用君之心，行君之意。龜策誠不能知事。」王夫之曾解：「蓍龜雖神物，而既不能止濁世之亂，亦不能去賢者之操」（《楚辭通釋》）。王國維顯然也非常積極地將詹尹這或可認爲有些黃老意味〔註 21〕的表達完全理解成對屈原堅定信念的支持。

王國維強調眞正文學家的屈子之所以獨備其他南方學者身上所缺乏的重要的「貞」的品質，乃在於這一堅執理想和信念的品格恰是北方思想賦予的。可以看到，王國維在屈子身上非常明顯的貫注了他對孔子那樣的「道德家」和「政事家」的理想。事實上，孔子這位東洋「第一流之道德家」（《孔子之學說》）的身影常常被王國維疊合到文學家屈原的身上。

就此，可以理解王國維「純粹」「審美」精神的內涵乃美善統一觀。

三、「歐穆亞之人生觀」

王國維對屈子的稱道，是以屈子對「古之賢人」或「先王之德」的景仰和稱重爲理由的。王國維敦敦強調，屈子不僅在其文中，稱道高辛、堯、舜、禹、湯、少康、武丁、文、武，皋陶、摯說、彭咸、比干、伯夷、呂望、寧

〔註21〕參閱金開城、董洪利、高路明著《屈原集校注·下冊》，北京：中華書局，1996年版，第 739 頁。

戚、百里、介推等這些「北方學者之所常稱道」的「聖王」、「賢人」，而且其「《遠遊》一篇，似專述南方之思想，然此實屈子憤激之詞，如孔子之居夷浮海，非其志也。《離騷》之卒章，其旨亦與《遠遊》同。……《九章》中之《懷沙》，乃其絕筆，然猶稱重華、湯、禹」(《屈子文學之精神》)。

　　以「美善統一」論純粹的藝術精神，突出了中國文人在這樣一個道德政治哲學發達的文化框架內的特性：他們不可避免地自願成爲一種道德政治的力量。而這種自願使得他們由於迷信以最純美、自然之情建構起來的道德政治理想，會不由自主地爲他們的國君戴上理想的光環。所謂「能修得以上一切完全之德，即所謂仁者，亦可以之治平天下國家」(《孔子之學說》)，「物格而後知至，知至而後意誠，意誠而後心正，心正而後身修，身修而後家齊，家齊而後國治，國治而後天下平(《大學》)以及《論語‧憲問》「修己以安百姓」等論說，在浸淫於儒家道德政治哲學理想中的「士人」來看，是最順理成章、自然不過的事情了(實際上，這種「聖人」治國的理想同樣也充斥在與他們立場截然不同的道家哲學中。王國維只看到道家哲學宇宙「大道」的超脫的「高尙」，卻不知老子的《道德經》同樣置重「人道」。王國維所謂「其(《道德經》)論處世治國之術也，則又入於權詐」，這實在是他太具儒家情懷的心對道家哲學漠然視之的結果。事實上，《道德經》是一部可以純然作帝王之學解讀的著作，儘管它更專注於強調「人間」的「統治者」──「聖人」去仿傚宇宙大「道」的自然無爲之策，而非儒家所重的自身修爲與人間典範)。

　　更何況，還有古《詩》在其淵遠流傳中，一代又一代地渲染著對有德之君的追懷。《詩》之《大雅》和《頌》，其中許多篇章都表達了對「古之人」(如后稷、文王)成就的皈依和承傳[註22]。從許多流傳下來的文本以及出土的文獻也可以看出，《詩》的引用絕大多數都來自二《雅》；史學著作《左傳》和《國語》外交場合的用語亦常來引自《雅》、《頌》。這說明，已逝的周代事實上奠定了中國文化的模本，古代先王、賢士是被作爲道德、禮儀和審美的最高體現而被一代又一代的學者、文人強化著的：「大哉堯之爲君也，巍巍乎，唯天爲大，唯堯則之，蕩蕩乎，民無能名焉。巍巍乎，其有成功也，煥乎，

[註22]　參見《大雅》〈文王〉、〈下武〉、〈文王有聲〉、〈生民〉、〈假樂〉、〈卷阿〉、〈召旻〉；《周頌》〈維天之命〉、〈烈文〉、〈我將〉、〈閔予小子〉、〈載芟〉、〈良耜〉、〈酌〉、〈桓〉、〈賚〉。

－139－

其有文章。」

這就形成了中國的「士人」對他們的「眞命天子」抱持「有德之君」或「君必有德」的看法。因此，他們將「國君」當成其政治理想和政治改革的寄託，即使萬劫不復也很難打消他們對「國君」的這個幻覺。

但可惜的是，現實政治中的「國君」很少或者說幾乎沒有屬於他們「幻覺」中的「有德之人」，反而多有驕奢淫逸之徒變本加厲地打碎著他們「自然」道德的夢想。這就使得「悲壯感」幾乎成了中國士人的「宿命」。堅守「道德」成了評價一個有才學的中國知識分子是否可以被稱爲士人的標誌。這就是馮友蘭所說：「在中國文化傳統中，有一個士的道德標準。……《禮記》中的《儒行》特別著重士的獨立自主的品質，其中詫爲孔子的話塑造了一個士的具體形象，說：『儒有席上之珍以待聘，夙夜強學以待問，懷忠信以待舉，力行以待取，其自立有如此者。』知識分子當然需要在才學方面有足夠的準備，才能爲國家社會服務。但是，他的行動只能出於他自己的意志，不受強迫，『儒有可親而不可劫也，可近而不可迫也，可殺而不可辱也。』『身可危也，而志不可奪也。』這些都是中國封建社會中士的標準的內容。並不是一般的士都能達到這個標準，但是他們都承認這個標準。」〔註23〕

社會環境越惡劣，「士」守志篤行，不與社會合污的獨立品格就顯得越珍貴。儒家傳統下「士」的精神曾經在魏晉南北朝時代，被「非湯、武而薄周、孔」的道家名士（如稽康、阮籍等）以及心存「濟俗」的佛教高僧（如道安、慧遠等）亦抹上鮮明的一筆，就可以知道當時的道德政治衰敗到何種程度。

這就需要「歐穆亞之人生觀」（《屈子之文學精神》）。在一個「眾人獨濁我獨清」的社會中，自願成爲政治道德力量的士人便不免「之視社會也，一時以爲寇，一時以爲親，如此循環，而遂生歐穆亞（Humour）之人生觀」（《屈子之文學精神》）。

佛雛在其研究中認爲，叔本華對「幽默」（Humour）的考察是王國維「歐穆亞之人生觀」的導源。因爲，叔本華認爲「幽默」是「依賴於一種主觀的，然而嚴肅和崇高的心境，這種心境是在不情願地跟一個與之極其牴牾的普通外在世界相衝突，既不能逃離這個世界，又不會讓自己屈服於這個世界」的情況下的「調和」狀態，其「雙重的乖訛」或者會通過「一種有趣的甚至滑稽劇的場景之展示」：「結果就是某種『詼諧的印象』的產生，『然而就在這詼

〔註23〕馮友蘭著《中國哲學史新編（下）》，第 10 頁。

諧的背後，最深邃的嚴肅是隱藏著並且照耀著全局」。〔註24〕所以，他認為，「叔、王眼中的『幽默』並不全隸屬於喜劇，而毋寧偏於『悲劇』與『崇高』的範疇。」〔註25〕

　　佛雛對「歐穆亞」之人生觀偏於「悲劇」與「崇高」的分析還是很有道理的。聯繫王國維論屈原「歐穆亞」人生觀形成的歷史原因：「蓋屈子之於楚，親則肺腑，尊則大夫，又嘗管內政外交上之大事矣。其於國家既同累世之休戚，其於懷王又有一日之知遇，被疏者一，被放者再，而終不能易其志，而使之成一種歐穆亞。《離騷》以下諸作，實此歐穆亞所發表者也」（《屈子之文學精神》）。其論述亦含有褒揚屈子堅忍執著的悲壯和崇高。

　　但這種「悲壯」和「崇高」卻似乎還是放在儒家文化傳統中來理解比較合適。因為，事實上王國維對「歐穆亞」人生觀的認識和理解，實帶有更多的「道不行，君子憂之」的嚴肅和沉重的儒家情懷。王國維所謂「《小雅》之傑作，皆此种競爭之產物也」（《屈子文學之精神》）正是此意。儘管同為貴族階級的作品，相比於《大雅》（多宮廷盛典之樂），《小雅》更為著稱的是其怨刺詩。這些怨刺詩多是些淪落邊緣的貴族階層指斥政治的黑暗，悲悼周王朝國運已盡，哀歎自己憂國憂民的情懷得不到理解的作品。如被《毛詩序》稱為「家父刺幽王」的《節南山》。家父感幽王用太師尹氏，為政不善，以致天怒人怨，禍亂迭，他為此憂心忡忡，卻無處可走，所以他歌曰：「昊天不平，我王不寧。不懲其心，覆怨其正。家父作誦，以究王訩。式訛爾心，以畜萬邦。」既諫尹之亂政又刺幽王昏憒。還有《正月》中失意官吏述政治腐敗，小人黨結，賢人勢孤無援的世態：「佌佌彼有屋，蔌蔌方谷。民今之無祿，天夭是椓。哿矣富人，哀此惸獨！」以及《雨無正》中侍御官對幽王苛政昏憒的憂心如焚：「如何昊田！辟言不信。如彼行邁，則靡所臻。凡百君子，各敬爾身。胡不相畏，不畏於天？」

　　《小雅》中的諷諭詩不像國風中的一些詩那樣充滿了痛快淋漓的辛辣、犀利，卻更多的是對宗周傾覆，世衰人亂所表達的孤臣孽子的哀怨悲憤，都可以理解為是和屈原處境相似的一批人的作品。但聯繫司馬遷所謂：「屈平之作離騷，蓋自怨生也。國風好色而不淫，小雅怨誹而不亂。若離騷者，可謂兼之矣。」可以認為，王國維所謂「歐穆亞」人生觀具有的正是「騷」文學

〔註24〕佛雛著《王國維詩學研究》，第94頁。
〔註25〕同上書。

的風格，袁宏道謂：「怨矣，寧有不傷者？」。「騷」文化傳統表達的是儒家「道義」感與個體發揚蹈厲的獨立精神並舉的一種文學風範。王國維正是在這一意義上推舉「屈子文學之精神」的。

　　而需要指出的是，王國維爲了強調儒家道德思想和信念力對文學的重要作用，而不惜表現出明顯的對立和偏執以及對南方文學豐富的審美內涵的忽視。例如，他斷言：「使南方之學者處此，則賈誼《弔屈原文》，揚雄《反離騷》是，而屈子非也。此屈子之文學，所負於北方學派者」。在王國維看來，南方學者是缺少承擔精神的，倘若他們處在屈原的境遇上，定會高歌著「鳳飄飄其高逝兮，固自引而遠去，襲九淵之神龍兮，沕深潛以自珍」而「遠濁世而自藏」去了（賈誼《弔屈原文》）；或者充滿了「昔仲尼之去魯兮，斐斐遲遲而周邁，終回覆於舊都兮，何必湘淵與濤瀨！」的不屑和不解（揚雄《反離騷》）。但事實上，南方文學不僅突出地表現在其想像力上，莊子寓言如「北溟之魚」、「蝸角之國」、「大椿冥靈」、「蟪蛄朝菌」之大、小、久、暫的詼詭之比等所含有的無比深邃的人生哲理和辯證法，以及眾多神話、故事、傳說等所表達的蓬勃的想像力和踔厲風發的精神風範都同樣別具一種宏闊壯麗的詩性氣質。女媧在「四極廢，九州裂，天不兼覆，地不周載。火爁焱而不滅，水浩洋而不息。猛獸食顓民，鷙鳥攫老弱」的危急時刻，勇補蒼天，重建九州安寧，百姓泰和（《淮南子‧覽冥訓》）；夸父慮酷日焦禾，民無所食，而自「不量力」，「與日逐走」，雖「道渴而死」然其精神不滅，其杖化爲鄧林，蔭民一方，壯志堪稱高偉（《山海經‧大荒北經》《海外北經》）；當古之民「茹草飲水」多疾病毒傷之害的時候，神農教民播種五穀，且親「嘗百草滋味，水泉之苦，令民知所避就」，有「一日而遇七十毒」的大無畏的犧牲精神（《淮南子‧脩務訓》）；在「洪水滔天，民無所定」之時，鯀不顧個人安危，「竊帝之息壤以堙洪水，不待帝命，而被「殛之於羽郊」，卻死而心不甘，屍體「三歲不腐，最後腹生承其遺志，平治大水的禹（《山海經‧海內經》）；更有刑天以大無畏的精神抗拒強權，被砍去腦袋，仍「以乳爲目，以臍爲口，操干戚以舞」「猛志固常在」（陶淵明）。這些神話故事不僅想像力豐富，而且氣象偉大，同樣具有王國維在北方文學那兒所看到的「雄健」風格和「天下」情懷。只不過是由於王國維太專注於儒家的「人間」、「現世」性了，因此，將南方文學、哲學一概打入消極的「高蹈派」，並附贈「僄薄冷淡」的罪名，而只取其如兒童般的「想像力之偉大豐富」來救助北方文學

「不得想像之助，其所作遂止於小篇」（《屈子文學之精神》）的局促和狹隘。王國維曾經在《孔子之學說》中指出儒家人生觀儘管有「明道理、盡吾力」「躬踐道德，至其終極」的腳踏實地的精神，但卻容易「一不慎，則流於保守、退步、極端」。他獨取南方豐富偉大的想像力，實在是希望將一份生命的活力和昂揚的戰鬥、批判精神融入到溫柔敦厚、「持中」、「用中」的儒家思想中，以保持其始終充滿生命彈性的人生哲學、美學的特色；而不像在他的時代那樣，流於腐化、僵滯、萎迷和狹小。在此，可見王國維的苦心經營。

第三節　士人精神：「慰藉」與爲學

王國維在孔子和屈原身上寄予了他對包括自己在內的中國傳統知識分子（士人）的想像〔註26〕。這一詩人、哲人、政治家合一的士人形象是王國維塑造的理想形象，而非他批判的靶子。這不僅有助於我們理解王國維的審美主義乃是建立在「美善統一」基礎上的，而且，亦可以減輕對中國道德政治哲學的誤解。

王國維《教育小言》有一則曰：「吾人之主義謂之貴族主義，但所謂貴族主義者，非政治上之貴族主義，而知力上之貴族主義也」。他事實上是有著思想啟蒙者的自我定位的。

余英時在《士與中國文化》一書中認爲，中國文化傳統中的知識分子（士）一直擔負著「社會的良心」的功能，而只是到了近代以後（啓蒙運動以後「俗世化」〔secularization〕的過程），西方知識分子形象才與中國「士」的此一形象有些相似：「今天西方人常常稱知識分子爲『社會的良心』，認爲他們是人類的基本價值（如理性、自由、公平等）的維護者。知識分子一方面根據這些基本價值來批判社會上一切不合理的現象，另一方面則努力推動這些價值的充分實現。……根據西方學術界的一般理解，所謂『知識分子』，除了獻身於專業工作以外，同時還必須深切地關懷著國家、社會以至世界上一切

〔註26〕就我個人的理解，渴求聖人之治的王國維在孔子這位素王身上事實上寄託了他對政治家的理想，但仍不是國君的理想。孔子是以「師」的形象出現的，符合王國維知力貴族的描述。而擁有儒家道德理想的文學家屈子則是寄託著像他這樣的士人的理想。所以，在孔子和屈子之間，屈子更像是王國維的自況。在王國維以美善統一爲基點的文化理想中，美仍是凸顯的最高價值，不應該將之放在通常所謂「詩教」的意義上來理解。

有關公共利害之事，而且這種關懷又必須是超越於個人（包括個人所屬的團體的私利之上的。所以有人指出，『知識分子』事實上具有一種宗教承當的精神。……熟悉中國文化史的人不難看出：西方學人所刻畫的『知識分子』的基本性格竟和中國的『士』極爲相似。」〔註 27〕因爲，「孔子所最先揭示的『士志於道』便已規定了『士『是基本價值的維護者，曾參……說得更爲明白：『士不可以不弘毅，任重而道遠。任以爲己任，不亦重乎？死而後已，不亦遠乎？』這一原始教義對後世的『士』發生了深遠的影響，而且愈是在『天下無道』的時代也愈顯出它的力量。……如果根據西方的標準，『士』作爲一個承擔著文化使命的特殊階層，自始便在中國史上發揮著『知識分子』的功用。」〔註 28〕

　　余英時的論述強調了中國「士」傳統突出的「人間精神」。中國知識分子倡「知行合一」，「即知即行」，「即動即靜」，「相反相成」，從沒有希臘哲學本體和現象世界的清楚劃分，也看不到希伯來宗教天國和人間的對峙。孔子，這位中國文化傳統中「士」的原型，儘管有著重理性的一面（「通古今，決然否」），但卻絕非古希臘「靜觀冥想」的哲學家；他也負有宗教性的使命感（「仁以爲己任」，「明道救世」），卻絕非承「上帝」旨意以救世的教主。而這一傳統自先秦以來大體上沒有間斷過，當然中間也經歷了對道佛的「能動」化合，但無論如何，儒家的「濟世」精神是無比深刻地浸淫在「士」的思想中的。

　　「士」，作爲一群有著深刻歷史感的「理想的實踐家」，如果生在一個賢君明德、昌和泰平的時代，他們的形象或可有著一定的樂觀色彩；但在一個充滿激蕩、爭奪、不安的社會裏，卻絕有可能變得慘烈：王國維在 1916 年 2 月 18、19 日致羅振玉的信中寫到：「吾輩此數年中作理想上之生活，一入社

〔註27〕余英時著《士與中國文化》，上海：上海人民出版社，2003 年版，第 2 頁。關於「社會的良心」的理解，賽義德曾在其《知識分子論》中談到：「知識分子是具有能力『向（to）』公眾以及『爲（for）』公眾來代表、具現、表明訊息、觀點、態度、哲學或意見的個人。而且這個角色也有尖銳的一面，在扮演這個角色時必須意識到其處境就是公開提出令人尷尬的問題，對抗（而不是製造）正統與教條，不能輕易被征服或集團收編，其存在的理由就是代表所有那些慣常被遺忘或棄置不顧的人們和議題。知識分子這麼做時根據的是普遍的原則：在涉及自由和正義時，全人類都有權期望從世間權利或國家中獲得正當的行爲標準；必須勇敢地指正、對抗任何有意無意地違反這些標準的行爲」，是很中肯的說法。（愛德華‧W‧賽義德著《知識分子論》，單德興譯，北京：生活‧讀書‧新知三聯書店，2002 年版，第 16～17 頁。

〔註28〕余英時著《士與中國文化》，第 2 頁。

會便到處扞格」正是道出了實情。

　　茲舉幾例他對當時時局和自己心態的描述：「頗怪近日欲破壞治安釀造大亂者，乃在薰心利祿之人，而我輩無所求於世者乃居其反對之地位，此事萬不可解。公見事多，當能釋此問題。維就教育一事，一切皆後著，今日爲造就明白粗淺之事理者爲第一要著耳。然對若干無耳目、無心肝之人，又何言可說乎？」（1898 年秋冬致汪康年）

　　「北庭解紐，南勢方張，匹碑欲鈔辛亥陳文解決時局，凡舊系人物已隱隱成一同盟，黨人聲勢亦有加無已，而實力終遜於段，將來總以袁退段代了此一局。揆諸人民厭亂與各方面畏難苟安之心理，捨此決不出他途。以後此篇陳文上須時時抄襲，不知尚有大英雄出起而定之者否？滬上一時治安，尚無他慮。今年蠶事又爲亂事大有損失，江浙二省所損恐在千萬上下耳。我輩只可作蠹魚，別無可爲者。」（1916 年 5 月 10 日致羅振玉）

　　「政界又有紛爭，蟪蛄切響，二語可以盡之，但冥靈大椿恐世終無此物耳。」（1916 年 9 月 30 日致羅振玉）

　　我前此用了絕大部分篇幅來討論王國維以其深邃的情感、銳敏的洞識，尖銳的批判和放眼天下的氣魄和胸懷嘗試去做一個「實踐的審美主義者」：在《紅樓夢評論》中倡悲劇精神救「人間「之弊；在《人間詞話》中表達藝術、生命（人生）理想；在《宋元戲曲史》中推崇生命初發般的活力以振奮民族文化精神……審觀這些壯偉的目標和行動，然後再來看他「蠹魚」之比和「冥靈大椿」的企盼，我幾乎發現自圓其說是很難的。更何況，王國維還一再強調他這所有的學術似乎都是爲了一己的「慰藉」！

　　他「性復憂鬱，日往復於人生之問題」（《三十自序一》）的原因就是因爲人生「究竟之慰藉終不可得也。」（《紅樓夢評論》、《孔子之美育主義》）；他推崇「形而上學」乃在於「人之所以異於禽獸」之慰藉的滿足，「非求諸哲學及美術不可。」而「生百政治家不如生一大文學家」的原因亦是「彼等誠與國民以精神上之慰藉，而國民之所恃以爲生命者」；他質疑我國人對文學之趣味如此淡漠，「則於何處得其精神慰藉乎？」（《文學與教育》）。而且，眾所周知，他「由哲學而移於文學」也只是爲了「欲於其中求直接之慰藉者也。」（《三十自序二》）。

　　因爲他對「慰藉」的迷戀，連叔本華和尼采的學問，他也認爲是以解決「己之慰藉」爲出發點：「苦痛之大小亦與天才之大小爲比例。彼之痛苦既深，

必求所以慰藉之道，而人世有限之快樂其不足慰藉彼也明矣。於是彼之慰藉，不得不反而求諸自己。」

「彼（叔本華）之自視若擔荷大地之阿德拉斯 Atlas 也孕育宇宙之婆羅麥 Brahma 也。彼之形而上學之需要在此終身之慰藉……」

「叔本華之說其根柢之盤錯於地下，而尼采之說則其枝葉之干青雲而直上者也。尼采之說如太華三峰高與天際而叔體華之說則其山麓之花岡石也，其所趨雖殊，而性質則一，彼等所以爲此說者無他亦聊以自慰而已。」（《叔本華與尼采》）

不僅叔本華這個要棄絕意志的「厭世者」之學問純爲滿足個人英雄主義的「慰藉」，連強調強力意志的「鬥士」尼采，其所有的學說亦不過是「聊以自慰」。「慰藉」，在王國維心目中，成了所有言說者最本體性的追求。

何謂「慰藉」？《說文解字》曰：「慰，安也。從心，尉聲。藉，祭藉也（祭祀時墊在地上的東西）。一曰，艸不編，狼藉。從艸，耤聲。」心靈因雜亂而需要安定。可見，「慰藉」這個詞本身帶著某種孤苦無依，無奈和不可解的悲涼感。

一個懷抱強烈救國意志的儒家學者同時也不得不有安頓一己之身的需求。動盪多舛的時局只會每每無情地擊垮他政治道德的理想，求之於治學中稀微的「慰藉」之火來取暖，最終卻連這一點奢望也放棄了。日本學者狩野直喜在追憶王國維的文章中曾寫道：「中國革命發生，王靜安君攜家與羅叔言君同來我國京都，居住了五六年，在這段時間，他與我經常有來往。從來京都開始，王君在學問上的傾向，似有所改變。這是說，王君似乎想更新中國經學的研究，有志於創立新見解。例如在談話中，我提到西洋哲學，王君總是苦笑著說，他不懂西洋哲學。」〔註29〕

王國維此後專心史學、文字學研究，再也不提「慰藉」與治學的關係了。而事實證明，最後的研究仍然沒能「慰藉」得了他。

「慰藉」是爲羸弱的神經準備的。但又怎能說王國維是羸弱的，他曾經建構了那麼多理想？

王國維如此深諳中國美學，難道他不知道，崇尚「自然」的中國藝術精神可以「滋養」、「安頓」生命嗎？〔註30〕

〔註29〕《藝文》雜誌十八年第 8 號。
〔註30〕參閱徐復觀著《中國藝術精神》，第 294 頁。

他如此強調中國文化的「人間」性，難道他不知道，「人間」文化充分體現了對這個世界的「戀」，即便尋求解脫、遺世、出世，都還要徜徉自得、服食長生？「霓爲衣兮風爲馬，雲之君兮紛紛而來下。虎鼓瑟兮鸞回車，仙之人兮列如麻」（《夢遊天姥吟留別》），連李白意在超脫的遊仙詩都充滿了世俗之樂！

而且，他自己不也推崇孔子「道不行，乘桴浮於海」，推崇他「嗟時代之衰微，歎人心之腐敗，亂臣賊子橫行於世，滔滔者天下皆是也。於是既不能以個人之力挽迴天運，退而作《春秋》，大義炳耀，使千秋萬歲亂臣賊子肝膽俱寒。又爲學不厭，教人不倦，諄諄薰陶子弟，悠然有餘裕。信命而任天，故不怨天，不尤人，以終其天年」（《孔子之學說》）的高潔和放達嗎？

何以他最後選擇了屈子的行爲？

事實上，屈原之死本來就從沒想震撼「天」——那個曾經與我們不可分割的母親。他最後震撼的還是現世，還是人心。以「自殺」來進行的「天對」，是對那個我們曾經在她的胞衣中呼吸、徜徉的母親說話，是對我們被分裂的狀態的控訴……

王國維自己曾經從心理學的角度分析過「自殺」的原因，認爲：「則非力不足以副其志而入於絕望之域。必其意志之力不能制其一時之感情，而後出此也。而意志薄弱之社會反以美名加之，吾人雖不欲科以殺人之罪，豈可得乎？」（《教育小言十則》1906）

可見，王國維是不希望自殺的人受到緬懷和尊敬的。因爲在他看來，這種「非力不足以副其志而入於絕望之域」的事情只會發生在一個意志薄弱、不完整、不健全的社會。然而，從屈原到王國維再到今天詩人的自殺，甚至當今我們不斷地聽到從世界其他地方傳來的種種自殺式抵抗，使我們不得不問：人類爲信念踐死的冒險何時才不會發生？

王國維對中國道德政治哲學的理解沒有錯。在王國維的心目中，中國的道德政治哲學從來都不是需要國人僞飾的病根，而是亟待發揚光大的財富。它什麼時候起成了有良知的知識分子飽受其苦的抗爭，又成爲一代又一代被愚化的國人抱殘守缺的碑坊，或者需要閃爍其詞，不足爲外人道也的苦衷……這才是問題的要害。

結語：王國維文藝美學思想的當代意義

　　王國維是 20 世紀中西文化衝突時代的文化守護者。作爲中國現代文化的思考者，他承擔著時代轉型的巨大壓力和內在痛苦。他所面臨的「現代性」問題，不僅是 20 世紀中國知識分子遭遇的問題，而且是文化轉型時代根本問題的總爆發。可以說，王國維文藝美學思想是在中西古今衝突中形成的。值得注意的是，他沒有在 20 世紀初期的中西文化衝突中，一味走向西化之路，而是在「拿來」之後經過精神的沉澱，立基於中國文化之本，從而在各個領域發見新的思想。

　　中國傳統美學往往注重天人、名實、神形、有無、體用、道器、心物等問題。王國維引入康德、叔本華尼采哲學以後，已將西方的基本哲學問題引進了中國，即注重現實和精神（生命）的關係、存在與價值（境界）關係、群體與個體（欲望）、以及時代與生命（悲劇）的關係。這樣，王國維的文藝美學思想就呈現出中國文化現代轉型的過渡性特徵：

　　一，從傳統的重視仁義禮制，到重視現代人間情懷。王國維特別注重「人間」、人生和生命的存在意義問題，將哲學、眞理、人生的內在關聯加以貫通，使得中國傳統哲學講求爲統治階級服務，解釋統治階級的合法性，甚至使政治、哲學、權力結合起來的僵化狀態，在 20 世紀出現了形態改變的新的可能性。他既強調「哲學與美術之所誌者……乃天下萬世之眞理」（《論哲學家與美術家之天職》），又重視它們對「人生之問題」的作用（《三十自序一》）。因而他的哲學不是空中樓閣的哲學，而是要解決現實的人間社會問題。哲學的生命意義解答，是他張揚純粹哲學的一個支點。

　　二，從傳統的制度性人格到提倡現代的精神性自由人格。王國維對精神

的自覺、個體與群體之間關係等方面的思考，都有新的角度，將中國哲學的
自由（然）學說提高到一個更高的歷史形態。他尤其關注精神的自由狀態以
及培養人的理想審美人格問題。無論是「境界」說、「悲劇」論還是「古雅」
說，「生命意志」說，都在吸收中西美學理論的基礎上，張揚人的自由精神。
他將自由精神與生命目的並置，生命的意義在於「獨立之精神和自由之思
想」，呼籲培養理想的人格、自由的人格、真善美統一的人格。

　　三，從傳統「文以載道」中走出來，借助新的理論方法論，把握現代藝
術的超功利精神。在美學領域，王國維對「古雅」說的分析，對「優美」和
「宏壯」的闡釋，以及對「審美超功利」等的解析，包括分析性、命、理等
中西哲學概念，均相當注意這些概念的精確性和理論性。他對形式邏輯的張
揚，使其成為中國本世紀初傳播西方邏輯學最早的學者之一。他在《國學叢
刊序》中提出全與曲、一般與個別、歸納與推理、演繹與直觀、直觀與假象
的關係。所以，梁啓超評價說：「只因他能用最科學而合理的方法，所以他的
成就極大。」〔註1〕

　　但在我看來，最為重要的是，王國維文藝美學思想的研究觸發了「審美
現代性」和「中國感受性」問題關聯。可以說，一個世紀過去了，應該是對
這一關涉到中西之爭、古今之爭、心性之爭、價值之爭的「問題」釐清的時
候了。「審美現代性」問題確乎是中國現代美學史上的一個核心問題。我在本
書第一章中探討了王國維的審美現代性發生的歷史語境與西方審美現代性的
不同，但似乎並未給出一個確定的結論。經過了前幾章的探討，我以為答案
已經很明瞭了。

　　首先，與西方審美現代性強烈的反叛性不同，王國維審美現代性一開始
就是以改造和建構為目標的。也就是說，它有著很強的時代性。我提出的論
點是，王國維的審美現代性表面上是在向西方審美主義訴求的過程中形成
的，但實際上其潛在的支配卻是以復返中國文化精神為基點的。而這種復返
不是出於為中國文化精神辯護或「夜郎自大」的心態，而是出於一種天下觀。
也就是說，儘管王國維的學術研究同樣有著強烈救亡求存的目的，但他卻是
有遠見和非急進的；王國維在中國文化精神中所發現的獨特的建構品格，不
是維護清末小朝廷（儘管不能諱言他是有孤臣孽子的幻覺的），不是保守，而
是出於他的大文化觀──作為整體的「人」的未來「萬世治安之大計」。這是

〔註1〕梁啓超《王靜安先生墓前悼詞》，見《王觀堂先生全集》，冊十六，第7123頁。

王國維作爲一位身處中國文化轉型關鍵期的學者最不同於其他學者的地方。

王國維的審美主義建構在他的「大形而上學理想」之上，在王國維的心目中，「形而上學」可以說從來都不是什麼科學，或者要研究的學問。他在意的是形而上學與形而下學的區分，是「爲現世的生存」和「汲汲於現世的生存」的區分。汲汲於現世的生存是「爭」的生存，而爲現世的生存是「和」的生存。是人能夠允分發揮其自由的意志力，共同爲實現這個世界的完善和美好而努力的行爲。在王國維看來，只有沒有形而上學需求的動物才體現了一種爭存性，弱肉強食；而人是爲建立一個和諧、美好、安定的社群而存在的。所以，他自然而然地在中國的道德政治哲學中找到了摹本。以「民彝」爲標誌的中國道德政治哲學，它的道德倫理、制度是建立在血脈和族群意識之上的。這種以人類最直接、最純美的情感關係爲紐帶的文化，是最爲自然的文化，它是以彼此的愛慕、欣賞和互成爲特徵的。就像我們在愛情這人類最高情感關係的代表中感受到的那種自發的欣悅感一樣。而當它超越最初私人性的關係而成爲一種道德（宇宙）力量的表徵的時候，以這種道德來維護的社群自然會產生無比的凝聚力和祥和力。他的審美主義正是以這種理解爲基礎，以中國美善統一的文化精神爲統攝的。王國維渴望中國文化精神最本質、最原初的美德可以救治當時天下混亂、驅利、競爭的時弊和世弊。

其次，西方審美現代性是以凸顯和崇尚感性的力量爲標誌。它即使強調復返「完整性」，也指的是人的完整性（彌和感性和理性的分裂狀態），類似於古希臘感性和理性的諧和、充盈和完整。王國維審美現代性的「復返」行動也強調完整性，但它是在「天人合一」的意義上說的，是人復返那個宇宙萬物一體的自然完整性。它立基於中國的宇宙論哲學。強調這種復返的重要性在於，這種文化是在成己成人的意義上運行的，即它是一種群體性、均勢性的文化。它尋求萬物自然的面對和溝通，並共同爲諧和的宇宙存在作出努力。

這種「和和」的生態文化特色有著極強的當代意義。今天，西方的許多學者都在探討和反思「文明的衝突」〔註2〕，並且已經意識到所謂「不同文明

〔註2〕美國政治學者塞繆爾·亨廷頓（Samuel Huntington）1993 年在美國《外交季刊》發表《文明的衝突？》一文，1996 年又著《文明的衝突與世界秩序的重建》（The Clash of Civilizations and The Remaking of World Order），（周琪等譯，北京：新華出版社，1999 年版。）認爲，「文明的衝突是對世界和平的最大威脅，建立在文明之上的國際秩序是防止世界大戰的最可靠的保障。」（《前言》）

之間的衝突，不如說是同一文明內部的衝突」：「2001 年 10 月 19 日，喬治・布什（George W. Bush）不得不親自宣佈，發起炭疽攻擊的最可能的疑犯並非穆斯林恐怖主義者，而是美國自己極端右翼的基督教原教旨主義者。」〔註3〕。這不僅說明，王國維所深惡痛極的「爭」的文化仍然在愈演愈烈地主導著當代社會，而且，信仰、理性、民主、進步等種種標誌西方文明的形式都已經非常可悲地在處心積慮地合法化下，發揮到了令人恐怖的內部自我撕裂的程度。

中國文化對世界文化的貢獻不是要以其感性文化的特色爲西方理性文化裨補缺漏。作爲一個尋求和諧安定的文化，它是以生命爲本體的，不僅是個體生命的價值整體，而且是群體生命的價值整體。它尊重所有的差異性，同時又樂於溝通和交流。這就是這個文化的特色。它對「自然」的崇尚和強烈的人間意識，使得它強調傾聽人心的自然和宇宙自然的聲音，不以任何「超越性」藉口而製造種種「完美的罪行」。

還需要說明的是，王國維以時代問題爲觸媒，他揭露時代問題的過程也正是表露中國文化獨特的建構性特徵的過程。這二者的並行不悖是理解王國維審美主義的關鍵點，也是解決「王國維政治上是清朝遺老，學術上和文學理論上，則是五四以後中國資產階級學術和文藝理論的祖師」〔註4〕這個最有代表性的誤讀的關鍵。我不能苟同我們多年來對王國維學術思想進行研究的以「西」爲主導「中西化合」的思路，並以此爲根據來曲解王國維的「審美現代性」。考察王國維的學術思想，我毋寧在重新審理、總結中國固有文化精髓，並放開眼光正視他者文化的差異性以及可借鑒性，發揮中國文化特有的涵融能力的意義上來看待王國維學術思想的「現代性」。也正是出於這個目的，在研究中，我將剝掉王國維審美主義的西方光圈當成一個任務來進行的。這在我看來是最大可能正確接近王國維學術思想的一個前提。我們多年來，已經在西化的道路上走得越來越遠。在對王國維「審美現代性」及其許多方面的西方化誤讀，無論是推崇還是褒貶，事實上很大一部分跟研究中一個深層的學術心態有關係：那就是造成的越來越深地對自身文化傳統的不自信，

〔註 3〕（斯洛文尼亞）斯拉沃熱・齊澤克（Slavoj Žižek）著，季廣茂譯《意識形態的崇高客體》（The Sublime Object of Ideology）（中文版序），北京：中央編譯出版社，2002 年版。

〔註 4〕舒蕪等編選《中國近代文論選》（前言），北京：人民文學出版社，1959 年版。

並且自覺不自覺地以西方思想爲標準加以誤讀和取捨。

這可以說是近代以來中國文化研究中一個普遍現象。試舉一例：程大成在《王國維與人間詞話》一文中，就曾經以科學實證主義的精神和科學實驗的方法，根據他所設立的：「文學創作或欣賞原則，應當是：①語義的含義是具象性的；②語文的具象含義又能使讀者的想像力發生作爲，才能建立清晰的意象，這種作品才是眞正的優良的文學，才能成爲優良的作品，而且才是眞正的，眞理的文學欣賞及創作原理」等原則，對王國維之「能寫眞景物眞感情者，謂之有境界。否則謂之無境界」進行了這樣的批判：「客觀現實是零亂的，分歧的，晦暗的，變幻的，沒有中心的，猶如碎金撒在破銅、爛鐵、瓦礫中間，要想使那閃閃有光的碎金表現出來，必須去除其蕪雜、零亂；由理解力建立一是非標準──中心或主題，才能使客觀現實清晰、統一、諧調、形成典型意象以語文的含義完成表現，才能訴於讀者同一的、完整的意象及美感經驗。王國維不明白這些原理，竟然主張寫『眞景物』，實在是錯誤了。──大概是他受了『寫作注重生活體驗』的假知識之弊而才有如此不當的言論吧。至於他說『寫眞感情』的主張，更是滑稽。因爲人類情緒是基於生理或心理的自然法則產生的抽象事實，它毫無形式可以握持，有怎樣相同於『眞景物』那樣描寫呢？而且文學的工具語文的具象性含義，又怎能把抽象性的情緒十足的表現出來呢？但如以語文的音來表現抽象的情緒，也只能表現情緒，也只能表現情緒在生理方面的表現，而不能說是情感本身的表現。何況王氏所說的描寫，又不是感情形之於生理方面的表現的描寫！所以王氏犯的錯誤，相同於古代學人──如劉勰等理論者是一樣的毛病，對於生理及心理的事實毫不明白，只以實際生活中的經驗或者做了古人的知識奴隸，才主張『寫眞感情』，而不嚴格的考察人類心理的事實性就提出這種無稽的言論，在今天生理學、心理學、及哲學、美學發達的時期，他這種主張是一文不值的。」〔註5〕

王國維所批判和不屑的那些西方「形下之學」、無關於「思想之事」的種種理論，反而全被程大成搬運來作爲批判王國維以及整個中國文藝批評的武器。這不僅在於他對文學的本質以及中國文學、藝術特質全然的無知，而且，在我看來，有時候受到這種「文學自然科學化」之類的愚知識之弊的危害，言說者本人並非是能夠清醒意識到的。

〔註5〕程大城著《王國維與人間詞話》，何志韶編《人間詞話研究彙編》，第338頁。

　　沒有自清代起歐美自然科學、哲學、社會和政治學說的引進，就沒有今天「國學」的新概念〔註6〕。為什麼王國維、陳寅恪、梁啟超、辜鴻銘……這些不合時宜的「國魂」的思想、行為、命運、心性的林林總總，使得「國學大師」這個稱謂在當代人口中，品出更多的不是自豪而是酸澀?

　　寫過《王國維傳》〔註7〕的錢基博在《國學文選類纂》的總敘中談到：「何謂國學——國學之一名詞，質言其義曰：『國性之自覺』云爾！」在他看來，「國性之自覺」乃是決定一種文化能否成為一種獨立自主的文化的關鍵。有了「國性之自覺」就不僅不會有「武人自暴」之弊，同時亦不會有「見異思遷者，徒見人之有可法，而不知國性之有不可滅」之患，而具備一種獨立參與到世界文化建構中的力量。錢基博所謂：「言『國性之自覺』者，必涵二諦而義乃全：一曰『必自覺國性之有不可蔑』……一曰『必自覺國性之有不盡適』。」

　　在我看來，錢基博這一觀點正可以用來解釋王國維的學術成就。奠定王國維學術研究的前沿性和開風氣之先特徵的不是因為他對西方學術或成功或失敗的化合，而是因為他基於民族文化的根柢並在國門被迫打開的情況下，能夠開風氣之先地具備一種獨立、個體而敏銳的世界性眼光。只有一種內蘊民族文化心性和歷史血脈的學問，才有可能成為為人類的，且有人願意傾聽的學問。

　　「衝突」來自文化內部，而改造和再生也只能由文化自身的覺醒來實現。全球化時代的到來，體現了更多的自主性。選擇膜拜和選擇正視、彼此理解和吸收，是自己做主的事情。而我們用了一百多的時間來更深刻地理解西方文明，只要不是迷失到不能自拔，或許它會成為一個前所未有的反觀自我和他者的有益視角?

　　奪去王國維生命的時代成就了一份對自我文化生命活力的深沉思考。一個民族最優秀的品質要靠這個民族最優秀的人的生命為代價才能被發現和引起重新思考。這是一件讓人悲哀的事情。我們可以告慰先人的就是不曲解這份犧牲，並為世界文化大舞臺中保持這份獨特的魅力微盡薄力。

　　「語言是一種被埋葬的啟示，同時又是一種會變得愈來愈清晰的啟示。」

〔註6〕「國學」這一詞彙的古代意義同於「太學」、「國子監」，是「國家設立的學校」的意思。

〔註7〕錢基博著《王國維傳》，參閱《王觀堂先生全集‧附錄》（傳記年譜類）。

〔註 8〕在努力嘗試與王國維學術思想進行傾聽和對話的過程中，我並且希望
藉此感受歷史、現在和未來⋯⋯。

〔註 8〕福柯著《詞與物——人文科學考古學》，上海：上海三聯書店，2001 年版，第
49 頁。

主要參考文獻

一、專著類

1. 王國維著《王觀堂先生全集》，臺灣：文華出版公司，1968 年印行。

2. 王國維著《王國維先生全集（初續編）》，臺北：臺灣大通書局，1977 年印行。

3. 王國維著《觀堂集林》（共四卷）北京：中華書局，1959 年版。

4. 王國維校《水經注校》，上海：上海人民出版社，1984 年版。

5. 王國維著《王國維詞注》，廣州：廣東人民出版社，1990 年版。

6. 王國維著《人間詞話》，南京：南京出版社，1993 年版。

7. 王國維著《古史新證》，北京：清華大學出版社，1994 年版。

8. 王國維著《人間詞話》，成都：四川大學出版社，1995 年版。

9. 王國維著《宋元戲曲史》，上海：華東師範大學出版社，1995 版。

10. 王國維著《人間詞話》與《人間詞》，鄭州：河南人民出版社，1995 年版。

11. 王國維撰《古本竹書紀年輯校》，瀋陽：遼寧教育出版社，1997 年版。

12. 王國維著《靜庵文集》，瀋陽：遼寧教育出版社，1997 年版。

13. 王國維著《王國維遺書》，上海：上海書店出版社，1983 年版。

14. 羅振玉、王國維編著《流沙墜簡》，北京：中華書局，1993 年版。

15. 趙萬里、王國華編《王國維遺書》，上海：上海古籍書店，1983 年影印版。

16. 吳澤主編《王國維全集·書信》，北京：中華書局，1982 年版。

17. 王國維原著，佛雛校輯《王國維哲學美學論文輯佚》，上海：華東師範大學出版社，1993 年版。

18. 王國維原著，佛雛校輯新訂《人間詞話》廣《人間詞話》，上海：華東師範大學出版社，1990 年版。

19. 姚淦銘、王燕編《王國維文集》（共四卷）北京中國文史出版社 1997 年版。

20. 陳永正校注《王國維詩詞全編校注》，廣州：中山大學出版社，2000 年版。

21. 沈啓無編校《人間詞及人間詞話》，北京：北京人文書店，1933 年印行。

22. 許文雨編著《人間詞話講疏》，南京：南京正中書局，1937 年印行。

23. 徐調孚、王幼安校訂《蕙風詞話‧人間詞話》，北京：人民文學出版社，1960 年版。

24. 滕咸惠校注《人間詞話新注》，濟南：齊魯書社，1981 年版。

二、年譜、評傳、研究類

1. 北大哲學系編《中國哲學史》，北京：中華書局，1980 年版。

2. 陳鴻祥著《王國維年譜》，濟南：齊魯書社，1991 年版。

3. 陳鴻祥著《王國維與近代東西方學人》，天津：天津古籍出版社，1990 年版。

4. 陳平原、王楓編《追憶王國維》，北京：中國廣播電視出版社，1997 年版。

5. 陳元暉著《王國維與叔本華哲學》，北京：中國社會科學出版社，1981 年版。

6. 佛雛著《王國維詩學研究》，北京：北京大學出版社，1987 年版。

7. 甘孺輯述《永豐鄉人行年錄》，南京：江蘇人民出版社，1980 年版。

8. 何志韶編《人間詞話研究彙編》，臺北：巨浪出版社，1976 年版。

9. 蔣永青著《境界之「眞」──王國維境界說研究》，北京：中國社會科學出版社，2001 年版。

10. 雷紹鋒著《王國維讀書生涯》，武漢：長江文藝出版社，1997 年版。

11. 劉烜著《王國維評傳》，南昌：百花洲文藝出版社，1996 年版。

12. 劉克蘇著《失行孤雁王國維別傳》，華夏出版社，1999 年版。

13. 梁啓超著《飲冰室合集》，北京：中華書局，1982 年影印本。

14. 羅振玉著《羅雪堂先生全集》，臺灣：大通書局有限公司，1973 年版。

15. 羅繼祖主編《王國維之死》，廣州：廣東教育出版社，1999 年版。

16. 聶振斌《王國維美學思想述評》，瀋陽：遼寧大學出版社，1986 年版。

17. 孫敦恒、錢競編《紀念王國維先生誕辰 120 週年學術論文集》廣州：廣州教育出版社，1999 年版。

18. 孫敦恒編《王國維年譜新編》，北京：中國文史出版社，1991 年版。

19. 王森然著《近代二十家評傳‧王國維先生評傳》，北京：書目文獻出版社，1987 年重印。

20. 王遽常主編《中國歷代思想家傳記彙詮》，上海：復旦大學出版社，1988年版。

21. 吳澤主編《王國維學術研究論集》，上海：華東師範大學出版社，1983年版。

22. 吳方著《世紀風鈴》，北京：人民文學出版社，1992年版。

23. 蕭艾著《王國維評傳》，杭州：浙江文藝出版社，1983年版。

24. 蕭艾《王國維詩詞箋注》，長沙：湖南人民出版社，1984年版。

25. 蕭艾著《一代大師》，長沙：湖南人民出版社，1988年版。

26. 夏中義著《世紀初的苦魂》，上海：上海文藝出版社，1995年版。

27. 姚淦銘著《王國維文獻學研究》，南京：江蘇古籍出版社，2001年版。

28. 姚柯夫編《〈人間詞話〉及評論彙編》，北京：書目文獻出版社，1983年版。

29. 葉嘉瑩著《王國維及其文學批評》，廣州：廣東人民出版社，1982年版。

30. 葉程義《王國維詞論研究》，臺北：文史哲出版社，1992年版。

31. 袁英光、劉寅生編撰《王國維年譜長編》，天津：天津人民出版社，1996年版。

32. 袁英光著《新史學的開山——王國維評傳》，上海：上海人民出版社，1999年版。

33. 雲告著《從老子到王國維》，長沙：湖南出版社，1991年版。

34. 張本楠著《王國維美學思想研究》，臺北：文津出版社，1992年版。

35. 趙慶麟著《融通中西哲學的王國維》，上海：上海社會科學院出版社，1992年版。

36. 趙萬里著《民國王靜安先生國維年譜》，臺灣：商務印書館1968年發行。

37. 鄭大華等著《20世紀中國十大學問家》，青島：青島出版社，1992年版。

38. 中國社科院哲學所編《中國哲學史資料選輯——近代之部》，北京：中華書局，1959年版。

39. 《中國近現代哲學史論集》，北京：中國人民大學出版社，1989年出版。

40. 周錫山編校《王國維文學美學論著集》，太原：北岳文藝出版社，1987年版。

41. 周一平、沈茶英著《中西文化交匯與王國維學術成就》，上海：學林出版社，1999年版。

三、其他與寫作本書相關參考文獻

1. 李澤厚著《中國思想史論》（三冊），合肥：安徽文藝出版社，1999年版。

2. 李澤厚、劉綱紀《中國美學史——先秦兩漢、魏晉南北朝（上、下）編》，

合肥：安徽文藝出版社，1999 年版。

3. 李澤厚著《美的歷程》，合肥：安徽教育出版社，1993 年版。

4. 劉小楓著《拯救與逍遙》，上海：上海三聯書店，2001 年版。

5. 劉小楓主編《人類困境中的審美精神》，北京：東方出版中心，1994 年版。

6. 劉大杰著《中國文學發展史》，天津：百花文藝出版社，1999 年版。

7. 繆鉞、葉嘉瑩著《靈谿詞說》，上海：上海古籍出版社，1987 年版。

8. 錢鍾書《談藝錄》，北京：中華書局，1984 年版。

9. 湯一介、杜維明主編《百年中國哲學經典》（五卷），深圳：海天出版社，1998 年版。

10. 王岳川著《藝術本體論》，上海：上海三聯文庫，1994 年版。

11. 王岳川著《二十世紀西方哲性詩學》，北京：北京大學出版社，1999 年版。

12. 王岳川著《現象學與解釋學文論》，濟南：山東教育出版社，1999 年版。

13. 王岳川著《全球化與中國文化》，濟南：山東友誼出版社，2002 年版。

14. 王岳川著《發現東方》，北京：北京圖書館出版社，2003 年版。

15. 王運熙、顧易生主編《中國文學批評史》（七編三冊），上海：上海古籍出版社，1985 年版。

16. 宗白華著，林同華主編《宗白華全集》（四卷本），合肥：安徽教育出版社，1996 年版。

17. 朱光潛著《西方美學史》，北京：人民文學出版社，1979 年版。

四、部分英文參考文獻

1. Ames, Roger T and David L. Hall.　Focusing the Familiar — A Translation and Philosophical Interpretation of the Zhongyong. Honolulu: University of Hawaii Press, 2001.

2. Hegel, G.W.F. The Phenomenology of Mind. Translated by J.B. Baillie. New York: Harper & Row, c1967.

3. Hegel, G.W.F. The Philosophy of Fine Art. Translated by F. P. B. Osmaston. London : G. Bell and Sons, 1916～1920.

4. Heidegger, Martin. The Question Concerning Technology. Translated and with an introduction by William Lovitt. New York: Garland Publishers, 1977.

5. Paulsen, Friedrich.　System of Ethics. Edited and translated by Frank Thilly. New York: C. Scribner's Sons, 1899.

6. Kant, Immanuel. Critique of Practical Reason. Edited and translated by Lewis White Beck. Beijing: China Social Science Publish House, 1999.

7. Kant, Immanuel. Critique of Judgment. Translated by Werner S. Pluhar. Beijing: China Social Science Publish House, 1999.

8.Kant, Immanuel. Critique of Pure Reason. Translated by Kemp Smith. Beijing: China Social Sciences Publish House, 1999.

9. Nietzsche, Friedrich. The Birth of Tragedy. Translated by Clifton P. Fadiman, New York : Dover Publications, 1995.

10. Nietzsche, Friedrich. The Will to Power. Translated by Walter Kaufmann and R.J.Hollingdale, edited by Walter Kaufmann. New York: Vintage Books, 1968.

11. Parkes, Graham. Composing the Soul: Reaches of Nietzsche's Psychology. Chicago and London: the University of Chicago Press, 1994.

12. Parkes, Graham. Nietzsche and Asian Thought. Chicago and London: the University of Chicago Press, 1991.

13. Schopenhauer, Arthur. The World as Will and Representation. Translated by E.F.J. Payne. Beijing: China Social Sciences Publish House, 1999.

後　記

　　重新拿出這塵封十年的論文，頗有些惴惴不安。這些年由於工作原因，疏於用中文寫作，儘管用並非母語的英文也發表了幾篇關於王國維的文章，但言不盡意，此中的窘迫只有筆者自知。想來唯一不變的似乎還是心底深處保存的那份當初研究王國維時的激情與敬意。呈現給讀者的這篇博士論文正是當年我對王國維文藝美學思想價值，重新定位思考的一點淺見。記得當時一遍又一遍研讀王國維原著，內省式「自我發現」漸漸成了理解王國維「西學」研究的主線。整個寫作過程中，這一思考線索由模糊到清晰到確證的每一次經歷，都讓我激動不已，沉浸其中。王國維「化合」中西思想，建立中國現代美學第一人的身份早已確定。但歷年來學術界的相關研究，幾乎都忽略或者很少關注，中國思想在形成王國維文藝美學思想過程中應有的價值和作用——而這恰恰是王國維「中國審美現代性」建構的潛在主導因素，也是今天華夏審美精神得以長足發揚的基礎。

　　現在重新面對這十年前的學習總結，有爲自己的大膽新意而欣喜，也有爲有些觀點的粗陋莽撞而羞愧。較之十年前雖覺更多些體悟，但一時大改，時間精力上都來不及。所以，除了很少的修正外，基本上保持了當初博士論文的原貌。也算是「立此存照」，紀念我的未名時光吧。衷心感謝花木蘭文化出版社堅執的「爲學術而學術」的精神，使此書得以與讀者見面。若因了花木蘭文化出版社的錯愛，而得一二知音同好，便眞是世間無比美妙之事。同時，深謝我的博士導師王岳川先生。與花木蘭文化出版社結緣也純是由於導師的推薦。

　　是爲記。

何金俐
二零一四年十月於德克薩斯聖安東尼奧